SERIE NEGRA

Literatura Fantástica • *Terror* • *Gótica*

Nocturnas

Historias vampíricas

El Club Diógenes

Pilar Pedraza

Nocturnas

Historias vampíricas

VALDEMAR
2021

Dirección Literaria:

Rafael Díaz Santander
Juan Luis González Caballero

Ilustración de cubierta:

Dante Gabriel Rossetti: Pandora

1ª edición: abril de 2021

Corrección de pruebas: Ana García de Polavieja Embid

Impresión: Cofás

Encuadernación: Huertas

ISBN: 978-84-7702-917-5

Depósito Legal: M-5.955-2021

ÍNDICE

NOCTURNAS

HISTORIAS VAMPÍRICAS

Para Juan

PRIMERA PARTE

VAMPÍRIKA ROMANICHEL

1. EL DHAMPIRO

En memoria de Joan Perucho

Cuando éramos pequeños veraneábamos en una casa de campo que tenía la familia de mi madre cerca de Targú Mulés. La casa se alzaba sobre una colina que sin duda había sido lugar de enterramiento en alguna época, pues los niños solíamos encontrar huesos humanos en nuestros juegos. Cuando hacíamos hoyos con nuestras palas de plástico para enterrar a los animalillos, cuyas torturas constituían uno de nuestros pasatiempos, salían a menudo vértebras resecas con las que jugábamos a las tabas. Nuestros padres decían que eran restos de la Guerra Civil, pero ya por entonces yo no creía en las explicaciones de los mayores, que solían estar equivocadas o ser mentirosas. Una vez hallamos el cráneo de un niño, se conoce que antiquísimo porque vimos que tenía cuernos. ¿A ver en qué maldita guerra, por civil que fuera, iba a haber niños así?

Casa, colina y un secarral donde crecía la avena loca formaban una unidad conocida como El Cerro, lugar casi abandonado, aunque no ruinoso, en el que aún había vida para quien supiera disfrutarla. Nuestra estancia allí era simple y perfecta. Para los mayores constituía un cúmulo de aceptables incomodidades y molestias que a veces los ponían de mal humor, como las goteras las pocas veces que llovía, y sobre todo las arañas que campaban por el jardín reseco y por toda la casa; pero para los niños era el paraíso.

Sacábamos agua del pozo, no para beber, porque tenía un colorcito mierdoso y bichos —había que colarla con telas blancas de visillo—, sino para fregar y bañarnos. Para beber y cocinar usábamos siempre garrafas de agua de manantial, que nos traían una vez a la semana del pueblo. La electricidad no llegaba a la casa ni mis padres se molestaban en poner en marcha un generador que había en la cochera. Allí se iba para olvidarse de la civilización, decía mi padre, y ya lo creo que la olvidábamos. Nos iluminábamos con quinqués de petróleo y gruesos velones cuyos pábilos, como cordeles encerados, daban bastante luz. Iluminado con aquello, todo parecía una pintura antigua, al menos en mi recuerdo deformado por el presente. Por entonces no sabía qué era, ni por asomo, la pintura tenebrista, pero me las apañaba para entender y disfrutar de las cosas.

Nuestros guardeses, que permanecieron años y años pegados a aquel terruño, parecían pertenecer al Neolítico. Cuidaban algunos campos fértiles de los alrededores como aparceros de la finca y vivían cerca de la casa grande, en una cabaña de adobe y con suelo de guijarros, cuyo techo había que rehacer al menos una vez al año, cuando llovía. Por lo que yo recuerdo, era perfectamente habitable, una especie de pequeña casa romana. Tanto la vivienda como ellos mismos olían muy fuerte, a campo, a humo y a animal, y hablaban a grito pelado, con gran disgusto de mi madre:

—¡Esto es el colmo! ¡No puede una estar tranquila ni en el culo del mundo! —gritaba, incrementando a su vez la banda de ruidos del lugar, llena de trinos y de gruñidos de animales, además de las manifestaciones habituales de los guardeses en su comunicación cotidiana por medio de sonoras interjecciones.

Mi madre y mis tías no me dejaban jugar con los hijos de esta gente tan rústica, pero yo no hacía caso, y me llevaba a mi hermano pequeño a nuestras correrías con ellos, con la escopeta de perdigones de matar pájaros y los cazamariposas, que usábamos para atrapar insectos, sobre todo unos saltamontes muy robustos que vivían entre la avena loca y eran del mismo color que ella, de oro pálido. Con estos practicábamos una ceremonia de bautismo que ahora, al recordarla, me horroriza: les hacíamos una gran cruz atravesando el fino caparazón del abdomen con una cuchilla de afeitar de mi padre, y luego los soltábamos a su suerte.

Las vacaciones entonces no eran como las de ahora. Mi padre se quedaba en la ciudad «de Rodríguez», como se decía entonces, y venía al Cerro los fines de semana en su vieja Lambretta cargada como una mula, trayendo provisiones y caprichos. Los helados, metidos en una caja de cartón, llegaban deshechos y sabían a gloria. Mucho mejor que los comprados en la pastelería de la calle de la Plata. También los pollos y conejos que criaban los guardeses tenían un sabor especial, a carne auténtica apenas muerta y a romero y otras hierbas del monte. Hasta los huevos, que a mí en la ciudad no me gustaban, allí me volvían loca, porque me daba cuenta de que estaban vivos. A veces tenían en la yema una gota de sangre, y yo le decía a mi hermano, para asustarle, que era el pollito.

Todos los años que estuvimos yendo al Cerro tuvimos la visita de una gran familia de gitanos que venían en desvencijadas furgonetas, carromatos y remolques, y acampaban al pie de la colina, formando un círculo como los colonos de las películas del Oeste ante el ataque de los indios. Sentían querencia por aquel sitio, yo pensaba que por los huesos de sus antepasados. Esto se debía a mis lecturas siniestras de la siesta y a nuestros delirios arqueológicos, más que a los datos de la realidad. Hacían un alto frente a nuestra casa, no sé si para recomponerse de sus largos peregrinajes, pero solo se quedaban allí unos días, y luego se dirigían a la feria de Targú Mulés, adonde llevaban joyería artesanal de ámbar y de azabache, que se vendía muy bien entre los veraneantes del balneario.

Aquellos romís eran auténticos artistas, sobre todo tallando figuritas de animales que formaban parte de colgantes, pendientes y otros adornos. También vendían unas pieles muy finas, blancas como el armiño que se ve en las capas de los reyes antiguos. A mí me daban un poco de miedo porque al tocarlas parecían moverse solas. Y sobre todo traían antiguallas que compraban en los pueblos y que hacían pasar por objetos arqueológicos encontrados por los campesinos al labrar los campos. Durante los días de su permanencia allí, se les oía afanarse con sus martillitos y otros instrumentos, lo que añadía una nota de delicada percusión al monótono chirriar de las cigarras en el sonoro silencio del Cerro.

El mismo día de su llegada, hacían siempre una visita a nuestra casa. Era como una ley no escrita. Ya que íbamos a ser vecinos por un tiempo, aunque fuera poco, se imponía establecer desde el principio buenas relaciones. Venía alguno de sus jefes, no el más anciano, que estaba medio impedido, sino uno o dos de sus hijos, que conversaban con mi padre un rato en la antigua salita que hacía las veces de su despacho. Mi padre solía comprarles antigüedades, pues era muy aficionado a ellas, y como lo sabían le traían hallazgos que parecían interesantes y que, vistos ahora en las estanterías de la biblioteca de nuestra casa, todavía llaman la atención, aunque en realidad son más falsos que el beso de Judas. Él insistía siempre en que le trajeran antigüedades suyas, objetos trabajados por su propio pueblo; no cosas de los moros o de los romanos, como ellos decían. Cuando lo hacían, les pagaba bien.

Al despedirse, mi madre les daba algo bueno para los niños: un saquito de macarrones, una cesta de fruta, latas de conserva o unas garrafas de agua. Ellos a su vez siempre correspondían regalándonos algo precioso a mi madre o a mí. Todavía conservo una aguja para el pelo en forma de hoja de roble, tallada en un ámbar turbio cuyo color evoca el del corazón mismo de la naturaleza, si la naturaleza tiene corazón. Mi madre se deshacía cuanto antes de aquellas cosas, que le parecían objetos malignos destinados a hacernos daño. Había algo odioso en su expresión cuando recibía a aquellas mujeres, entre temor y algo más que yo todavía no conocía. Ella y mi tía decían que olían mal, pero no era verdad, olían a caballo y a humo. Los niños congeniábamos con ellos sin reparos.

El campamento traía consigo mucho tejemaneje. Los romís solían permanecer allí una semana o más, recibiendo visitas, saliendo de vez en cuando en los carros o montando alguno de los caballos finos que transportaban en una de las caravanas para venderlos en las ferias de los pueblos como el no va más. Había bastante vidilla y, al atardecer, a veces hasta bien entrada la noche, guitarra y cante alrededor de la hoguera central. Nosotros éramos felices cuando aquella gente estaba allí. Los niños de los guardeses y nosotros bajábamos a curiosear y prácticamente pasábamos el día con ellos, lo que disgustaba mucho a mis padres, sin que llegáramos a comprender por qué. A ellos no les importaba nuestra presencia, aunque a veces nos arreaban una patada o un leñazo sin venir a cuento. Permanecíamos quietos observando, procurando no molestar a nadie, ni siquiera ser vistos; pero nosotros sí veíamos, y lo que veíamos era a veces bastante raro y curioso.

El jefe de aquella familia, el tío Toñete Heredia, padre de seis hijos varones y tres mujeres, era una especie de oruga reseca, siempre sentado a la sombra del toldo de su caravana en un viejo sillón inglés de orejas, agarrado a su cayado de puño de marfil y atendido por alguna de sus hijas o nueras. De vez en cuando, le pasaban un paño húmedo por la cara y le servían refrescos continuamente con una pajita, como si corriera peligro de desecarse. Apenas podía moverse y nunca le vimos andar.

Vestía un viejo traje de terciopelo, con aire de boda o mortaja, de color de ala de mosca, que había sido negro en sus buenos tiempos, camisa blanca amarillenta de pechera rizada, una leontina de oro y, en uno de sus dedos deformados por la artritis, una sortija con un gran rubí cuadrado que parecía falso. Más tarde llegué a la conclusión de que no lo era, porque tenía un reverbero azul que solo tienen los rubíes auténticos. Un sombrero gris cubría su cabeza. Tenía una especie de hocico hinchado y enrojecido en su verrugosa cara de rata. Siempre llevaba gafas de sol redondas, como de ciego, pero eran para protegerse; veía perfectamente: no perdía ripio de lo que ocurría a su alrededor. Hasta sabía cómo nos llamábamos mi hermanito y yo. Si nos acercábamos mucho a él, gritaba:

—¡*Heilée*! —y nos tiraba piedras, el cabrón.

Le teníamos manía y le llamábamos el Rata. Era un hijo de puta, no como sus retoños, unos mocetones apuestos, fuertes y bondadosos, ni sus nietos desharrapados y risueños. Nunca había problemas en su campamento, salvo una vez en que murió un hombre en una reyerta porque alguien insultó a los Heredia llamándolos *mullé*, que es como ellos llaman a los muertos, sobre todo a los malignos o a los vampiros. Ellos se vengaron de la ofensa con gran violencia. Pero eso no lo vimos. Nos lo contaron como suceso grande en el que salía a relucir la Guardia Civil. Al año siguiente faltaba uno de los mocetones y había como un aura de dolor en el aire que rodeaba a las mujeres.

Solíamos espiar las idas y venidas del hijo menor del Rata, que tendría unos veintipocos años, unas veces en una motocicleta derrengada y otras a caballo. Se llamaba Juan de Dios Heredia, pero su padre le llamaba Satanico, como un diminutivo de Satanás, quizá —pensábamos— porque se portaba mal en algo que se nos escapaba. La verdad es que parecía buen chico, amable con nosotros y sobre todo muy guapo, con amarillos ojos lobunos en su cara morena olivácea como la de los indios de la India.

Este no comerciaba con pedrerías y baratijas, sino con alguna otra cosa desconocida por nosotros, que llevaba en un gran cajón de madera oscura, metido en un saco en una furgoneta. Fuera lo que fuese, le daba buenos rendimientos, porque, cada vez que aparecía de vuelta al campamento, había jarana con bebidas de calidad. Una vez a mi padre le regalaron una botella y vi que se fijaba mucho en ella, como extrañado, y luego, cuando creía que nadie lo veía, la rompió y enterró los cristales en un rincón del corral. Aquel trasiego le parecía muy malo; entre nosotros, los llamaba «traficantes». A nosotros, los chavales, los triunfos de Juan de Dios nos venían muy bien porque siempre nos caía algo que, fuera lo que fuese, empanadillas o caramelos, nos sabía a gloria. Mi madre y mis tías no lo aprobaban. Decían que nos daría dolor de tripas.

Juan de Dios Heredia, siguiendo la costumbre de los suyos, y pese a su juventud, estaba casado con una de sus primas. Era un gran conquistador, como lo había sido su padre, a decir de la gente —con lo feo que era aquel vejestorio, esto resultaba extraño y hasta turbador—. El hijo tenía ya dos niños de su matrimonio y algunos guapos bastardos dispersos por las alquerías de los montes. Su prima y esposa, Rosario, que no llegaba a los veinte y tenía los ojos verdes y grandes como uvas de teta de vaca, estaba siempre delgada y pálida. Pasaba mucho tiempo sentada junto a su suegro ensartando piececillas de ámbar o abrillantando cuentas de azabache con una gamuza. Contrariamente al viejo, solía escoger un lugar donde diera el sol. Ella parecía friolera. Casi siempre vestía camisas a cuadros y pantalones vaqueros, y llevaba el largo cabello negro trenzado como una india de las praderas.

Un día la vi galopar por la loma en uno de los caballos del campamento. Me quedé alelada. Su imagen gloriosa se grabó tan profundamente en mi cabeza que a menudo he soñado con ella en mi vida posterior, acompañada siempre por una sensación de vuelo. Parecía una princesa *cheyene* de las películas que tanto me gustaban. Pero, al día siguiente de aquella primera cabalgada, vi que tenía la cara hinchada, un ojo morado y un chupetón en el cuello, medio tapado por la trenza. Se instaló un poco lejos de su suegro y no lo cuidó como solían hacer todas las mujeres. Oí que él le decía:

—¡So guarra! ¿Vas a dejarme morir de sed? ¿No ves que me estoy secando? ¿Así te comportas con el padre de tu hombre? ¡Velay, la amazona de Targú Mulés, que monta como los hombres y descuida sus tareas de mujer! Pues, quieras o no, mujer eres y en *mullí* te has de convertir, por mis muertos, aunque tenga que domarte con mis propias manos.

—Pa *mulló*, tú, agüelo —replicó ella—. A mí dejarme en paz o se lo digo a Satanico cuando vuelva del monte, que ya empieza a tenerte ganas por las cosas malas que haces y cualquier día te manda a descansar con los ancestros.

El viejo la miró con odio y le gritó para que todos lo oyeran:

—¡Bruja sin entrañas, que por no tener, ni sangre tienes ya en las venas!

—¡Pues será culpa de usté, que bien que chupa!

—¡Maldita seas, mujer!

—¡Más maldito que usté imposible, que no le dejan entrar en el cielo ni san Pedro con llave ni san Miguel con espada!

Aquella joven me fascinaba. Me daba la sensación de que bailaba con los ojos cerrados al borde de un precipicio. Un día me atreví a pedirle, tras mucho dudar, que me leyera la mano. Me mandó a paseo.

—¡Vete a la mierda, paya, que es tu lugar natural, y deja de querer timarte con los hijos de la Daemna!

No sabía yo lo que era aquello, que sonaba tan extraño, pero no me atreví a preguntar. Ese día Rosariyo, como la llamaban las mujeres, presentaba una mejilla más grande y roja que la otra, y su aliento olía a aceitunas en salmuera.

* * *   * * *   * * *

Pasaron muchos años y el paraíso de Targú Mulés se esfumó entre las brumas de la infancia perdida. Mi hermano y yo fuimos a la universidad. Yo estudié Lingüística y mi hermano Ingeniería Técnica. Durante los veranos comprábamos sendos billetes de Interrail para jóvenes y nos dedicábamos a recorrer el mundo a nuestro aire, pues seguíamos siendo muy amigos, y ninguno de los dos tenía pareja. Mi padre, que había prosperado un poco, trabajaba de abogado para una empresa de construcciones y derribos, pasando los meses de calor con mi madre en un balneario, donde todos eran viejos, o así me lo parecía. Tomaban unos baños termales que olían a huevos podridos, que decían que eran buenos para la salud.

Cuando murió mi madre, El Cerro se malvendió. No volvimos a saber de él ni casi a recordarlo, salvo cuando alguien sacaba la caja de zapatos con las fotos viejas y volvíamos a vernos en los cartoncillos descoloridos como una panda de chavales desharrapados, posando en el campamento de los gitanos o en lo alto de algún caballo, aferrados a las crines con cierta expresión de temor por si nos caíamos. ¡Cómo odiaba yo las fotos aquellas, que me mostraban patilarga como una araña, con unos vestiditos ridículos y con carita de pena! ¡Adiós, Cerro, adiós! Era como haber pasado una página de nuestras vidas.

Pero un día recibimos, en nuestro piso de la ciudad, una visita inesperada que parecía surgida del túnel del tiempo. Cuando abrí la puerta, me encontré ante un fantasma del pasado. El caso es que me sonaba, pero así de pronto no sabía dónde ubicarlo.

—Pasaba por aquí y se me ocurrió «voy a visitar a nuestros amigos» —dijo el hombre con parsimonia, tocándose el ala del sombrero.

—Perdone, pero no… —farfullé dispuesta a no dejar pasar a aquel desconocido.

—¿No se acuerda de quién soy, señorita? Yo sí me acuerdo, aunque entonces era usted un renacuajo, con perdón sea dicho. Hace tanto tiempo que nos hemos perdido de vista…

¿Era o no era? ¡Sí, definitivamente era Juan de Dios Heredia, el Satanico…! Tostado, algo enrojecido quizá por el alcohol, más grande o más ancho y unos quince años mayor que cuando le conocí en Targú Mulés. De espigado príncipe gitano se había convertido en hombretón con una pinta rufianesca que se esforzaba en disimular por medio de una cortesía entre refinada y palurda. Vestía chaqueta de pana negra y pantalón vaquero, y tenía el cabello rizado y negro, que le clareaba en profundas entradas. Una cadena de oro adornaba su cuello. Hacía juego con sus ojos de lobo, que habían perdido su color de miel, pero no su belleza y me parecieron sangrientos y parpadeantes. De habernos cruzado en la calle, me hubiera llamado la atención, porque se desprendía de él algo muy fuerte, quizá ya no tan sano como cuando tenía veinte años y olía a jara del monte, a gasolina de la moto o a bosta de caballo. Ahora olía a taberna.

Llevaba en una gran bolsa de plástico una caja, o más bien cajón, envuelto en papel de periódico, sujeto con celo, que me hizo recordar el que llevaba y traía en sus correrías por Targú Mulés. Aquel que mi padre relacionaba con algo muy malo, contrabando o artículos de «droguería», según colegía yo de sus insinuantes palabras cuando hablaba de él con gente de casa.

—Quisiera ver a su padre, como a veces hacíamos en el Cerro. Tengo algo que podría interesarle. No he olvidado cuánto le gustan las antiguallas romís… —dijo mientras se quitaba el sombrero, cogiéndolo con elegancia por la copa.

Avisado mi padre, que estaba leyendo periódicos en la terraza, no tardó en entrar en su despacho, donde yo había hecho pasar al gitano y le había servido un refresco. La caja quedó en el suelo.

—¿Qué tal, señor Heredia? ¿Y su padre? —saludó el mío fríamente. Había reconocido a Heredia y su pregunta era acorde con la costumbre romanesca de interesarse inmediatamente por el «tío» del clan.

—¡Ay, señor, gracias por su gentileza! ¡El pobre *mulló* murió una vez más, definitivamente, o Dios lo quiera! Ya era hora, porque pertenecía a la quinta de los romís que ayudaron al Conde Vladimiro a salir de su castillo en los Cárpatos rumbo a Inglaterra —dijo Heredia con una media sonrisa totalmente ambigua que hacía vacilar su ironía. ¿De qué iba aquel individuo, me pregunté, que se las daba de conocedor de Bram Stoker?

—¡Ah! —exclamó mi padre arrugando el entrecejo.

No había entendido una sola palabra de aquello. Lo sé yo que soy su hija. Despreciaba toda clase de martingalas fantasmagóricas. Había tenido más que suficiente con las hablillas y las coplas de espectros que se cantaban en el Cerro al caer la noche, que en definitiva formaban parte del paisaje. ¡Como para ahora, en plena metrópolis, interesarse por los avatares de un vampiro de pueblo, habiendo tantos de ciudad en el bufete donde trabajaba!

—¿Y su esposa de usted? ¿Sigue siendo una princesa? —preguntó para cambiar de tema. Pero ¡ca!, el gitano siguió dale que te pego.

—¡Uy, señor, si usted supiera! La mató el *mulló* y por eso tuve que acabar con él, pues yo soy el hijo del vampiro, el único que puede matar *mullés,* que es a lo que me he dedicado mucho tiempo, toda mi juventud, diría yo, y bien que me ganaba la vida con ello y ayudaba a mi familia, limpiando la contornada de espectros y caminantes no muertos, pero sobre todo de nosferatus. No sé si ustedes se acuerdan de aquello.

Yo me acordé vagamente de los enigmáticos triunfos del joven Heredia y de los jaleos que se montaban en el campamento con motivo de su vuelta de algunos de ellos. ¡Así que aquel hombre guapísimo con pinta de bebedor se ganaba la vida cazando vampiros por la comarca de Targú Mulés y quizá mayores territorios…! Y no vendiendo droguería, como decían mis padres con malicia cuando estábamos delante los niños.

—¿No me diga que Rosariyo murió? —pregunté haciendo un hueco en el discurso del calé, que se adensaba por momentos como un cocido gitano.

—¡A la Rosario tenía que haberla mandado yo con san Pedro y san Miguel antes de que las cosas fueran a peor y se encontrara en los infiernos o vagando por ahí como le gustaba a ella, que era muy corretona! Demasiado, en eso tenía razón mi señor padre. De donde él está ahora, no se sale, Dios mediante, si hice bien mi trabajo. Experiencia no me falta y dicen que la experiencia es la madre de la ciencia. Pero a Rosario…

—¿La mató usted? —pregunté alarmada al romí, sintiendo que se me iba un poco la olla y me mareaba ligeramente.

—¡No, mujer, qué cosas tiene! La mató el suegro, mi padre, o más bien acabó con ella a fuerza de tenerla esclava como a las otras gachís de la familia, siempre yendo y viniendo con el agua para que a él no le faltara, que se secaba por momentos. Porque él sí estaba muerto ya, pero en vida como quien dice. ¿Usted me entiende? De tanto rozarse con él, la Rosario estaba ya también medio muerta, pero nadie decía nada. Yo siempre fui contrario a aquella paciencia con el viejo pellejo, pero era el hijo menor y no pintaba nada en los asuntos graves de la familia. Por el camino de la muerte con el acero de las navajas, vi que se iban yendo todos los que se oponían a deshacerse de él, a lo que contribuí, mire usted por dónde, hasta que estuvo en mi poder matar y rematar al vampiro. Pero algo falló en el invento, y Rosario vaya usted a saber dónde y sobre todo cómo está. ¿Usted me entiende?...

Ni papa entendía yo de todo aquello, pero asentí por ver si cambiaba de tema, que aquel daba vueltas como un disco rayado y de paso me rayaba a mí de un modo siniestro la sesera. Calló un momento como si hubiera hablado demasiado con una paya ignorante y, apartando de mí su mirada hipnótica, miró al suelo sonriendo levemente y murmurando palabras incomprensibles.

—Y hablando de esto –continuó, volviéndose hacia mi padre–, traigo algo que le puede interesar, a usted que le gustan las antigüedades de mi pueblo. Por verlo no pierde usted nada. Digo, si le apetece y es buen momento... ¡Al señor no le quiero molestar, estaría bueno, y menos en su casa, que no es sitio para tratos ni negocios!

A mi padre empezaron a brillarle los ojillos en cuanto se pasó de la teoría vampírica a la práctica de coleccionista. Dijo a Heredia que vería con mucho gusto lo que traía. Entre todos procedimos a despejar el centro de la mesa para dejar espacio al cajón. Era casi cuadrado, de metro y medio de lado, de buena madera oscura, tal vez caoba, pulida como un mueble antiguo, con golas y escocias y, en la base, algo elevada por unas pequeñas garras leoninas en cada uno de sus ángulos. La tapa ostentaba una cruz de metal dorado finamente claveteada, con un hermoso granate en el centro. Heredia informó de que estaba hecha con oro de dieciocho quilates con vistas a justificar el precio del armatoste, aunque a mí me pareció de latón o, como mucho, de ocho quilates como un colgante de cabeza de Medusa que me compró un amigo en Palermo y resultó ser «de oro bajo», es decir, una baratija de latón. ¡Y yo que me lo había puesto en ocasiones especiales como quien exhibe una joya antigua de incalculable valor!

La caja en sí, desde luego, era preciosa, cualquiera la hubiera deseado para guardar su correspondencia, sus diarios o sus álbumes de fotos. Pero resultó que su uso no era ese y que en sí misma no constituía el objeto de la oferta de Juan de Dios Heredia.

—Es muy bonita —dijo mi padre—. Me vendría bien como archivador. ¿Tiene algo dentro?

—Enseguida lo verá. Ábrala si quiere, señor. Aquí tiene la llave. Tire de esta pestaña, por favor —advertí algo de vampírico en esta petición o invitación, pues los muertos vivientes tienen protocolos secretos que generalmente desconocemos, pero que a veces nos suenan, por lecturas o porque están en el aire. Uno de ellos era el de dar o pedir permiso para casi todo.

Mi padre hizo girar la llavecita, levantó la pestaña con

mano ligeramente temblorosa y, con un seco *¡ñec!*, la caja se abrió. Habría sido el cofre del tesoro si yo hubiera sido una niña. El contenido apareció en todo su esplendor. Esplendor enigmático, añado inmediatamente, porque estaba llena de cosas bonitas y muy bien colocadas, pero desconocidas. Ni mi padre ni yo sabíamos qué demonios era aquello, que parecía salido de un museo de ciencias del siglo XIX. Heredia sonreía. Me asomé al interior apartándome el pelo detrás de las orejas.

El Heredia nos vio tan perplejos que informó, borrando de su cara cobriza cualquier rastro de sonrisa para no perjudicar la retórica de la venta:

—Se trata de un arcón de caza de nosferatus bastante antiguo, pero que se ha mantenido como nuevo por estar en uso hasta hace nada. Con las cosas finas, ya se sabe, mueren cuando se las rompe, pero también cuando no las usa y cuida una mano amorosa. Con algunas de estas mandé a la tierra de las sombras a mi padre, y traté de impedir que mi Rosario vagase por el mundo buscando sangres ajenas. En eso fracasé, como dije.

—¿Puedo tocar? —preguntó mi padre como si no hubiera oído la explicación.

—¡Pues claro, toque, toque cuanto quiera, señor! Usted, no, señorita, se lo ruego. «Mano de mujer hermosa, no toque todas tus cosas», je, je, dicen mis compadres de venta ambulante. Son objetos de la mejor calidad. Sáquelos sin reparo, caballero, y mírenlos ambos a su gusto. Luego los ponemos en su sitio, no se preocupen. Y no teman ustedes, la magia está en las manos, no en los instrumentos.

El interior estaba compartimentado con tabiquillos de madera más clara y distintos tamaños, encastrados sin cola ni pegamento, en una fina labor de ebanistería y marquetería. No parecía hecha por mano humana, pero era porque no hay mejores carpinteros que los romaníes de Guzamurdi, de donde debía de ser el mueble. Una servidora no hizo caso de la advertencia machista y colaboró y toqueteó, sin que Heredia se rebotara. Se lo agradecí, porque no quería broncas. De los compartimentos fuimos sacando con cuidado, como si quemaran, varias estacas de pino aguzadas en la punta, un martillito de orfebre, un mazo de herrero que parecía vikingo y era lo que más pesaba, un puñado de velas de buena cera blancas y otro de negras, un libro con tapas de una piel muy rara y suave y con la silueta de una estrella de cinco puntas impresa en oro en su centro, un candil de latón y otro de arcilla, muy parecidos a los romanos. Había también varios frascos que contenían semillas y hierbas, una bolsita con cebada tostada, cuerdas hechas con pelo de mujer y trapos rojos retorcidos y, por último, una cruz de madera blanca con puntas de nácar irisado que me dio repelús, no sé por qué, quizá porque me recordó el rosario y las tapas de madreperla del librito de rezos de mi primera comunión.

Finalmente solo quedó en la caja una enorme cucaracha rojiza, que trepó con rápida torpeza por los papeles y las sedas de los envoltorios. Me puso los pelos de punta; no pude dejar de lanzar un gritito ridículo. Padecía una blatofobia fortísima que me hacía sufrir mucho en aquella casa del casco antiguo, llena de humedades y fugas de cañerías que propiciaban la vida y las apariciones de bichos repugnantes y diabólicos, que me parecían el colmo de la suciedad y como salidos de cloacas indescriptibles. Mi psiquiatra no daba importancia a mi sufrimiento y me decía, gran verdad, que «eso eran cosas mías» y que convertía en bichos mis traumas. «Mátalos como puedas o tómate esto», concluía recetándome alguno de sus sabios venenos.

—No se asuste, señorita —me susurró Heredia, tal vez para no asustar al insecto—. A veces acuden al amor de las cajas espíritus hórridos como este, pero son totalmente inofensivos. ¡Pobres «panderolas»!

—¿«Panderolas»? —inquirí, mientras mi padre se recreaba en la colección de instrumentos de la cultura romaní sin hacernos puñetero caso.

—Así las llaman los catalanes, y ese nombre las libra de producir el terror que les provocan a los de otras partes. Repita conmigo, si no le importa: «pan-de-ro-la, no te temo si estás sola».

Permanecí en silencio presa de mi fobia, aunque un poco menos angustiada. Él hizo subir al insecto al dorso de su mano y, acercándose a la ventana entreabierta, la dejó marchar. Era de las que vuelan. Yo tuve que sentarme. Tras el susto, una profunda sensación de asco se había apoderado de mí. Mi padre continuaba en pie, apoyado en la mesa y contemplando el espléndido botín. Creo que ni siquiera reparó en el avatar que fue infernal para mí y cómico para Heredia. Se golpeó la palma de la mano con el martillito.

—Si es para matar vampiros, como creo, lo conozco casi todo —dijo con cierta suficiencia—, a través de mis lecturas, no vaya a creer... Las estacas, el mazo, el libro supongo que de conjuros… Pero ¿y estos granos?

—Los granos son de cebada. Se esparcen alrededor de la tumba y el vampiro se entretiene en contarlos y se le pasa la hora, pues amanece antes de que termine y ya no puede salir a sus asuntos como tenía previsto. Parece tontería y yo nunca lo he comprobado, pero es costumbre de los *dhampiros* valacos, y no cuesta nada llevar un saquito en la caja, por si se tercia.

—¿Y los clavos y clavitos que hay en este cajón? —pregunté yo.

—Se puede llenar la boca del *mulló* o de la *mullí* con dientes de ajo fino o con clavillos de hierro. Son mejores estos, a decir de los entendidos. Y sus orejas se clavan con los clavos grandes en el cráneo, y pueden ponerse algunos de ellos por la boca y toda la cara —respondió en un tono que no dejaba dudas sobre su profesionalidad.

—Creo entender, por lo que dice usted, que los *dhampiros* rematan a los vampiros… ¡Qué curioso! ¿Y de dónde salen ustedes o qué estudian para llegar a *dhampiros*?, pues veo que para ello se requieren muchos conocimientos —exclamé yo sin la menor ironía—. ¿O el *dhampiro* lo es de nacimiento?

—El secreto verdadero y último no se puede revelar, pero yo le puedo contar mi historia sin faltar a las reglas. Para que se haga una idea, un servidor de usted es, en efecto, un *dhampiro*, hijo de un vampiro y una gachí. Mi madre era una excelente mujer de la Pescadería de Cayitz, que fue fascinada por mi padre cuando él ya era un vampiro hecho y derecho, y además buen mozo. Él, que la deseaba con pasión, la poseyó y la hirvió. Yo nací en un caldero, menos mal que se dieron cuenta enseguida y me sacaron las tías hecho una pura ampolla. Afortunadamente los romís saben cómo afrontar tales cosas. Mi madre salió por sus propios pies de las aguas bullentes, más fresca que una rosa y más hermosa que un sol. Al bautizarme, me pusieron un nombre secreto antes que el de Juan de Dios, que es el que se me permite usar.

¡Ah, coño, me dije, por eso la piel de Juan de Dios era como papel de seda finísimo y surcado de diminutas arrugas púrpura! ¿Así que el Rata había hervido a la madre de Juan de Dios Heredia? ¡Jesús! ¡Como Medea a su suegro! ¿Qué era eso de hervir a la gente, además de una leyenda? Estaba a punto de insistir en la cuestión, a ver si me enteraba de algo, cuando mi padre preguntó al gitano, yendo a lo práctico:

—¿Por qué vende la caja, señor Heredia?

—Estoy cansado, señor, de ejercer de *dhampiro* —respondió Heredia—. He enviado a muchos *mullé* al más allá o a la nada. Me he ganado, como dije, la vida con ello honradamente. El último fue mi padre y ese es el fin de un *dhamphiro* cabal, matar y rematar al padre. Cuando lo conocieron ustedes, o al menos coincidieron con él en el Cerro de Targú Mulés, ya era un nosferatu viejo y achacoso, pero tan respetado que la familia no deseaba su muerte y lo conservaba como jefe honorario. Mis hermanos y yo no estábamos de acuerdo, pero tuvimos que achantarnos, porque los gitanos hacemos lo que dice la *kumpanía* sin rechistar.

»Al final cometió una tropelía demasiado cruel y perjudicó a mi mujer. Le robó más sangre de la que se podía permitir sin dañarla gravemente. La busqué enloquecido de dolor y, cuando la encontré, traté de acabar con ella según las reglas, porque se estaba convirtiendo en una *mullí.*

»Mis esfuerzos fueron en vano. Se me escapó como agua entre los dedos con el mal en sus venas y el vacío en el corazón. Supe entonces que para acabar con ella cristianamente tenía que matar primero al vampiro macho y así lo hice. La encerré, volví al campamento y me enfrenté con mi padre, que vio la muerte en mis ojos. No le di ventaja ni piedad. Aproveché la ocasión de ser la hora de la siesta, cuando apenas podía moverse y sus guardianes dormían, para decapitarlo limpiamente y arrojar su cabeza a los lobos de la sierra, pero ni aun así pude acabar con la Rosario, que había huido de la jaula donde yo la retenía para ver de revertir su vampirismo y darle la paz eterna. Por ahí andará ahora, sabe Dios dónde, haciendo males, con lo buena mujer que fue en vida.

»Es el único fracaso de la mía. No me arrepiento de nada de lo que he trabajado y sufrido por mi pueblo, pero no puedo hacerme perdonar mi último y único fiasco por los tíos mayores, los que nunca mueren y lo saben todo. Me castigarán cuando llegue la hora, pero mientras tanto yo ya no quiero esto. No voy a seguir cazando. Estoy tratando de deshacerme de estos instrumentos, porque sé que una etapa de mi vida se ha cumplido y he de emprender otro camino.

Sus ojos ardían o se llenaban de lágrimas según iba contando su historia. Lo que dijo de Rosariyo, mi amazona mítica, me puso los pelos de punta al recordar la de veces que la había visto con el rostro hinchado, cardenales en los brazos y palidez de cera. En mi inocencia, lo había achacado a accidentes con los caballos, pues presencié más de un revolcón cuando sacaban a uno del tráiler, nervioso o con malas pulgas. Pero ella montaba como una amazona mongola, nunca vi que la tirara ningún animal equino, fuera caballo, mulo o borrico.

—Y ahora, ¿a qué se dedicará usted, si deja su oficio y hasta quiere deshacerse de sus utensilios? —pregunté procurando no parecer curiosa, sino simplemente interesada.

—Con mi familia he cortado para siempre, por lo de mi padre y por más cosas que son secretos del linaje. Mi futuro ya lo tengo apalabrado. Me voy a una congregación de la Iglesia Evangélica de Filadelfia, en la sede de Tolaytol, lejos de aquí.

»Son gente de mi raza, pero puesta al día, y no se meten en estos fregados de tiempos de Maricastaña, de los que ya no hacen caso más que cuatro abuelos chochos. Lo de los grandes tíos es otro cantar. Me reuniré con ellos al final de mis días, antes de que mi alma la juzguen san Pedro y san Miguel. Entonces daré cuentas de lo ocurrido con mi gachí. Mi Rosario, paz tenga si está de Dios, que yo ya no la busco más. Tanta sangre me ha estragado.

»Los filadelfos me han ofrecido un puesto de contable. Tengo que contar cuentos y leyendas de nuestro pueblo a los niños y los jóvenes, para que no olviden sus raíces, aunque sin meterles rollos siniestros, que ellos son muy religiosos, cristianos protestantes por la gracia de Dios.

—¿Cuánto pide por ella? —preguntó mi padre señalando la caja.

—Se la dejo casi regalada por el aprecio que tengo a su familia, que siempre se portó bien con nosotros.

Mi padre compró la caja con todo su contenido por la cantidad que pidió su dueño, sin regatear, aunque era una suma considerable. Yo cerré la ventana por si volvía la cucaracha, antes de acompañar a Juan de Dios hasta la puerta. Sin venir a cuento, pero con portentosa coherencia con el resto de acontecimientos de la tarde, me cogió por la cintura y me dio un beso inesperado en la boca que no olvidaré en mi vida. Me quedó señal, uno de esos lunarcillos rojos como espinelas, que se disimulan fácilmente con el lápiz labial y son completamente benignos. Nos miramos a los ojos y nos sonreímos con amor.

«Está claro –pensaba cuando me miré al espejo más cercano–, que algo se me ha pegado del guapo romaní», pues me encontré hermosa yo también. «Algo bueno reside aquí» y me tocaba con el índice de la mano derecha la espinela púrpura, que llegó a provocar los deseos de mis amigos y la envidia de mis enemigos. A toda costa querían saber si era obra de un tatuador, de lo bonita que era.

A lo largo de mi vida he conocido y sufrido a algunos vampiros de los llamados sentimentales o, mejor, energéticos o psíquicos. Son los peores, porque no buscan sangre sino que te chupan las energías y te dejan el aura en blanco. No hay que tener ningún miramiento con ellos, solo la callada por respuesta a sus impertinencias y tomar las de Villadiego si los ves venir. Pero también hay vampiros amorosos, como Juan de Dios Heredia, románticos, flor de la raza calé, que bien merecen el permiso para un mordisco. Nunca he olvidado al chulazo de Targú Mulés y llevo con orgullo su marca como quien lleva un rubí de Ceilán.

* * *　　* * *　　* * *

Juan de Dios Heredia, como dije, desde muy joven ya tenía sembrada de churumbeles guapísimos Targú Mulés y la comarca de Kosice Napoca y ahora es pastor filadélfico de mucha categoría; pero de las mujeres *mullís* nada me constaba ni por letra ni por experiencia, salvo que algunas podían montar a caballo como valquirias, como aquella Rosariyo que un día se me apareció en la loma del Cerro como la imagen misma del poder femenino o de la libertad, y que luego resultó que de eso nada, pues por entonces estaba subyugada por su maldito suegro, al que tenía que hidratar continuamente como el resto de las parientas.

Digo esto sin saber si la Rosario era o no en aquel momento una *mullí*. Deduje de las palabras del *dhampiro* Heredia que, dado su continuo roce con el suegro *mulló*, debía de serlo y que, por eso, Juan de Dios clavó siete clavos de hierro en la cara de su padre y la estaca definitiva en su corazón, antes de cortarle la cabeza, que arrojó a los lobos montaraces; pero que luego la gachí se le escapó, como debe hacer cualquier mujer valerosa, sea o no vampira, que tiene ovarios no solo para engendrar churumbeles. Que corra el aire entre los cuerpos serranos. Tú ahí y yo aquí, compañero; y tú, pariente, a tu casa con tu mujer, a lo tuyo: feminismo cañí.

¿Quién me iba a decir a mí que encontraría un rastro de las vampiras en el tenebroso interior de una zambra? Verán ustedes, había escogido como tema de mi tesis doctoral las coplas inspiradas en el mundo flamenco de los años treinta. Era un asunto de todo menos fácil, y especialmente indigesto para mi tutora y directora de doctorado, Amalia Rojo, que me había sugerido un estudio sobre la poesía de la Generación del 27. Pero no había en el mundo cabeza más dura que la que Dios me dio y, después de muchos dimes y diretes académicos, me salí con la mía gracias a un congreso, en el que una de las ponentes extranjeras más emprendedoras del gallinero habló del tema que me interesaba, lo que dio peso a los argumentos a favor de mi propuesta y se lo puso difícil a la Rojo. Esta acabó por transigir con mi espinoso proyecto, como quien dice: «Ya te las apañarás, bonita. Cuando tengas trescientos folios redactados, hablamos».

Pues bien, como sabrán ustedes, la canción *Antonio Vargas Heredia*, de los años treinta, crea un espacio femenino de horror y muerte, donde un joven donjuanesco, que se parece mucho a mi Juan de Dios Heredia —hasta en el nombre—, cae preso por culpa de una «hembra gitana». Conocí esta copla por casualidad, mientras me afanaba en escribir un artículo sobre la *femme fatale* en nuestro folclore para una revista filológica de la Universidad de Praga. La cantaba Imperio Argentina en la película de 1938 *Carmen la de Triana* y trataba, como muchas de su género, de un gitano guapo y honrado, perdido por culpa de una mujer mala, mala y remala. Inmediatamente la incrusté en el borrador de mi tesis con gran disgusto de mi directora, que solo veía en ello una folklorada rancia y españolista. Se me olvidó preguntarle qué opinaba sobre la *Carmen* de Merimée. Sea como fuere, uno de los materiales de mi tesis más amado y que me daba más satisfacción era la copla *Antonio Vargas Heredia,* que Amalia Rojo odiaba porque la relacionaba con doña Concha Piquer, que la cantaba, por cierto, como Dios, con esa cosilla fría y especial que ella tenía, como si estuviera por encima de lo divino y de lo humano.

Este Vargas Heredia, «flor de la raza calé», poseía todo lo que mi joven *dhampiro*: belleza, fascinación, donosura, bondad, y además solía llevar una varita de mimbre en la mano y un clavel rojo en la boca, presagio de su cercana desgracia por la pérdida de su gachí o de su propia vida en una reyerta, según versiones. Todas las muchachas se enamoraban y lloraban por él, y se supone que él también las quería a todas, así que vaya cuadro vampírico tan chulo que podía quedarme de amores proliferantes y un poquito sobrenaturales. Lo malo es que el pobre joven donjuán de la copla se enredaba en un mal suceso por una hembra gitana especialmente hechicera y acababa preso por apuñalar a un rival. Lo de siempre en el género, qué le vamos a hacer. Y ahí ya las cosas empezaban a no cuadrar en mi paranoia vampírica. La vampira de la venta se desvanecía en vulgar vampiresa de mesón, y Heredia, el gran amante, no acababa purgando sus males como contable en la Iglesia Evangélica de Filadelfia, sino en el penal del Puerto de Santa María; en tanto que Jan Potocki se transmutaba en Florián Rey, que tampoco es como para escandalizarse.

Lo cierto es que todo tiene arreglo en este mundo y fui capaz, lo confieso con orgullo, de casar a gitanos con payas, a gitanas con vampiros y a gachís rubias con bellezones de casta paquistaní, que bailaban zambras de boda o de soleá en lugares tan emblemáticos como las Cuevas del Pedregal de Osuna. No todo fue a parar a la tesis doctoral, claro está. Me quedé mucho para mí.

Pasó el tiempo. Yo me casé con un colega de padre español y madre rumana, Silvano López Zamfir. Tuvimos un par de hijos, pero no los cocimos en calderos, sino que les dimos una educación francesa. A la niña la llamé Rosario, como la Rosariyo de mi niñez, y, al niño, Cayetano, porque nos gustaba el nombre y no caímos en que así se llama uno de los hijos de la Duquesa de Alba y que, además, entre los modernos chulapos, es sinónimo de pijo.

* * *   * * *   * * *

¿Qué fue de la genuina Rosariyo romí, la diosa del caballo blanco, del marido *dhampiro* y del suegro vampiro y maltratador? Su suegro le transmitió el vampirismo y la convirtió en *mullí*, eso se sabe, pero no su paradero o si había huido a otro continente, tal vez a América como suele suceder en estos casos.

Creí reconocerla en un programa de televisión, entrevistada como directora de una academia de baile flamenco de la ciudad de Bucarest, en gira por España. La emisión ya había empezado cuando encendí el televisor. Su rostro me pareció conocido aunque lejano. Me costó recordar su rostro de doliente Macarena en el de ahora, el de la mujerona de aquí me las den todas, en la que se había convertido con los años y el rodaje. Pero era ella, lo vi y lo sentí en mis entrañas. Lo decían sus ojos verdes de uva de teta de vaca y su boca dibujada con perfiladas curvas como la de Shiva. Los planos medios y cortos me impedían ver más.

Se llamaba Rosario Camborio, según pude pescar en los títulos de crédito finales. Hablaba un español extraño, en el que creí oír acentos del campamento del Cerro de Targú Mulés. Parecía muy segura de sí misma, aunque juraría que una gran pena pesaba sobre sus hombros. Cuando la locutora le planteó, la muy simple, la sempiterna pregunta sobre la condición de las mujeres gitanas en su profesión –¿de bailaoras, de bailarinas?–, la Rosario escurrió el bulto y contestó:

–Según lo que se baile.

Para ella todo había sido muy difícil, desde separarse de una familia tradicional, romper los lazos con el jefe de la comunidad, que a su vez era padre de su primo y marido, y dejar atrás a este, porque estaba enamorada y no quería perjudicarlo. Lo dijo en tono neutro, como quien larga un discursillo aprendido. La entrevistadora creyó que se extendía ante sí la posibilidad de dar al programa un color tan amarillo como goloso.

Pero el grifo se había cerrado. A partir de ese momento la Camborio no entró al trapo en ninguna de las preguntas sobre la vida y condición de las gitanas, y mucho menos de ella misma. En general, me dio la impresión de que aquella entrevista se la traía al pairo a la gachí, que lo que quería era que la dejaran en paz y no le dieran la brasa con el rollo de sus orígenes étnicos. Había venido a hacer propaganda de su *tanzakademie* bohemia de flamenco y la estaban jodiendo con una entrevista para payos subnormales.

—Para decirlo de una manera gráfica, una mujer gitana no será igual a un hombre, gitano o payo, mientras a ambos no los iguale una similar condición social y cultural —contestó a las preguntas con cierta ironía culterana que me encantó. Y juraría que añadió:

—Y no me pidas que te lea la mano porque te voy a mandar a tomar por saco —como me dijo más o menos a mí misma hacía la tira de años. Pero eran figuraciones mías.

A estas alturas la entrevistadora se hizo un lío, porque sus conocimientos de cultura romaní no eran muy allá, y salió por peteneras —nunca mejor dicho—, refiriéndose al arraigo de la entrevistada en Bucarest, tierra de Vlad III Tepes, seguramente conocido por la audiencia —añadió con falsa complicidad— como Draculea, el hijo del Dragón, o conde Drácula.

Rosario se encogió de hombros. Estaba mucho más redonda y radiante que en los tiempos de Juan de Dios Heredia, cuando era una chiquilla atada a la pata del sillón del *mulló*.

—¿Qué piensa de los vampiros gitanos, existen o son una leyenda? —Una sonrisa forzada acompañó esta pregunta idiota.

—Como seguramente hace usted, y la mayoría de la audiencia, procuro mantenerme alejada de ellos; pero, ya que me pregunta, le diré lo que dicen ustedes de las meigas: que existir, no existen, pero haberlos, haylos.

—¿Cómo se encuentra en Bucarest? —insistió la locutora—. ¿Tiene algo que ver la cultura rumana con la romaní?

—Algo tendrá, digo yo, a juzgar por lo a gusto que me encuentro en Bucarest y por lo bien que me ha ido en mi profesión. En mi tierra era una mujer de familia, una criada de los hombres, como en todas partes, y ahora soy libre. No soy la mujer de nadie, solo comparto mi soledad con quien yo quiero. En este momento con usted –risita de la presentadora.

«Pero cabalgabas», pensé yo, «como una heroína de película». «Pero mi suegro me pegaba y me chupaba cuando no estaba Juan de Dios», replicó Rosario dentro de mi cabeza. «Allí eras una *mullí* –seguí yo empecinada en mi argumento–, porque los chupetones de tu suegro te inocularon el virus del vampirismo».

Rosario miró a la cámara, como si me interpelara directamente, y respondió dentro de mi cabeza: «Ser una *mullí* solo me traía deseos imposibles y frustración. El amor es parte de mi libertad y no de una compulsión depredadora reprimida». ¡Qué cosas pongo en boca de la romí, lo que le gustarían a la cursi de mi directora de tesis, Amalia Rojo, que siempre estaba que si Freud, que si Lacan, que si Luce Irigaray!

La entrevista acabó con la emisión de un número de baile de Rosario Camborio en el Gran Teatro de Parma. Conservaba una figura escultural y ligera a sus cuarenta y tantos años. Ni el vientre algo prominente ni el culo monumental estropeaban la estampa ni la gracia de aquel cuerpo que se cimbreaba todo él, ligero y deshuesado, desde las puntas de los dedos hasta los pies de yegua pisadora. La acompañaba una espigada pareja masculina juvenil. Al contemplarla, pensé que de la *mullí* que era, o debía de haber sido, perduraba en la Camborio el estilo de mantis religiosa que yo misma había conferido a las vampiras romíes en mi tesis doctoral. Esta, por cierto, fue muy aplaudida e hizo pavonearse mucho a mi directora en la comida que siguió a la lectura, donde conseguí un *cum laude* como una casa. No parecía sino que el tema había salido de su caletre y que yo me había portado muy bien siguiendo todos sus consejos e indicaciones.

Mientras contemplaba bailar a la Camborio en la pequeña pantalla, me recreé en la fascinación imaginaria del macho causada por el movimiento y la envergadura de las alas de la hembra, la envoltura como en una mantilla letal. Un beso en la nuca, real o figurado, me hizo estremecer como preludio de la decapitación y el canibalismo. Una y otra vez aquel *ballet* demoníaco se desplegaría de escenario en escenario, de pantalla en pantalla… ¿Y qué era eso, al fin y al cabo, sino el complejo de la vampira de la venta? Me sentí flojísima y esa noche no pude dormir. Mi gato estuvo chupando mis energías negativas, acomodado sobre mi pecho como el monstruo de Füssli, mirándoles interrogativo, como él, a ustedes.

La opción de Juan de Dios Heredia había sido la mejor: acabar con el viejo *mulló* y liberar a sus nueras, con lo que hizo posible la trasgresión insaciable de la *mullí*: fugarse a los escenarios para seguir siendo vampira entre ovaciones. A partir de entonces tuve el sueño recurrente de una subida al Cerro, donde habitaban, como en un Olimpo romí, los dioses y demonios de mi infancia.

2. MADRE MULLÍ

—Eres una niña gótica. No sé qué voy a hacer contigo. Tienes que comer —se lamentaba mi madre con la acritud de quien nunca había sido feliz ni estaba dispuesto a que nadie de su entorno lo fuera.

Con lo de «niña gótica» no se refería la pobre a ninguna tribu urbana o a una moda cultural. Por aquellas fechas no había más gótico que el de las catedrales visitadas por los turistas, mayormente las de Burgos y Toledo. Pero en mi tierra los adultos llamaban góticos a los niños y niñas, sobre todo niñas, debiluchos, estudiosos y gafotas. Yo era las tres cosas y, además, culpable, según mi familia, de serlo, y con un futuro más negro que la pez.

Creo que, por cosas como aquellas, y también porque la tristeza del franquismo se colaba por todos los resquicios y por debajo de las puertas como un gas letal rastrero, me hice anarquista en la adolescencia. Nada que ver con Bakunin. Mi anarquismo era radical y revolucionario, pero no agitador, sino un anarquismo platónico, del alma, que nada sabía de sectas ni partidos. Se conoce que cuanto más anarquista me hacía, cuanto más leía y cuanto más me bañaba en el gran barreño de la colada, frotándome con asperón para quitarme la roña fascista que impregnaba el ambiente, más gótica me volvía a ojos de mis padres y más puntos perdía, según ellos, en la carrera por el futuro. Un futuro que ellos ya habían perdido y que no pudieron recuperar a pesar de que las cosas cambiaron cuando todavía eran relativamente jóvenes, pero pon una dictadura en medio de la vida de la gente, y verás si se recuperan y cuántos.

Me incorporé al instituto de segunda enseñanza con muy mal pie. Era público, es decir, en esa época, fascista de solemnidad. Cantábamos himnos falangistas a paso de marcha al entrar y al salir de clase, por la mañana y por la tarde —*Montañas nevadas*, *De Isabel y Fernando el espíritu impera*, *Prietas las filas* y otras que no recuerdo—, cosíamos trapitos ornamentales bajo la dirección de una maruja sádica, que nos susurraba cosas desagradables y se reía de nuestra torpeza —«Eres un troncho», me dijo una vez; ignoro su significado, pero me dolió—. También cortábamos patrones de ropita de niño totalmente contrahechos, ensayábamos bailes regionales en los que solo se movían los brazos y las piernas y nos entregábamos a otras actividades inútiles, además de aprendernos los afluentes de los ríos de España por la derecha y por la izquierda y de llenar de borrones un cuaderno de hojas grisáceas, que se llamaba Álbum de Dibujo Técnico. Al cabo de pocos meses, estas torturas me sumieron en una tremenda depresión. Acabé echando de menos el gélido colegio de monjas donde cursé mis primeros estudios. Allí, por lo menos, nos daban un vaso de leche en polvo antes de comenzar la clase de la mañana. Había además mucho tiempo para rezos y rosarios, que yo aprovechaba subrepticiamente para hablar conmigo misma y contarme enormidades.

Durante una temporada leí por mi cuenta unas obras completas –ediciones argentinas o mexicanas– de Faulkner y de Dostoyevski de la biblioteca de mi abuelo. No lo entendía todo, pero aquello era otro mundo y me arrebataba. Cada vez más aislada, era la irrisión de mis condiscípulas por mi forma de hablar, que se me pegaba de los clásicos, y porque la tristeza en que me hallaba inmersa me llenaba los ojos de lágrimas por cualquier sandez, o simplemente porque me escocían a causa de mis largas sesiones de lectura a escondidas y con poca luz. Las otras niñas no me llamaban «gótica», sino «mantequilla de Soria», tomando por blandura abyecta mi melancolía y sensibilidad.

Un día se molestaron porque no quise jugar con ellas a la «amiga invisible» y me pusieron tal zancadilla en una clase, una trampa tan vil –justo en Literatura, la única asignatura y profesora que me interesaban– que di con mis huesos como castigo en un cuartucho situado entre el patio del recreo y la zona de deportes. Contenía pupitres viejos amontonados, pizarras y otros cadáveres del mobiliario escolar. Estaba a oscuras, no había dónde sentarse, y solo se oía el tictac de un enorme despertador, que parecía pura chatarra, pero que aún latía como un viejo corazón maldito, condenado a no descansar. ¿Quién le daba cuerda allí?, me pregunté. Los pequeños misterios comenzaban a aflorar en mi tierno universo.

Apenas llegaban hasta mí los gritos de las chicas que jugaban al pite y a la *Madre cochina del hilo verde*. Me senté en el pico de una mesa, dispuesta a esperar pacientemente a que me restituyeran la libertad. A eso yo lo llamaba entonces

[47]

estoicismo, porque la palabra «paciencia» me sonaba demasiado católica. El mundo me trataba mal, pero no iba a poder conmigo.

Entonces vi al primer fantasma de mi vida, o a la primera ilusión óptica.

Fue muy poca cosa y no hablaré de él, por no cansar al lector. Solo diré que fui testigo, pasmada, de cómo una de mis compañeras se sentaba en un banco al fondo del trastero donde me hallaba, pequeñita y boca abajo. No supe hasta mucho más tarde que aquel cuarto constituía espontáneamente una cámara oscura, en cuya pared se formaba la imagen invertida de cualquier cosa situada delante de la puerta cerrada, donde había un orificio que había sido una mirilla. Desde entonces, aquella chica a quien vi cabeza abajo como un murciélago me dio muy mal rollo. Me pareció que estaba señalada por el dedo de la muerte, como muchos de los personajes de las novelas que leía en la biblioteca de mi abuelo, aprovechando la siesta de la familia. La prueba de que no siempre me enteraba de todo era que, a pesar de haber leído *El castillo de los Cárpatos*, de Julio Verne, no reconocía prodigios como aquel como meros fenómenos ópticos. Y es que yo era una anarquista romántica, una auténtica chica gótica.

Como habitante de la Galaxia Guttenberg, creía, y al mismo tiempo no creía, en ciertas cosas, y lo mismo me pasaba en el cine, que creía y no creía en lo que veían mis ojos. A veces los cerraba y ya no existían la película ni el universo, solo yo misma. Cosas de niños filósofos. En ocasiones miraba a hurtadillas en la sala de cine el chorro de luz del proyector, con sus estrellas de polvo, y lo seguía hasta que se estampaba en la pantalla, ocupándola toda y expandiéndose ante mí. ¿Qué pasaría si quitaran la pantalla? ¿Se caería al abismo la diligencia o los enamorados o los caballos de Ben-Hur?

Faltaban muchos años para que yo leyera reflexiones de este tipo en los escritos de Jean Cocteau. Por aquel entonces, mis escasos comentarios en voz alta no cosechaban más que rechiflas, salvo de la profesora que mencioné. No sé si me entendía, pero me trataba amablemente y me miraba como con pena y también, creo yo, con cierto interés, como se mira a un murciélago herido.

–Te vas a volver más ciega que un topo –me recriminaba mi madre si me pillaba leyendo en nuestro lóbrego cuarto de estar. Blanco roto se llama ahora al blanco sucio de sus paredes pintadas al gotelé, que por entonces nos parecía el colmo del interiorismo. Claro que tampoco se decía «interiorismo», al menos en mi mundo.

–Leyendo no hago daño a nadie. ¿Por qué siempre me estás regañando? ¿Me tienes manía o qué? –protestaba yo dolida.

–Pero, hija, ¿cómo te voy a tener manía? ¡Soy tu madre! ¿Tú has visto que una madre tenga manía a sus hijos? ¡Señor! Eso sería un gran pecado. Te regaño porque no comes lo suficiente y eres una vaga de siete suelas, siempre leyendo novelones en vez de hacer los deberes del instituto.

–Que te den morcilla charolada –susurraba yo.

Y ella gritaba:

–¿Qué has dicho? ¡No te creas que no te he oído, impertinente! ¡Qué bien vive la que no os conoce!

[49]

Con aquel plural infausto se refería a los hijos propios y ajenos. Bien mirado, era casi una consigna anarquista. Se lo había oído una y otra vez, y procuraba que no me afectara personalmente. En realidad, lo conseguí enseguida, para qué me voy a poner melodramática. Aquella mujer renegaba de nosotros tres, mis dos hermanos y yo, pero sobre todo de mí, porque ellos eran normales, comían como cerdos y se pasaban el tiempo jugando al fútbol en el campo de los maristas; pero yo, gótica, esmirriada y con costras en las rodillas, porque solía caerme en las clases de gimnasia, la sacaba de quicio, y eso que no sabía nada de mi anarquismo.

Mi padre, que era encantador, pasaba tanto de todo que era como si no existiese. Había sufrido persecuciones de las que escapó gracias a su don de la invisibilidad. Prescindiré de él, pero que se sepa que andaba por ahí, con sus cigarrillos de picadura, sus corbatas raídas y su Boletín Oficial del Estado bajo el brazo, porque trataba de mejorar su situación y buscaba oposiciones a funcionario entre sus páginas grises que olían a caca de pájaro.

La casa era antigua, húmeda y minúscula, tanto que cuando alguien se ponía enfermo, era desterrado a la de mis abuelos, que era una enorme y gibosa alquería, situada en las afueras de la ciudad. Tenía un jardincillo muy apañado y sitio de sobra para poder cuidar con holgura y comodidad al doliente sin que todos se contagiaran. Yo solía ser una huéspeda casi constante. Debieron de comprar mi sistema inmunológico de estraperlo en alguna morgue. Pescaba toda novedad que apareciera en el mercado de los microbios, especialmente unas bronquitis que me tenían en cama un par de semanas y otro par restableciéndome a base de caldo de carne, hígado, ponches de huevo y algún que otro vasito de vino de Málaga, que decían que era un buen tónico para el organismo. Yo, cuando podía, abusaba un pelín y me ponía un poco piripi. Era el sabor que más me gustaba por entonces, con su dulzura y su toque un poco amargo y picante.

Así que me encantaba ponerme enferma y, como eso lo tenía asegurado, era feliz al menos un par de veces al año, en el cambio de estación. Mis abuelos me querían y yo a ellos. Al menos, a estos que digo. Los de la otra rama de la familia, padres de mi padre, eran unos fachas meapilas que siempre estaban metiéndose conmigo, porque en cuanto podía me pelaba las misas de los domingos, que eran lo mínimo para conseguir la salvación eterna.

—Esta niña se va a condenar —decía mi abuela, que se las daba de dama católica, con su permanente y sus manos blancas como hostias.

Un médico jubilado, amigo y vecino de mis abuelos, venía a verme con frecuencia cuando me hallaba de retiro con ellos. Era lector empedernido y a veces me prestaba libros muy viejos que olían a humedad y a rancio, como *Las sonatas* de Ramón del Valle Inclán, o extraños, como *La mandrágora* de Hans Heinz Ewers, este último de una editorial mexicana, comprado, según dijo, en la trastienda de una librería de Madrid. A eso le llamaba él «echar leña al fuego», no sabía yo entonces por qué. Cuando lo supe, aplaudí: a mi fuego interior aquellas extravagancias le venían como anillo al dedo. Bien mirado, estoy hecha de su lumbre como de carne y huesos.

[51]

Este galeno, que solía jugar al ajedrez bajo las madreselvas a la caída de la tarde con mi abuelo, el tipógrafo, era un superviviente de la Guerra Civil. Pasaba por ser buena persona aunque un poco raro, porque atendía gratis a las familias pobres del barrio. Mi abuelo y él eran comunistas, yo lo sabía por haberles oído ciertas conversaciones, en las que siempre salían a relucir el *tovarisch* Lenin y *El acorazado Potemkin*, película, según ellos, que no había sido superada ni lo sería jamás. Yo no la conocía entonces porque no había cineclubes, y ahora siempre que tengo ocasión de verla lo hago en homenaje a aquellos dos ancianos tan *frikis* y entrañables. No es mi película favorita, sino más bien un fetiche que forma parte de mis raíces ¡y porque me gusta a rabiar!

Mi abuela también era roja, pero lo disimulaba haciendo ganchillo compulsivamente como las marujas de la Sección Femenina que se ponían por la tarde, a las puertas de las casas con el botijo lleno de agua con anís, a cotillear mientras fingían arreglar ropa para los niños pobres. Era una mujer guapa, muy fuerte, cordial, llena de vitalidad. Lo mejor de la familia. Me acogía en su casa con tremendo cariño, pero sin ñoñerías. No recuerdo un solo beso suyo, aunque sí grandes abrazos sanadores por los que ahora se pagan buenos euros en el centro esotérico de mi barrio, llamado Mystic Topaz. Era la única que me quería. Y yo a ella, con su bigote de cerdas blancas, su verruga en la barbilla y sus dientes sanos y amarillos.

Para mantener limpia y arreglada la casa, se servía de dos mujeres gitanas que vivían cerca de la casona, en el callejón del Pozo Amargo. La gente de ese barrio era sedentaria y trabajadora, de piel muy oscura y gran belleza. Nosotros a su lado parecíamos a medio hornear. Los hombres trajinaban de acá para allá por las ferias de ganado de los pueblos, trapicheando con bestias, sobre todo con mulas. Los viejos y viejas hacían canastos a las puertas de las casas y ellas, además, muñequillos mágicos con trapos y lana en los patios, mientras cuidaban de la tropa de niños mocosos y descalzos que sus nietas no dejaban de parir, uno detrás de otro, como si fueran máquinas de hacer salchichas desde los dieciséis años. A los más pequeños les cantaban unas nanas un poco siniestras porque decían que había que quitarles el miedo desde chicos. Creo recordar esta:

«La guapa *mullí* me lleva
La guapa *mullí* me trae,
Pregúntale por mis penas,
Que seguro que las sabe».

Jamás encontraréis gitanos más industriosos que aquellos ni mujeres con mayor talento para la conservación de la literatura popular. Sabían muchos cuentos, consejas y coplas, y tenían un imaginario, como se dice ahora, rico en fantasías macabras o espectrales, en las que salía a relucir con frecuencia cierto *mulló* o vampiro, *mullí* si era mujer, una especie de muerto viviente. Yo lo sé porque en mis gripes la menor de las «muchachas», como las llamaba mi abuela, Amara Montoya, me entretenía con un sinfín de dicharachos, que para mí resultaban tener cierto aire en común con algunos libros estrafalarios que me traía el doctor Crisógono, como *Impresiones de África* de Raymond Roussel y, también, con los *Cuentos de Yehá* que tenía mi abuelo. Un día se lo comenté y dijo el buen médico:

—El espíritu sopla donde quiere.

Contra todo pronóstico, yo a veces lo entendía cuando decía cosas como aquella. Era uno de esos bienaventurados en cuya boca la Biblia no sonaba a sarta de paranoias judaicas mal traducidas, sino que adquiría cierto aire de proverbio universal. Todo era nada y el vacío era luz, sacaba yo en consecuencia, y le invitaba a un traguito del agua del Carmen que tenía la abuela en el aparador para los desmayos y vahídos, pero que era, según me dijo él mismo, pura absenta de etiqueta negra, de la que lleva pintado un demonio en las botellas genuinas. En la de mi abuela había una virgencilla candorosa y recogida.

Amara Montoya tenía un cuerpo perfecto con cúpula central. Siempre estaba preñada, siempre. Cuando parecía que no, era porque acababa de parir y comenzaba a gestar un nuevo churumbel del tamaño de una habichuela. Entonces tenía Amara el aspecto de bailarina de un templo hindú recorrido por monos saltarines. Un día vi a su marido. Era un tipo no muy joven, rechoncho y calvo, con un gran rubí falso en el índice de la mano izquierda. Me daba gran pena que la hermosa gitana estuviera casada con aquel hombre, que además de ser gordo, viejo y feo, solo aparecía por su casa para preñar a la gachí de nuevo, pues se dedicaba a las ferias de ganado e iba de pueblo en pueblo.

De tanto fabricar criaturas en su interior, la hermosa gitana había desarrollado una especie de creatividad carnal, como si su cuerpo fuera una planta de flor perenne, como las rosas de los jardines de Aricia, que siempre tienen doblados sus arbustos bajo el peso de flores magníficas. Solo que la Montoya no se doblaba. Resistía a pie firme, fuerte y ligera, transportando su carga como una hormiga, sin achaque de cansancio ni desaliento. Pero se conoce que en la parte oceánica de su ser femenino se iban depositando unos como barrillos, algas de piel infantil y quizás ojos incipientes con mirada interior de fetos desechados. Se hubiera dicho que eran jirones de alma que hacían que toda conseja o historia del Pozo Amargo cuajase en sus mientes en forma de fantasía lúgubre y pavorosa. De estas cosas me hablaba a su manera cuando estaba ayudándola en el jardín de mi abuela. Yo lo hacía por gusto de estar con ella y para que no se fatigara ni se le dañara la tierna carga de su vientre al agacharse o subirse a una silla a cortar alguna rama muerta.

Las fantasías de la Montoya, por tétricas que fueran, iban acompañadas por una alegría crónica que las enmarcaba como una moldura dorada a un espejo profundo y oscuro. La risa chispeaba en su boca de canela, y los muertos que bajaban por sus aguas interiores eran como muñecos de una feria o un guiñol, sonriendo con sus anchas mejillas pintadas. Si don Crisógono me enseñó que el universo no existe, ella me iba inculcando poco a poco, tal vez sin darse cuenta, que no hay frontera entre la vida y la muerte, aunque sí protocolos para sobrellevar las bromas que los vivos y los muertos se gastan entre sí.

* * *   * * *   * * *

La defunción de mi madre fue un acontecimiento insólito en nuestras latitudes. Se dijo de todo en la prensa local y en los mentideros, pero los que estábamos cerca conocíamos una verdad que parecía un cuento chino, y es que la pobre murió picada por un bicho tan venenoso como poco conocido: una escolopendra gigante africana que nadie sabe de dónde salió, aunque sí dónde la atacó: en la carbonera de nuestra casa, donde no abundaban insectos más temibles que las cucarachas.

La tremenda criatura medía más de medio metro y tenía decenas de patas y unas mandíbulas atroces Era como un ciempiés titánico. Lo encontraron colgando en la comisura de los labios de la muerta, tan difunto como ella. Ambos se habían producido la muerte recíprocamente por un choque anafiláctico que había paralizado en cuestión de segundos el corazón y los pulmones de mi madre. La escolopendra falleció al ingerir su sangre, que era veneno para ella. Esto nos lo explicó el doctor Crisógono. Las explicaciones de los científicos en la prensa serían más sabias, pero no tan claras como las del gran ajedrecista.

En toda mi vida no había oído lamentos como los de las gitanas ante el cadáver, hallado por Amara, que había venido a por un cubo de carbón para el brasero. Ni siquiera mi familia dio tal cante ante nuestra querida muerta. Y no es que sintieran muchísimo su deceso –que efectivamente lo sentirían, no me cabe duda–, sino que había en ellas un extra de dolor porque, según me insinuó la misma Amara Montoya, un muerto como mi madre era un peligro para

los vivos, al menos hasta cuarenta días después del falleci-
miento, que es cuando, según los gitanos, se presenta uno
ante san Pedro y san Miguel para saber si ha de entrar en el
cielo o en el infierno, tal como los estudiantes acudimos al
tablón de anuncios para enterarnos de nuestros resultados y
destinos.

Durante los primeros días no hice mucho caso de sus si-
bilinas palabras, atrapada como estaba en los preparativos
del entierro, que me fascinaban. Mi abuela se encargó de
todo y yo fui testigo fiel y gótico de los arreglos correspondientes que, por cierto, convirtieron a aquella mujer avejen-
tada, teñida de gris y malva por el tósigo como una estatua
egipcia, en una abyecta figura de cera. Serendipio, el maqui-
llador de la funeraria, hizo con sus afeites de baratija una
chapuza que indignó tanto a las gitanas como a mí. Para
ellas una lavadita al muerto, si acaso, era más que suficiente,
y tenían toda la razón. Don Crisógono también dijo lo suyo.
Algo así como:

—No os empeñéis en que los muertos parezcan dormi-
dos, porque os arriesgáis a que despierten.

¡Por los clavos de Cristo! Esa vez la sabia voz del galeno
no me consoló por los males del teatro del mundo, sino que
sentí correr a lo largo del espinazo un escalofrío, como si un
bromista me hubiera introducido un cubito de hielo por el
cogote.

Después del entierro me pregunté qué habría sido del
bicho letal, la escolopendra titánica, que se había convertido
en una leyenda del barrio gitano tras desaparecer en el jaleo
de las honras fúnebres; pero nadie supo decirme y muchos

se santiguaron al oírme mentar la bicha. Algunos dijeron que había ido a parar al pozo y que allí se desharía como un azucarillo, soltando su veneno, y que morirían muchos. No sin razón, el barrio se llamaba del Pozo Amargo. De nada servía recordarles que aquel nombre era anterior a la visita del insecto venenoso, pues para ellos esto probaba que el pozo tenía poderes ocultos.

Mi madre comenzó a aparecérseme en sueños al cabo de algún tiempo. Durante mi siguiente recaída en la bronquitis, agravada por la alergia primaveral, le pregunté a Amara. La otra «muchacha» había abandonado la casa por oscuras razones que, en definitiva, se relacionaban con mi madre y sus presuntas travesuras de ultratumba. Amara me dijo casi en susurros que se decía que algunos difuntos no estaban a gusto con su muerte por ser esta rara y precoz y se aparecían en busca de la ayuda de los vivos en las casas donde había vivido, con permiso de los santos porteros del más allá.

Amara Montoya aguantó el tirón, la muy valiente, por no abandonar a mis abuelos y porque era una mujerona de rompe y rasga que no tenía miedo de ciempieses ni escolopendras, por muy africanas que fueran. Su gran dominio natural de los lóbregos submundos de su raza la protegía, además, de los fantasmas, y a mí llegó a decirme que mi madre no tardaría en manifestarse, no en sueños, sino como ánima del Purgatorio alrededor del pozo de la bicha y entre los arbustos de lilas que amó mientras estuvo viva, pues eran sus flores preferidas por su aroma entre penetrante y delicado. A veces –dijo también mi gitana– se notaba cierto olor a lilas cuando se limpiaba su alcoba de soltera, y era porque ella andaba por allí en busca de algo o para mirarse en el espejo del armario en el que se miró vestida de novia.

—Pero ¡tú estás loca! ¿Sabes lo que estás diciendo? —fingí escándalo como hubiera hecho cualquier blanco frente a un indio como ella, que le hablara del karma o de la reencarnación de un antepasado en hormiga o elefante.

* * *   * * *   * * *

La primavera, como dije, cargada de perfumes y pólenes, agravó mi bronquitis, y don Crisógono tuvo que hacerme varios certificados para el instituto excusando mi asistencia. Hasta vino a visitarme una de las profesoras para cerciorarse de mi mal. Me trajo una cajita de polvorones comprados en la pastelería Dulce Nombre de María, cuyos dueños habían sido socialistas en la República y se pasaron al nacionalcatolicismo con armas y bagajes cuando la Victoria del Generalísimo. En casa de mi abuela los productos del Dulce Nombre estaban censurados. Yo se la di a Amara para sus niños y bien que me lo agradeció. Es más, me dijo, a modo de advertencia secreta:

—Por lo que sabe una servidora, ha de estar usted ojo avizor esta noche, mi alma, que puede recibir una visita del otro lado. No es moco de pavo, pero no tenga miedo ninguno y quédese en la cama bien tapadita, que no le va a pasar nada. Lo que venga ya se irá.

¡Ay, madre! Palabras mayores. Aquello presagiaba una visita del más allá como la que Protesilao hizo a Laodamia con permiso de los dioses del Hades, según don Crisógono, que últimamente contaba sobre todo historias siniestras greco-rromanas. Me subió la fiebre. No me puse el termómetro, pero lo noté: una especie de ardor de tizones infernales «en los centros de mi ser» —como a veces decía la gitana, copiando una copla paya sin saberlo.

—¿No puedes quedarte conmigo, Amara, guapa?

—No, señorita. Yo ya bastante he hecho, y aunque se porta usted muy bien conmigo para ser paya —bromeó alzando por el cordelito la caja de los dulces—, y yo he de estarle reconocida, aparte del cariño que le tengo, hay cosas que una no puede hacer sin llamar la atención. Tres días dormí aquí cuando el duelo y mi gente me lo echó en cara con razón o sin ella. Ahora me lo han advertido las viejas de parte de los tíos. De noche, a casita con tu gente.

Los tíos eran los ancianos jefes de las familias y los clanes. El de Amara Montoya, el tío Jacinto de los Juanes, tenía malas pulgas y ejercía sobre sus parientes una autoridad de hierro, aunque parece ser que se llevaba bien con las mujeres, porque tonto no era. No insistí, pero noté en el rostro redondo como una manzana de bronce de Amara cierta decepción. Seguramente habría deseado que insistiera y caer en la tentación de quedarse conmigo para compartir la aventura que le habían pronosticado las sombras de su inconsciente.

Pero contrariamente a lo que yo misma me había pronosticado, apenas me hube metido entre las sábanas y tomado el jarabe de codeína contra la tos perruna que me destrozaba el pecho, me quedé profundamente dormida. Las palabras de la sibila gitana sobre una visita del fantasma se desvanecieron.

Soñé, en un grato espejismo de vuelo entre el sol de oro y un mar verde y transparente, que entraba por la ventana de mi propia alcoba y que caía a cámara lenta en la cama, cuyas ropas se desplazaban para acogerme y luego se cerraban sobre mi cuerpo sudoroso, como una mansa ola rompiente.

Entonces la vi. Tenía el estilo gracioso de las figuras de la Virgen de Lourdes y la morbidez deshuesada de la Venus de *La Primavera* de Botticelli. Se acercaba a mí desde la pared del fondo, como salida de un proyector situado a mis espaldas que yo no podía ver, y su imagen estaba invertida. Permaneció así a un lado de mi cama, cerca de los pies. Me miraba con sus zapatos, es decir, como si las suelas tuvieran ojos, a la manera de un capricho cubista, porque al estar del revés, yo apenas podía ver las luces de su rostro, sus verdaderos ojos. Ella efectuaba sobre mí algo semejante a una contemplación y yo me sentía mirada. Luego creí despertar. El proyector infernal se había apagado, pero ella seguía allí, ahora invisible, pero tan palpable como el sudor de fiebre que perlaba mi frente y resbalaba por mi pecho, empapando mi camisón.

Se sabe, por los cuentos y consejas, lo mucho que conmueve a un espectro, monstruo del Averno o mujer vampira, que lo llamen por su nombre real y completo. Recordé haberlo leído en algún lugar, quizá en *Las mil y una noches*, y quizá también se lo había oído a Amara. Para ponerlo en práctica, tuve que hacer un ligero esfuerzo por atrapar en mi mente el de mi madre, que se me escapaba, porque por lo general todos la llamábamos «mamá», incluido el soso de mi padre; y los abuelos y demás, Lili.

—¡Hola, Aurelia, ¿cómo estás?! —le pregunté totalmente tapada, sosteniendo bajo mi barbilla la ropa de cama en prevención de contactos indeseados.

El fantasma tomó cuerpo, se estremeció y pareció absorbido por el fondo de la habitación, algo borroso y en posición invertida. Luego fue como si el operador que trabajaba con aquella figura abyecta hubiera enderezado y reenfocado la imagen, que caminó hacia mí con pasos naturales de mujer viva y real. La luz de la mesita de noche estaba encendida. Mi madre se detuvo junto a la cama, cerca de mí, y me miró con tristeza.

El maquillaje de la funeraria no había desaparecido del todo de su rostro. Dejaba ver las lívideces del envenenamiento. Tenía los labios secos y pálidos. Los abrió como si quisiera decir algo, pero entonces estalló la tormenta que había estado amenazando desde poco después de la cena, cuando Amara Montoya se marchó a su casa. La boca del espectro se estiró sobre los dientes.

Un tremendo relámpago restalló en el cielo llenando la estancia de luz violeta, seguido por un trueno que apagó cualquier otro sonido. Empezó a llover a mares. La tempestad estaba sobre la casa. Si la difunta dijo algo, no pude oírla. Luego, cuando aquella fosforescencia espectral se resolvió en tinieblas nuevamente y el estruendo enmudeció, el fantasma gritó con voz ronca:

—¡No me busques, que no estoy aquí! ¡Siempre serás una niña gótica hasta que te mueras aunque sea de vieja! ¡Tanto leer, tanto leer…!

En efecto, ya no estaba allí. Tras la desaparición de su figura solo alcancé a ver una de sus manos. Tendida hacia mí, fue devorada por una negrura succionadora. Me dejé caer sobre la almohada y dormí de un tirón hasta el mediodía, cuando entró Amara a despertarme, acompañada por el médico.

—Aquí huele como tras la lucha de Jacob con el ángel —dijo este frunciendo la nariz, antes de despedir a la muchacha, que me había traído el desayuno, y lo dejó sobre la mesita de noche. La morena salerosa acarició la sexta cúpula de su templo.

—Lo que usted diga, don Crisógono; pero en estas casas nunca pasan cosas tan descomunales. Aquí el único ángel que se acerca es usted —replicó risueña.

—Eso lo dirás tú, chiquita, que hablas sin pensar ni saber, pero quedo muy agradecido por la lindeza —replicó el viejo en tono cariñoso. Había ayudado a traer al mundo a muchos de los churumbeles de la gachí y sentía un gran afecto hacia ella.

Amara se fue meneando la cabeza, de cuya coleta se habían desprendido varios mechones rebeldes que bailaron sobre su frente y sus mejillas. Me pareció una pintura romana tocando un pandero, quizá por la bandeja que llevaba con su particular desenfado, y por el movimiento airoso de sus caderas, que tantas criaturas habían alojado sin perder su hermosura.

* * *   * * *   * * *

Estábamos en la cocina de mi abuela, pelando patatas para el hervido de la cena. Amara se había prendido con una horquilla en el pelo, detrás de una oreja, un ramito de albahaca y parecía una niña adorable y barriguda. De vez en cuando se estiraba llevándose las manos a la zona lumbar.

Mi abuela secaba al sol su blanca cabellera, que normalmente llevaba recogida en un moño. Suelta sobre sus hombros redondos la hacía parecer una diosa de la tierra. Por la ventana abierta entraba el aroma del agua con vinagre con la que se enjuagaba el pelo para que quedara brillante. La veía reflejada en el cristal entre flores e insectos que zumbaban, como a una vieja guardiana.

—Amara mía —dije—, tengo que preguntarte algo, a ti que sabes de las cosas de los difuntos.

—Adelante, niña, así supiera tanto de los vivos —respondió—. Si puedo, mi ayuda no ha de faltarle, aunque soy una ignorante —hizo una higa con los dedos para alejar el mal de ojo que pudiera venir de mi lúgubre requiebro.

—¿Tú crees que después de tres meses de muerta es normal que mi pobre madre siga visitándome por las noches?

—Huy, de normal nada, mi alma. Las personas que mueren antes de tiempo por violencia de puñalada o veneno suelen estar aleladas o perdidas un par de semanas, y las de muerte natural, cuarenta días; pero luego se las arreglan para encontrar la luz y se van a donde corresponda, que eso ya no lo sé ni creo que lo sepa nadie. Cada caso será diferente, creo yo.

—Pues mi madre no se va —insistí. No le dije que quizá las visiones se producían en los intervalos del semisueño, porque las respuestas que suscitaban en Amara mis preguntas eran maravillosas y no quería perdérmelas.

—Tendría que haberse ido ya. ¿Su madre se orientaba bien

en el mundo? Quiero decir que si hubiera ido a Santiago de Compostela ella sola, como peregrina, digamos, o a cualquier otro lugar como Sierra Nevada o Lisboa, ¿se las habría apañado, como si dijéramos, sin guía, lazarillo o compañero?

—No, hermosa, mi madre siempre torpeó bastante. Era un ama de casa que no había salido de su rincón nada más que para hacer el viaje de novios a Galicia cuando se casó con mi padre. A lo mejor es eso, que no encuentra el camino o el vehículo que ha de llevársela…

—Eso va a ser, y no es que no tenga remedio, que lo tiene, sino que va a necesitar que la ayude un familiar próximo que se sepa la teoría, que aquí no valen dudas ni titubeos; es decir, que para una servidora el lazarillo debe ser usted. ¿Estaría dispuesta a ello?

—Mujer, si no hay más remedio… ¿Y qué tengo que hacer? ¿Y cuándo? ¿Y dónde? ¿Y de qué manera?

—No me lo tome usted a mal, pero por sus preguntas se nota que usted es paya, señorita, mejorando lo presente.

—¿Y eso por qué?

—Porque sí, porque ustedes los payos siempre están haciendo preguntas sobre todo lo divino y lo humano. Preguntando, preguntando, el tiempo se va pasando, y la casa sin barrer. Oiga, tenemos patatas peladas hasta la semana que viene. Se van a poner negras. No es que me importe, pero podemos hacer otra cosa mientras hablamos.

Pusimos las patatas en una olla al fuego y salimos al jardín dispuestas a recoger la ropa tendida. Mi abuela había desaparecido. Amara dijo:

—Cuando la luna esté donde debe, que se llama luna

muerta, haremos un corrito con algunas gitanas viejas que saben de esto, y en unos tizones echaremos hierbas de olor y alguna cosa más. Entonces sabrá usted lo que tiene que hacer. Es sencillo y no cuesta nada. No es de esas ceremonias que no se acaban nunca y precisan de mucho ringorrango. Yo me encargo de las tías.

Nos reunimos con tres comadres venidas de la provincia de Logroño en la puerta de una cueva ancestral, en lo más escarpado y gélido de los montes, adonde llegué medio muerta por mi débil y gótica constitución. «Es sencillo y no cuesta nada, sí, sí…» –dije yo–, y ella se puso el índice sobre los labios, reclamando silencio. Las más jóvenes hicieron una gran hoguera, cuyo calor no consiguió calmar mi frío y mis temblores, pues aquel lugar y circunstancias me aterrorizaban más allá de lo que yo hubiera experimentado alguna vez, salvo en sueños.

A mi lado se sentó Amara, arrebujándome con su mantón de lana, que olía a leche y hierbabuena. Su vientre me calmó más que el fuego, porque en Amara todo era vida y calorcillo. Las viejas canturrearon y en el suelo apareció la escolopendra como por paso de manivela en una película antigua, con sus espantosos cincuenta centímetros, su coraza amarilla sembrada de pinchos y sus patitas blancuzcas. Estaba devorando viva a una lagartija que se agitaba con frenesí. Se había desprendido ya de la cola, pero el bicho la tenía bien agarrada entre sus colosales mandíbulas chorreantes de veneno.

Una de las viejas se dirigió a mí en romaní. No entendí una sola palabra, pero Amara me tradujo:

—Dice que tienes que matar al bicho si quieres que el *mulló* te deje y se marche para el otro mundo por el túnel de las ánimas, porque, si no, acabarás mal.

—¿El *mulo*? ¿Qué *mulo*?, —no lo sabía o lo había olvidado— ¿Qué es eso? —pregunté imaginándome una mula negra y grande como una montaña, plantada en el centro de la alcoba de mi madre.

Entonces todas ellas cantaron con voces de falsete, como brujas de carnaval:

«El vampiro que chupa la sangre es el *mulló*,
La madre que no quiso a la hija es la *mullí*,
La *mullí* no se irá si la hija no hace lo que debe hacer.
Día y noche permanecerá en la casa la *mullí*,
Sorbiendo cuanto encuentre con vida, la *mullí*.
La sangre de un cuchillo de cocina lamerá la *mullí*,
La sangre entre las piernas de la hija, la sorberá la *mullí*.
La sangre del padre al afeitarse, la besará el *mulló*.
La sangre del hermano en la pelea, la lamerá la *mullí*.
La madre muerta y podrida que lo sorbe todo es la *mullí*».

—Cuidado, señorita, que viene el ciempiés. Tenga cuidado no vaya a picarla, por Dios bendito, que le parará el corazón como a su madre —me advirtió Amara.

—¡Que viene el ciempiés, que viene el ciempiés! —susurró tenebroso el coro goyesco.

El canturreo subió de tono y en el humo de la hoguera empezó a formarse una figura negra. La escolopendra se deslizaba hacia mí arrastrando a su desesperada presa, pero yo no quería pisarla, me daba un asco agónico, no podía salir del cobijo de Amara. Ella me arrojó al suelo y se apartó, dejándome sola con mi enemiga para obligarme a enfrentarme a ella.

Las voces cantaron en su poderosa lengua:

«La bicha es un bicho *mulló*.
También entre los bichos hay bichas *mullé*.
Cómetelo, niña blanca, mastícalo,
Escúpelo al fuego, donde lo espera la madre *mullí*.
Porque la *mullí* es tu madre, que a ti te hará *mullí*.
Y no se irá si no haces lo que debes».

Cogí una piedra plana, como alisada por el agua de un arroyo, y descargué su filo una y otra vez sobre la escolopendra hasta partirla en varios pedazos, sintiendo que a cada golpe recuperaba mi valor. La lagartija seguía retorciéndose en el suelo. Cuando aplasté la cabeza del gigantesco bicho maligno, haciendo saltar aquellas mandíbulas que habían causado la muerte de mi madre, sentí una gran alegría interior, como si finalmente hubiera cumplido con mi deber.

—Ahora tienes que coger eso y echarlo al fuego, mi alma —me indicó Amara—. Si no lo haces, no servirá. O lo mascas, según dicen las comadres, pero no es preciso llegar a tanto. A veces exageran.

Los fragmentos no dejaban de moverse, pero los cogí por las patas y, procurando no pensar en nada, me puse a lanzarlos al fuego, que chisporroteaba al recibirlos y dejaba escapar un delicioso olor a gambas a la plancha. Me embargó un fuerte deseo de comerme un pedazo, y cuando lo hice las brujas aplaudieron con sus manos marchitas. Una negra silueta se dibujó entre las llamas, densa, fuliginosa.

—¡Líbrame, mi niña gótica, líbrame de este tormento! —creí oírle decir.

—Mamá, ¿eres un vampiro como dicen estas? —pregunté con la voz ahogada por el humo.

—Calla, niña —susurró Amara—. No se habla con los *mullé*. Como te conteste, te abrasará.

Estábamos en tales dimes y diretes cuando apareció en la explanada de la hoguera, montada en una mula de gran alzada, una criatura ambigua, hombre o mujer o ambas cosas, negra y roja, con sombrero de ala ancha y larga cabellera. Sin bajar de su cabalgadura, se metió entre los carbones ardientes y los dispersó hasta que solo quedaron algunas cenizas. Una voz de hombre exclamó:

—¡Vete, bicha, vete ya, mujer muerta, a tus cubiles, a tus quehaceres entre las ánimas, a limpiar los retretes de san Gregorio, y no hagas mal ni asustes a estas de aquí nunca más!

—Amén —susurró el corro de viejas.

Luego, en medio del silencio de las mujeres, el jinete volvió grupas y se fue. Su capa volaba desde los hombros como un par de grandes alas grises de arcángel.

—¡La hostia! ¿Qué ha sido eso? —pregunté a Amara, espantada.

—Hemos tenido suerte. Era el Dhampir de La Arrapieza. Es hijo de *mulló* y de una princesa cañí. Está medio vivo y mata a los *mullé* por un odio ancestral que les tiene, no por dinero como otros *dhampiros*. Ignoro cómo se ha enterado de que teníamos este corrillo. Tal vez se lo dijo la Mejorana, aquella mujerona del bolero de grana que está allí, entre las abuelas como una reina. Es la mujer del Tío Tarabillas. Siempre lo larga todo por presumir de entendida. Un día vamos a tener un disgusto con la Guardia Civil.

En el aire que ya clareaba por el este se oyó una voz rota:

—¡Adiós, mi niña gótica, adiós...! ¡Allí te espero comiendo huevos!

Creí oírlo en la lejanía, pero a lo mejor era un relámpago o el graznido de un pájaro. Amara me apretó contra sí murmurando: «Al fin libre, niña hermosa, ya se marchó la que no estaba invitada».

3. LA MORIBUNDA

En memoria de Charlotte Riddell

1

Mi hermana gemela y yo éramos huérfanas. Nuestra madre murió de septicemia en el puerperio, infectada por los fórceps del médico, porque en aquella época no se practicaba la asepsia del instrumental. Nuestro padre la siguió poco después en un barrizal, con el hígado atravesado por una bayoneta enemiga en una guerra olvidada. Por entonces tampoco se desinfectaban las armas antes de usarlas.

Nacimos sanas y rozagantes, de color púrpura, por lo que nos llamaron siempre las Cerezas, aunque nuestros nombres eran Victoria, mi hermana, que nació media hora antes que yo, y Paz, yo misma, que vine al mundo cuando no se me esperaba y a modo de anexo. La Cereza mayor era perfecta de cuerpo y normal de mente; la pequeña, es decir, yo, fui más canija, algo achacosa desde el primer momento y con una miopía prematura que me impuso el uso de lentes cuando era muy pequeña. Nunca he tenido una visión del mundo tan clara como si mis ojos hubieran sido normales, pero siempre he visto lo suficiente como para competir con mi querida hermana, que veía perfectamente, pero no se fijaba.

Nuestros jóvenes abuelos maternos, Dorotja y Árpád, que tenían menos de cuarenta años cuando nosotras vinimos al mundo, nos criaron en la casa solariega de la familia y nos trataron como a sus propios hijos. Mi abuela Dorotja nos quería a mi hermana y a mí con un amor algo distante. Le agradaba nuestra compañía pero no la buscaba. Estaba más pendiente de sus cosas, de su propia belleza y de sus amores, en los que los jóvenes caían y se enredaban como en una sedosa tela de araña.

En la gran casona de campo, donde vivían otros niños, familiares, la servidumbre, una familia romaní que cuidaba de las cuadras y un par de grandes perros de empaque aristocrático, como los pintados por Tiziano, había mucha vida y bastante amor. Mi abuela tenía una doncella, Fiore, bien educada, eficiente y fiel; mi abuelo, un secretario, Froilán, de buena familia venida a menos, y un ayudante giboso de ojos celestes casi invisible, llamado Doro.

Antes de nuestra escolarización, aprendimos lo básico con unas institutrices pálidas y románticas, que solían ser hijas del párroco o sobrinas de nuestra ama de llaves. Hacíamos viajes a la ciudad de vez en cuando, a por provisiones, telas, medicamentos y otros productos de los que no podíamos abastecernos en la finca ni en la aldea. No solíamos compartir estas salidas con los abuelos, que iban a su aire, sino con la ayudante de la doncella o con el ama de llaves. Mi abuela permanecía descansando en el campo y cuidando los jardines en primavera y verano con la ayuda de la imprescindible Fiore. Organizaba algunas meriendas y paseos por la finca con sus amistades, pero su temporada de brillo mundano se desarrollaba en la capital, entre óperas, pieles y jóvenes poetas que la cortejaban.

En la ciudad, no muy distante de la hacienda, nuestra familia tenía una vieja mansión en el barrio antiguo, entre escalinatas y cuestas para salvar los desniveles y las terribles pendientes del castro íbero que constituía su solar. Entre la muralla del recinto fortificado y la ciudad moderna hasta el río, se extendía el barrio gótico de pequeños burgueses y artesanos. Muchas de sus calles tenían nombres de metales porque entre su población predominaban los gremios de orfebres y plateros, gracias a cuya industria la villa gozaba de bienestar y cierto prestigio.

La casona familiar de la calle de la Plata, conocida como la Casa del Diamantista, estaba al cuidado de un matrimonio mayor, Demetria y Anquises, parientes pobres y lejanos de mi abuela, que siempre los protegió y los trató con una especie de piedad o reverencia como a dioses tutelares. Por fuera parecía un edificio arruinado; mejor dicho, muy antiguo, rezumante del sudor de los dioses primigenios que habían quedado emparedados entre sus muros. Por dentro, la morada era como el interior de un cuerpo titánico, un amasijo de corredores como venas, pasillos estrechos, ventanales inesperados, pulmones, arterias y bolsas de espacio como estómagos vacíos, todo ello sostenido por bóvedas con nervios y claves que una mirada enfermiza podía convertir en huesos de gigantes.

En el primer piso había un enorme salón helado y oscuro, en cuyo techo se entreveían algunas mediocres pinturas mitológicas alusivas a la muerte, enmarcadas por nervaduras de yeso recubierto de pan de oro ennegrecido por el moho. Tenía una chimenea francesa que nunca se encendía, flanqueada por dos atlantes, hombre y mujer, que con los cambios de luz parecían moverse en su estrecha envoltura de mármol. De pequeñas, las Cerezas solíamos escondernos en ella, jugando a que era nuestra casita.

Las alcobas eran estancias modernas, alegres y bien aderezadas. En ellas se concentraba la vida familiar, como huyendo de las sombras de la otra parte, la tenebrosa. El despacho de mi abuelo y los cuartos de estar de las señoras y de los niños se calentaban con grandes braseros de latón. Eran las únicas piezas que no despertaban ensueños de locura, pese a estar enteladas en damasco amarillo, color venenoso para los nervios. Las ventanas de la fachada delantera, con cristaleras de rombos de color verde agua y aspecto blando, daban a la calle, y las de atrás, medio cubiertas por la yedra, al jardín trasero.

Este jardín era propiedad exclusiva de mi abuela, que solo lo compartía con nosotras y con su amigo del corazón, Algernon Swift, un periodista inglés joven, bello y opiómano. Allí cultivaba hierbas deletéreas y setas con aspecto de carne pútrida, rosales negros traídos desde la ciudad turca de Halfeti por el propio Swift, y hermosas matas de sanguinaria que chorreaban flores rojas. Era hermoso ver conversar a la dispar pareja al atardecer en un banco de mármol bajo la gran enredadera de celindas y jazmines. En aquellos momentos había en mi abuela Dorotja una graciosa aura de galanteo y en el joven cierto atisbo de alegre melancolía.

«A veces la yaya me parece una gitana o una cómica»

[74]

—decía mi hermana. Tenía razón: algo de ambas había en ella, en sus ojos negros de mirada centelleante y en su nariz aguileña, pero sobre todo en su porte entre señorial y despreocupado de gran dama.

Dentro de la casa había hermosos gatos cuidados por Demetria, que tenían nombres de dioses: Osiris, Anubis, Isis, Sobek y Hator, puestos por el abuelo Árpád, gran amante de la cultura egipcia. Siempre eran cinco, como las puntas de la estrella satánica. El tato Anquises se ocupaba de mantener esta población en sus límites, exigidos por la puntillosa numerología de mi abuela. Por otra parte, si rompían alguna de las preciosidades de cristal o porcelana que abundaban en la casa, o se afilaban las uñas en las sedas que tapizaban los muebles, el castigo era la muerte. Pero estaban habituados a sortear estos obstáculos; tanto que incluso eran capaces de esquivar con sus colas plumosas las impalpables figuritas de vidrio soplado, y se limaban las garras en los troncos guardados en la leñera.

El abuelo Árpád era miembro prestigioso de su especialidad científica y hombre recto y progresista. Pertenecía a la Junta de gobierno de la Universidad, de la que era rector y en la que destacaba por su apostura casi militar entre los vejestorios momificados física y mentalmente que componían el claustro. Su especialidad era la Química, siguiendo la escuela del químico escéptico Robert Boyle, fundador del Colegio Invisible que dio lugar a la Royal Society. Nosotras, a causa de descubrimientos fantásticos en nuestras correrías por la parte oscura de la casa, siempre pensamos que se dedicaba a la Alquimia.

No andábamos desencaminadas. Tenía un enorme taller en un sótano de la mansión, iluminado por un ventanal gótico. ¿De dónde venía aquella luz diurna, estando la cavernosa habitación bajo tierra? Este lugar misterioso siempre me recordó, y aún me recuerda, a la obra de Rembrandt «El filósofo meditando», desde que la vi por vez primera en el Museo del Louvre a los diez años, durante un viaje con mi abuela Dorotja, donde casi me caigo dentro del cuadro, o al menos al suelo, fulminada por su belleza. Ahora se llama a esto síndrome de Stendhal; por entonces, anemia o debilidad.

Aquel sitio contaba con un horno o atanor y crisoles de varios tamaños, para diferentes metales. Mi abuela exhibía en las grandes ocasiones un colgante de rubí enmarcado en diamantes negros, fabricado, según nosotras, por el Gran Alquimista en las profundidades de la casa o de la tierra. Llevadas por nuestras lecturas, sobre todo por las mías –pues la Cereza mayor no era muy aficionada a los libros–, lo relacionamos medio en broma con la piedra filosofal. Como nuestra abuela con su jardín, el abuelo Árpád se sentía orgulloso y celoso de aquel ámbito privado, en el que solo le estaba permitida la entrada al ayudante zarco y renco Doro, y a Anquises. Ambos tenían a tal efecto sendas llaves antiguas de hierro. Cuando veíamos con ella en la mano a Anquises, sabíamos que se dirigía a la caverna para limpiar y sacar la sangrienta basura.

Esta parte de la casa donde nunca daba el sol, y que nosotras llamábamos la Caverna, estaba poblada por presencias invisibles cuyo parloteo, griterío y risas se oían al traspasar sus confines, aunque no se entendía ni papa de lo que decían.

Lo creáis o no, en aquella mansión había gente que no se dejaba ver, pero a la que se oía.

La entidad más famosa era la que nuestra abuela Dorotja llamaba en broma la Moribunda, que sonaba en la sobremesa cuando nos reuníamos alrededor del fuego a contar historias de miedo victorianas, en las que mi abuela no le iba a la zaga a Mary Shelley o a la señora Charlotte Riddell. Eran veladas deliciosas y risueñas hasta la primera irrupción de la voz de la Moribunda. Ella sembró para lo sucesivo cierto pánico latente en nuestras reuniones como un soplo de pimienta.

Recuerdo la primera vez. Una noche oímos un alarido cercano e inexplicable, que parecía proceder de las entrañas de la casa, seguido por un coro de lamentos que ponía los pelos de punta. La tata Demetria, que entraba en ese momento a colocar sobre el velador una bandeja con copas, se asustó tanto que se le cayeron todos los cristales y las bebidas. En aquel episodio pereció un frasco tallado de cristal rubí de Bohemia, al que habían respetado decenas de generaciones gatunas de la estrella de las cinco puntas. Dorotja chistó pidiendo silencio y puso tiesa su oreja de adorable vampira haciendo altavoz con la mano.

–¿Qué ha sido eso? –preguntó con voz temblorosa la tata Demetria, desolada por el estruendo y sobre todo por el desastre doméstico que su sobresalto acababa de provocar.

–Pues ¿qué va a ser? ¡Un gemido de casa vieja, mujer! –exclamó el tato Anquises, disgustadísimo por el estropicio más que alarmado por la voz, si es que lo era, de procedencia desconocida.

Dorotja dijo:

—Parece el lamento de una mujer moribunda.

Después del alarido y los ayes, que se fueron apagando o alejando, se hizo un silencio ensordecedor. Todos permanecimos callados un buen rato, no porque esperásemos otra manifestación espectral como el inexplicable grito, sino porque una especie de rigidez se había apoderado de nuestros miembros como si hubiéramos visto el rostro de Medusa.

A partir de entonces las voces se hicieron presentes en muchas ocasiones, sobre todo cuando teníamos como invitado a algún pariente o amigo austrohúngaro de la abuela, que era de origen bohemio como el cristal rubí antes mencionado.

Una noche, tras una cena con el gobernador en la que nos habíamos deleitado con lo mejor de la cocina de Demetria, los invitados se hallaban tomando una copa y charlando en los cómodos sillones alrededor del fuego. Dorotja se ausentó unos minutos para cerrar una ventana que golpeaba con el viento. Afuera se había desatado una tormenta que en principio fue solo eléctrica, como si gigantescas nubes sucias y densas o una manada de elefantes desbocados chocaran entre sí produciendo fulguraciones y rasgaduras en el espacio. Luego descargó un furioso aguacero con ruido de catarata. En medio de aquel fragor se oyó muy nítido y cercano a donde nos hallábamos un alarido de mujer que nos dejó petrificados.

—¡La Moribunda! —exclamó la abuela Dorotja fingiendo pánico. Había vuelto al salón y se frotaba las manos blancas y tal vez heladas, a la vez que extendía despreocupadamente hacia el fuego los pies calzados con finos botines de tafilete.

»Perdonen ustedes —dijo envolviendo su excusa en una sonrisa tan traviesa que a todos les volvió a fluir la sangre al rostro—. Yo llamo así a ese prodigio sonoro, y bromeo sobre ello con Fiore y mis nietas, porque en ocasiones me ha producido la sensación de estar oyendo el lamento mortal de una mujer que sufre. Estos viejos edificios son tan entretenidos… Incluso gastan bromas a la gente. El deslizamiento de una madera o un cristal que se quiebra, pueden producir el efecto de carcajadas o sollozos, como ahora.

El abuelo Árpád se apresuró a explicar a los sorprendidos huéspedes que, como bien decía su esposa, aquello que parecía un lamento había sido estudiado por ingenieros y arquitectos, e incluso por un rabdomante. Tras una profunda revisión del edificio y los alrededores, no encontraron la causa de aquel fenómeno, que declararon inocuo para los habitantes de la casa.

—¿Lo hizo estudiar usted, Árpád, por un rabdomante? —preguntó a mi abuelo el invitado, divertido, pues lo tenía por un científico serio y escrupuloso.

—Fui yo —dijo Dorotja sonriendo—. Llamé a mi joyero don Salomón Pérez, expertísimo en estos temas, que ya se ha retirado pero no niega un favor a una amiga.

—Una amiga y clienta que le ha comprado más piedras preciosas que estrellas lucen en el firmamento —comentó el abuelo.

—¿Usted, querida amiga, cree en esas cosas? —preguntó el amable caballero sonriendo. Por fin la velada se animaba un poco, aunque fuera a costa de aquellas rarezas, que hacían juego con la casona y su dueña.

—Pues claro, amigos míos ¿por qué no? —respondió la divina Dorotja a la pregunta sobre su creencia en lo esotérico—. Hay tanta verdad en «esas cosas» como en la ciencia, y no son incompatibles. Las hemos arrinconado. Cosas ancestrales, querido amigo, decimos, pero están vivas y conviene conservarlas como las joyas o los buenos cuadros. El zahorí al que llamé para que examinara esta casa por la cuestión de los ruidos hizo muy buen trabajo con sus mediciones de las energías, sus varillas y otros métodos propios, que desconozco. En su informe se señalaban, como en el del ingeniero, los puntos débiles de la construcción, pero él mismo confesó que el fenómeno de la Moribunda se le escapaba, como a los maestros de obras y al arquitecto, señor Zavattini, experto en la conservación de viejos palacios, gracias al cual esta zona de nuestra ciudad no solo es bella, sino habitable…

—… A pesar de la Moribunda —dijo el invitado— tomando un trago de burbon. Todos rieron.

—No es difícil convivir con ella —dijo mi abuela suavemente.

2

Cuando llegó el momento de sacarnos de nuestro estado semisalvaje de niñas de campo y enfrentarnos con la cultura y la realidad del mundo civilizado, fuimos ingresadas en la inalcanzable Daniele von Zaraska Academie, gracias a los contactos de los abuelos.

La Zaraska era un prestigioso internado waldorfiano para señoritas, situado en un antiguo palacio llamado la

Casa de la Ballena. Albergaba y se hacía cargo de la formación, hasta su entrada en la universidad, de alumnas de familias pudientes, así como de algunas muchachas becadas por el Estado, de condición modesta.

Allí lo pasamos bien y aprendimos mucho gracias a las enseñanzas diseñadas por Rudolf Steiner sobre los cimientos de la música, la danza, la esgrima y los rudimentos de la antroposofía, además de cursar y examinarnos de los programas de estudios oficiales. El trabajo era intenso, pero no agotador; el profesorado inteligente y agradable, aunque al principio nos pareció un poco estirado, y las chicas deliciosas en su elegante petulancia de futuras damas con todos los deberes que eso conllevaba.

No tuve entre ellas amigas íntimas –no las he tenido nunca–, pero todas respetaban mi retraimiento y mi naturaleza de bicho tan raro como inofensivo, al que siempre se le podía pedir un favor o una opinión. Mi hermana, por el contrario, fue entre nuestras compañeras una reina grande, roja y bonita, interesada como ellas por los vestidos, los deliquios sentimentales y las excursiones. Cuando se animaban hablaban mucho y con escaso rigor del matrimonio y de la sensualidad, siendo como eran tan vírgenes como Minerva.

Poco duró su reinado. Durante una de estas salidas para pasar el día al aire libre en contacto con la naturaleza, un animal enfermo huido de una granja, al que se empeñó en acariciar, le propinó un sangriento mordisco en un tobillo. En sí misma, la herida no era importante, pero le produjo unas fiebres extrañas. Eran, al parecer, difíciles de diagnosticar, porque no tenían nada que ver con la rabia. Los médicos aconsejaron a *fräulein* Daniele Zaraska que devolviera a la muchacha a casa antes de que fuera demasiado tarde y se vieran obligados a cargar con el problema de una enferma extranjera.

Fräulein Zaraska se puso en contacto inmediatamente con mi abuela, quien, en compañía de Fiore, se apresuró a visitarnos y se volvió enseguida con Victoria, que llegó a casa en condiciones alarmantes, con mucha fiebre, asma y ronchas por todo el cuerpo. Yo estaba completamente sana y permanecí en la Academie, consolada por la promesa de mi abuela de escribirme diariamente.

En el hospital de nuestra ciudad se hizo cargo de Victoria el Dr. Moritzius muy amigo de mi abuelo, que la ingresó inmediatamente. Las primeras noticias que recibí de mi abuela Dorotja tardaron en llegar a mis manos más de lo esperado y no fueron tranquilizadoras.

Mi hermana permanecía hospitalizada; no le bajaba la fiebre y las ronchas se habían convertido en islotes de diminutas pústulas escarlata que se acumulaban en forma de carne de frambuesa y se iban extendiendo, produciéndole un escozor insoportable en las axilas y las ingles. Sin embargo, el doctor no parecía excesivamente preocupado y estaba tratándola como si se encontrara ante un caso poco frecuente de escarlatina, pues descartó otras enfermedades contagiosas por razones científicas que se me escapaban.

En la siguiente carta las noticias eran mejores. Mi Cereza sufrió una crisis febril muy intensa que estuvo a punto de afectar a su corazón, pero tras una noche en la que temieron por su vida, salió del trance agotada, empapada en sudor viscoso de color amarillento, que manchó la ropa de la cama. En los días sucesivos fue recuperándose con alentadora rapidez. Su fiebre bajó hasta niveles casi normales, recobró el apetito e incluso el humor, y se sentía incómoda y aburrida en la cama sin nada que hacer, aunque siempre estaba acompañada por alguna de las mujeres de la casa, que procuraban distraerla. Al cabo de una semana le dieron el alta médica y el doctor la envió al campo, acompañada por una enfermera, para que se recuperara bajo la supervisión de mi abuela en un ambiente sano y sin los riesgos de una larga permanencia en el hospital.

Las cartas de mi abuela, escritas con tinta violeta oscuro y con su característica letra anticuada y redondilla como la de una marquesa rococó, eran frías, detallistas y minuciosas en datos, algunos tan incomprensibles para mí como informes médicos. Una cariñosa despedida en todas ellas suavizaba la amarga impresión que me producían. La misiva que he mencionado, del envío al campo de mi hermana para recuperarse, me proporcionó menos alivio del que cabía esperar. Permanecí con el papel en la mano largo rato, mirando al infinito por la ventana de la biblioteca de la academia, donde solía pasar todo mi tiempo libre leyendo o estudiando. A menudo me miraba al espejo sin las gafas, para contemplar muy de cerca mi rostro figurándome que era el de mi hermana. La preocupación y la pena parecían haber agrandado mis ojos intensificando su color verde anaranjado de pelirroja. En una ocasión me pareció ver una manchita de color vino en la mejilla izquierda y me sobresalté, pero fue un error de percepción, un efecto de la luz en el azogue.

La última carta que recibí no era de Dorotja, sino de mi abuelo Árpád. Al abrirla me temblaron las piernas ante aquel sobre tan formal, con los sellos de la universidad, y su papel grueso y marfileño, distinto del sedoso lila de mi abuela. Su contenido, admirablemente escrito, casi una pieza literaria, fue como un mazazo. Victoria había muerto. Hablé con *fräulein* Zaraska, que trató de consolarme. Hice mi equipaje rápidamente. Me ayudó en los trámites para el desplazamiento por la oficina del centro, que puso a mi servicio a una de las becarias mayores, la voluntariosa Sarah Pernath, para que no viajara sola. No tenía esperanzas de llegar al entierro de mi hermana, pero al menos deseaba abrazar a nuestra abuela.

Hizo muy buen tiempo, soleado y azul, a lo largo de todo el camino. Era primavera y los campos y prados estaban en flor. No había espacio para el dolor y la melancolía. En las paradas hacíamos acopio de flores silvestres como varas de san José y rosas salvajes, pero las tirábamos enseguida, porque languidecían y se marchitaban rápidamente, no como las robustas rosas negras de mi abuela, que parecían eternas. Se respiraba un aire limpio y fresco que invitaba a vivir y a disfrutar. Comimos y bebimos lo que nos apeteció, lejos de la austeridad de la Academia, y hasta reímos en algunas ocasiones, porque Sarah Pernath tenía una curiosa actitud frente a las cosas, y era que las ponía del revés y veía qué resultaba de ello. Era una pequeña filósofa praguense que se había impuesto la felicidad como objetivo y se rodeaba de ella como de un perfume. Creo que esto, imposible de compartir para mí en aquellos momentos, intensificó la angustia que me anonadaba y llenó mi cabeza de niebla y mi corazón de arena fina o polvo de cristal, pero agradecí a los dioses su agradable compañía y la luz de sus ojos celestes.

Gracias al buen hacer de mi compañera con los transbordos y cambios de trenes, llegué a tiempo como por arte de magia. Estuve presente en el funeral *de corpore insepulto* de Victoria junto a mis abuelos en la iglesia de Cirilo y Metodio. No quería ver a la muerta, pero fui poco menos que arrastrada por mi abuela hasta el sitio donde se hallaba el féretro abierto, que dejaba ver medio cuerpo de mi hermana. Estaba rodeado por un círculo de personas que, al llegar nosotras, se apartó discretamente.

Embalsamada con notable pericia, su rostro pecoso parecía vivo, pero no dormido sino dispuesto a una travesura. Las pestañas de oro bordeaban los párpados sombreados por un tono azulado casi imperceptible. Sus labios maquillados con un talento que me parecía abusivo, más adecuado para embellecer a las vivas que a las difuntas, tenían turgencia y buen color. Mirarla fue como asomarme al estanque de Narciso y ver en él mi propia imagen más agraciada que de costumbre. La muerte me favorecía, pensé ante el cadáver de mi gemela. También yo estaría así en la tumba; ojalá me quitaran las gafas, que no me harían falta en el sueño eterno ni en sus fantasmagorías, si las hubiere.

En el viejo cementerio Olanska, bajo un sol de oro y un cielo rosado, terso y limpio como una piel joven, el entierro del féretro no me causó la menor emoción. Era una caja de madera lo que se enterraba, no mi retrato o mi doble. Yo era yo, y mi imagen se reflejaría solitaria para siempre en los espejos, sin la confusión siniestra que se producía cuando ambas nos mirábamos juntas en las aguas de alguno. Mi abuela me tomó por los hombros.

Estaba magnífica, con un vestido de seda blanco y negro, y olía a juventud, a lilas y verbena, no a los pesados perfumes orientales que solía usar. Sobre su pecho ardía el rubí de Ceilán que Victoria y yo imaginábamos que era la piedra filosofal, fabricada en su antro de alquimista por el abuelo Árpád. Él también destacaba entre los caballeros por su apostura, su barba gris rizada como la de un rey de fábula, y su decorosa expresión de duelo en un rostro donde, como en el de su mujer, parecía florecer una juventud eterna.

Me quedé algún tiempo en la casa de campo antes de volver a la academia, ya que mi presencia parecía atenuar el dolor que flotaba en el ambiente. A pesar de no ser dada a dejar percibir por la familia los estados de su corazón, mi abuela sufría sin decoro y nadie podía hacer nada por animarla.

* * *   * * *   * * *

Por entonces le ocurrió otra gran desgracia: Fiore se despidió pretextando que debía cuidar de sus padres ancianos y enfermos en su lejano pueblo del sur. Parecía haber perdido su alegría, su fuerza de siempre y aquella especie de chispas de energía que saltaban de su cuerpo en movimiento como un aura. La noche antes de su partida fui a su habitación. Cerré la puerta y me encaré con ella, que estaba doblando unos vestidos para meterlos en la maleta. Le dije que quería que me explicara su marcha de manera que yo pudiera creerla, porque sabía que sus padres, relativamente jóvenes, se hallaban en plena salud en la granja de su tierra natal.

Después de mucho rogarle que abandonara la idea de marcharse, que atormentaba a mi abuela desde que había recibido la noticia, se sintió acorralada por mis preguntas y mis ruegos. A fin de cuentas, más que una ama, su señora Dorotja había sido una madre para ella y se profesaban el cariño y la confianza que une a dos mujeres que viven juntas.

Estábamos de pie en el centro de la habitación. Ella cayó sentada en la cama y yo a su lado, decidida a no salir de allí sin una respuesta satisfactoria. La obligué a mirarme de frente. Había llorado. Tenía el rostro enrojecido y los ojos irritados. Sus bellas manos de sirviente que no se emplea en trabajos físicos, parecían hinchadas como las de una lavandera y no sabía qué hacer con ellas.

—¡Ay, querida, en qué situación me colocas, por Dios! —dijo tuteándome, en un tono que expresaba una mezcla de fastidio y de pena, pues entre nosotras reinaba cierta confianza.

—En una situación que sin duda tiene algo que ver con mi abuela —dije yo—. ¿Os habéis peleado? ¿Puedo hacer algo yo?

—No sabes cómo me duele abandonar a mi señora Dorotja... —dijo al borde del sollozo—. O mejor dicho, te lo imaginas porque sabes cuánto la quiero y lo agradecida que le estoy por haber hecho de mí una persona educada y decente, y por haberme tratado como a una amiga o como a una institutriz más que como a una sirvienta. Pero creo que ni tú ni nadie sabéis lo que se oculta en ella bajo su eterna juventud, su belleza y su brillo. Yo he procurado no saberlo tampoco, o al menos verla como la persona buena y donosa que aparenta ser y cuya imagen consigue imponer a todo el mundo.

»Es tan fácil convivir y trabajar para ella si una cierra los ojos… Hasta que un día, ya desde que clarea la mañana, tienes presagios de extraños males. De improviso cruza las piernas en su asiento y al correrse el vuelo de su falda ves una pezuña embarrada e hirsuta en lugar de la fina babucha escarlata que tú misma le has puesto. O cuando estás matizando de rosa en su tocador sus mejillas de mujer joven para rematar su *toilette*, adviertes por primera vez que su aliento es fétido, con hedor de tumba y excrementos… O al peinar sus canas de plata y sus rizos de brillante plomo, que yo he arreglado siempre con mis propias manos, notas un bulto a cada lado de la frente, una protuberancia cuyo contacto te provoca escalofríos y que al día siguiente ha desaparecido. Estas anomalías inexplicables me han hecho pensar a veces que dentro de mi encantadora ama se esconde un macho cabrío o un demonio.

»He sufrido mucho por estos misterios y otros aún más impenetrables. Eso tú no lo sabes, mi dulce Paz. No la has visto como un esqueleto calvo en la bañera, y unos instantes después saliendo de la espuma como Afrodita, levantando unos brazos bellos y bien torneados para escurrir la hermosa melena, que le llega hasta las rodillas cuando se la suelta para que la cepille.

»¡Y qué cosas se encuentran en esa cabellera, nido, entre

otras, de pequeñas arañas y diminutos escarabajos como pepitas de oro! Durante años he tenido la sensación de estar alimentándome de unos platos exquisitos corrompidos, vino agriado y unos dulces cubiertos de moho. Lo he sobrellevado para ganarme la vida decentemente sin arrastrarme por el lodo ni ser una carga para mi familia. Pero más de una noche he permanecido en vela preguntándome a qué clase de demonio servía y si no me encontraría pronto perdiendo la vida entre sus fauces sin saber a quién recurrir, pues por esta casa pasan muchas personas sabias y de calidad, que saben de estas miserias del alma, pero temía que si les hablaba de mis tormentos me tomaran por loca o, aún peor, que comentaran algo a mi querida señora.

Aunque quise interrumpir su monólogo, que me parecía aberrante, no me lo permitió. Siguió hablando y hablando como impulsada por la necesidad de contármelo todo, de que yo comprendiera el horror que había sufrido en la casa en compañía de aquel ser que había puesto como apodo la Moribunda a un fantasma.

—Aguanté a su lado durante la enfermedad de Victoria —continuó Fiore con los ojos bajos—, y fui testigo del infierno y presa del horror. Ni el mal de nuestra Cereza era ordinario ni tampoco la actitud del ama Dorotja al respecto. Llegué a entrever quimeras que revoloteaban como negros paraguas rotos por encima de nuestras cabezas con las garras prestas a atrapar el alma que se iba.

No lo dijo con estas palabras, que parecen un poco rebuscadas; pero yo me lo representé así, como un aleteo de oscuras arpías, mientras la escuchaba reprimiendo un loco deseo de dejarla con sus alucinaciones y salir corriendo, pues me estaba sacando de quicio su corrupto discurso. Quizá lo notó, porque puso su mano caliente sobre la mía como para retenerme.

—Al parecer —prosiguió como una autómata— ni el doctor ni la enfermera compartían mis visiones; yo no decía nada, pues la actitud de todos era tranquila y normal, se diría que rutinaria. Pero veía lo que veía, y creo que Dorotja se daba cuenta. Había días en que los cardenales del cuerpo de su hermana de usted se ulceraban supurantes; otros, en los que cada llaga adoptaba la forma de una frambuesa henchida de sangre. A veces se oían gemidos como los de la Moribunda, y también había veces en que aquellos frutos carnosos desaparecían como si se reabsorbieran, la fiebre bajaba, y ella se mostraba sana y alegre. La piel que cubría los moretones se separaba de la carne enferma y dejaba ver una nueva y sana.

»Esto nos llenaba de alegría. La casa parecía tener más luz y más vida, desde las cocinas a los terrados, donde ondeaban las sábanas tendidas. Demetria canturreaba junto a los fogones mientras organizaba las comidas. Pero escúchame bien, Paz querida, yo la vi, a la divina, a la hechicera Dorotja, tu abuela, que no parecía contar más de treinta años, sentada en la cama, de espaldas, con la larga cabellera suelta, inclinada sobre la enferma como un... ¡vampiro!

»Al principio no quise creerlo, pero las sombras, los espejos sombríos de los armarios, el olor fétido que reinaba en el cuarto... En todo había indicios del mal. Me obligué a ver y a saber a pesar de mi repugnancia. Un alarido de mujer estalló en el cuarto y un murmullo de la risa un poco ronca, deliciosa e inconfundible, de tu abuela.

»Me acerqué despacio a la cama de la enferma procurando no hacer ruido. La lengua de Dorotja recorría su rostro, su cuello y sus axilas, bajando hasta sus ingles, deteniéndose en las zonas de las pústulas y chupando, succionando, tragando. Cuando sintió mi presencia volvió la cabeza hacia mí, que estaba en pie cerca de ella, horrorizada.

»Los iris oscuros de sus ojos parecían blancos. De su boca caía un reguero de baba sangrienta y entre sus dientes afilados como los de un tiburón sobresalían de su boca trozos de la piel enferma de tu hermana como pedazos de pergamino arrugados. Se la estaba comiendo. Se deleitaba en devorar las costras y las pústulas. En espantado silencio, con las manos en las mejillas, abandoné la habitación y salí corriendo por el pasillo en busca de ayuda. Casi caí en brazos del señor, que me preguntó amablemente, con su indiferencia mundana o cínica de costumbre, la causa de mi precipitación y de la palidez de mi rostro. Le dije que me acompañara a la alcoba de la enferma, cosa que hizo sin preguntar nada más.

»Cuando llegamos, nos detuvimos en el umbral. La suave luz rosada como carne infantil de la lámpara de noche iluminaba una escena tierna y apacible. Tu hermana dormía como un niño, de costado, velada por la señora Dorotja, que se hallaba sentada junto a su cama en un silloncito con un álbum de fotos abandonado en el regazo. Todo en tu hermana estaba más vivo que la vida misma, cada rizo de su cabello rojo, sus manos juntas bajo la mejilla, una dulce sonrisa en los labios de cereza un poco pálidos pero turgentes.

»Tu abuela, bella como una madre joven, la contemplaba amorosamente. Formaban una especie de rueda por la que circulaba una corriente de amor y calma, ¿sabes? Como esas máquinas ejemplares de tu abuelo Árpád por las que circula el vacío, pero que tienen en su interior la víbora o la rata del experimento que está realizando.

»Al advertir nuestra presencia, Dorotja nos saludó con los ojos entrecerrados, como si la hubiéramos sorprendido dormitando. El señor se acercó y depositó un beso en cada una de las frentes de aquellas entelequias, bajo cuya imagen doble yo sabía oscuramente que se ocultaba una bestia diabólica. Quiero decir que las dos eran una vida sola, víctima y verdugo, que se llamaban con una sola palabra: la Moribunda. Ignoro cómo lo supe. Fue una especie de fulguración, uno de esos avisos que no se pueden ignorar porque estallan en la cabeza y se imprimen en la mente, ¡zas!

Me cuesta no poco trabajo traducir las cosas horribles que me dijo Fiore y quizá por ello mis palabras no resulten útiles, ni siquiera comprensibles, al estar contaminadas por mi propio lenguaje; pero me esfuerzo por transmitir el mensaje de aquella mujer atribulada, que tenía dificultad en expresar lo siniestro, pero a quien yo entendía perfectamente.

—El señor me dijo cuando salimos de la alcoba que había hecho bien mostrándole esta apacible estampa. Esta misma mañana el doctor la encontró muy mejorada y murmuró que solo un milagro del infierno, je, je, podría empeorar el curso de su curación. Así lo dijo o así lo oí: «infierno», seguido de una risita. A veces me da la impresión de que el viejo doctor Moritzius chochea o algo peor. Es como si supiera algo que a los demás se nos escapa.

»Se marchó sin haber turbado la paz que reinaba en el cuarto, sin una sola palabra para Dorotja o una caricia para la enferma. Cuando poco después volvió el médico para su visita vespertina, le acompañé yo misma, pues tu abuela se había retirado a descansar y la enfermera había bajado al pueblo a por una medicina. El doctor Moritzius me preguntó, mientras la auscultaba:

»—¿Han notado ustedes algo extraño en ella a lo largo del día?

»—No –mentí, sin decirle nada de la escena que tanto me había perturbado, pues en aquel momento tuve miedo de que hubiera sido fruto de mi imaginación sobreexcitada–. La señorita ha dormido casi todo el tiempo. No ha tenido apetito, solo ha tomado leche de cabra y unas frutas rojas que le gustan mucho.

»—¿Tomates? –preguntó el doctor.

»—No señor, frambuesas, cerezas y un par de hermosos fresones.

»—Frutos diabólicos del jardín de las delicias –susurró como para sí Mauritzius.

»Le tomó la temperatura en la boca con un termómetro. Me pareció que el resultado lo contrariaba.

»—¿Tiene fiebre, doctor? –pregunté.

»—No, y eso me preocupa más que si la tuviera. Su temperatura es inferior a la normal y su corazón late más despacio de lo habitual. No parece tener frío, pero dele un vasito de coñac caliente con una yema de huevo, una cucharadita de miel y un pellizco de pimienta negra, todo diluido en un vaso de leche, a ver si se entona, y póngale una manta ligera por encima del cobertor. No le importe que sude. Mañana volveré a primera hora.

»Durante un par de días tu hermana estuvo durmiendo y sudando, sin comer apenas alimentos sólidos, con la temperatura y el pulso cada vez más bajos. Las costras bermejas se separaban crujientes como la envoltura seca de una larva, dejando aparecer una piel de perla que al fin hizo de su cadáver un icono celestial. «Psyqué, la mariposa del alma», pensé yo.

No conseguí que Fiore abandonara la idea de dejarnos por algo que, aunque no se lo dije crudamente, me parecía un brote de histeria del que acabaría por arrepentirse. Yo ignoraba qué se escondía en realidad tras la oscura escenografía que había desplegado ante mí con su relato, pero decidí no dejarme avasallar por fantasías ajenas, siendo yo tan proclive a crear las mías propias.

A los pocos días del entierro de mi hermana y de la marcha de Fiore, a quien no hubo manera de retener, mis abuelos y yo volvimos del campo a la Casa del Diamantista. Por mi parte, me dispuse a regresar a la Academia Zaraska, pues no quería perder más clases inútilmente, pero antes necesitaba recoger unos libros y algo de la ropa que me había dejado en la ciudad y me sería útil en el que ahora era mi hogar.

Mi abuela me dio una cena de despedida cuando supo que en las próximas vacaciones de verano no iría a la casa de campo. Pensaba hacer un viaje largo con algunas de mis compañeras y, antes de que comenzara el nuevo curso en la

Academia, establecerme algún tiempo con una amiga taciturna y estudiosa como yo en Siena, donde iba a haber un festival de teatro moderno que nos interesaba.

—Todas abandonáis a esta pobre anciana —dijo mi abuela con cierta frivolidad mientras se servía un medallón de solomillo sangrante. Como de costumbre, nadie hubiera pensado que la divina Dorotja fuera una anciana. Estaba resplandeciente con su vestido de seda negra, unos pendientes de gotas de amatista y sus hermosos cabellos de plomo con vetas de plata peinados a la griega como cuando disfrutaba de los cuidados de Fiore. Su juventud solo entraba en competencia con la del abuelo Árpád, reforzándose entre sí.

Nos acompañaba a la mesa Algernon Swift, en quien la edad sí avanzaba con los años, aunque se conservaba fresco y le sentaba bien la madurez. De enamorado trovadoresco de la divina pasó a ser amigo indispensable de la familia. Había dejado el malditismo y el opio, y se había convertido en un escritor de cierto éxito entre el público femenino, al que sabía cómo dirigirse gracias a lo mucho que había aprendido con mi abuela. Demetria y Anquises ayudaban en la mesa revoloteando. También se hallaba, situada junto a ellos, la nueva doncella de Dorotja, la romaní Lobena, presencia algo inquietante por lo novedoso.

—¿Qué se sabe de la Moribunda? —pregunté tratando de cambiar el tedioso tema de la lozanía de mis abuelos y sus amantes.

—Hace tiempo que no se la oye —respondió mi abuelo cortando la carne a su elegante manera burguesa. La sonrisa pícara de sus ojos mientras la boca permanecía recta, siempre me había fascinado–. Habrá muerto, como suele suceder a los moribundos –concluyó con melancólica ironía y el tenedor en el aire.

–Esa clase de moribundas no muere, querido –replicó Dorotja risueña–, no confundas a nuestra Paz. Tú bien sabes que habita en esta casa con su coro de plañideras. Ya lo dijo don Salomón Pérez, el joyero de la Duquesa.

–¿Que dijo qué, quién? –preguntó Algernon Swift interesado, rompiendo su decoroso silencio habitual.

–El sabio diamantista y rabdomante amigo nuestro, que formó parte, por iniciativa mía, del grupo de expertos que llamamos a consulta las primeras veces que se produjeron fenómenos extraños en la casa –respondió la divina–. Dijo que hay una entidad poderosa prisionera entre estos muros, tanto que ni siquiera él, que tantas casas ha limpiado, podía hacer nada contra ella ni echarla fuera. Y que si no la molestábamos no teníamos nada que temer, porque estos seres habitan en otros planos y no influyen en lo terrenal.

–¡Oh, sí, don Salomón! Recuerdo cuando vino a limpiar la casa. Incluso me lo presentaron ustedes –dijo Swift–. Me causó una gran sensación su barba como una cascada de nieve, pero no sabía que hubiera dicho nada sobre una entidad prisionera.

–Yo no me enteré muy bien de eso –se sumó el abuelo Árpád dándose ligeros golpes en el bigote con la servilleta–. De todas formas, es mejor no hablar de ciertos temas en la mesa. Dorotja, querida, ahórrate la copa de vino que tienes en la mano y vuelve a colocarla sobre el mantel. Esta noche estás desatada –en efecto, se hallaba un poco bebida.

—¡Oh, sí, Árpád, esta noche me apetece hacer alguna barbaridad!

—Creí —intervine tan asombrada como Algernon Swift— que vuestros consejeros expertos en arquitectura y conservación del patrimonio, incluido el mago judío, habían dictaminado que a la casa no le pasaba nada. ¿Va a resultar ahora que habitan en ella Hécate y su caterva de espectros? ¿Qué quieres decir?

—No hagas caso, niña, son cosas de tu abuela —dijo con singular desparpajo Demetria, que entraba en ese momento con el postre. Cada vez que se mentaba ante ella algo relativo a la Moribunda, perdía el oremus. Temí que volviera a caérsele la bandeja como ocurrió en una ocasión parecida. Por suerte, ninguna pieza de mi amado cristal rubí de Bohemia peligró esta vez.

El viejo Anquises emitió un ruido entre suspiro y lamento, antes de emprenderla con el flan de huevo que él mismo había preparado. La comida de Demetria y de Anquises era una de las cosas que echábamos de menos en la Academia, donde nos alimentaban de chucrut, salchichas y codillo, tres cosas que ni yo ni la otra Cereza considerábamos comida humana propiamente dicha.

—Anquises, anímese usted, que estos días parece un alma en pena —dijo el abuelo Árpád doblando la servilleta, dispuesto a levantarse.

—Es por lo de la señorita Victoria. No consigo quitármelo de la cabeza. Discúlpenme —dijo humildemente el bueno de Anquises.

Dorotja se levantó de la mesa sin decir nada y desapareció

entre las sombras. Afuera llovía con fuerza pero sin aparato eléctrico. El rumor del agua y el crepitar de las llamas en la chimenea acentuaban el agradable ambiente del comedor. Nos acomodamos alrededor del fuego. Nadie habló durante un rato. Creo que se dio alguna cabezada. Demetria suspiró: «¡Ay, Señor!», y comenzó a despejar la mesa con la ayuda de las criadas.

Un alarido de dolor desgarró la sedosa calma de la noche. Todos miramos automáticamente al asiento de Dorotja, esperando que exclamara risueña como siempre: «¡La Moribunda!», pero estaba vacío. No había regresado al comedor ni se había despedido dándonos las buenas noches. Parecía haber transcurrido mucho tiempo.

Algernon Swift, sentado frente al abuelo Árpád, expresó en voz alta cierta preocupación. ¿Dónde estaba Dorotja? ¿Por qué nos había abandonado antes del delicioso momento de saborear las bebidas y entregarnos a lo que ella misma llamaba la «conversación fantástica» de sobremesa? Nunca lo había hecho sin disculparse. El perro Argo ya se había acomodado en su sitio habitual desde donde disfrutar de la tertulia. Se veía a las claras que con el ama o sin ella, de momento no pensaba moverse de allí.

—Se habrá sentido indispuesta —dijo el abuelo Árpád secamente—. Ha bebido más de la cuenta, ya se lo advertí.

El grito se repitió, seguido por un coro de lamentos de plañideras. Más que nunca tuvo un carácter siniestro que conmocionó a todos los presentes. Aquello no eran ruidos del edificio ni chillidos de ratas.

Árpád se levantó de un salto y tomó el sable de una panoplia y salió de la habitación, seguido por Anquises, que empuñaba el cuchillo de trinchar, Algernon con su elegante pistola femenina, regalo de mi abuela, y el perro, que ladró un par de veces y rápidamente se puso en cabeza.

Yo fui tras ellos, desoyendo el consejo de la buena de Demetria y de la doncella de la señora de permanecer con ellas a esperar acontecimientos.

3

Mi abuela necesitaba del apoyo de una mujer para sobrellevar la vida cotidiana, sobre todo después de disgustos tan terribles como la muerte de Victoria y la marcha de Fiore. Esta fue sustituida sin tardanza por una nueva doncella, llamada, como dije, Lobena. Era una mujer fuerte, de la sangre romaní que tan gran papel jugaba en la familia de Dorotja. De mirada profunda, frente estrecha y cabello rizado, llevaba unos pendientes de oro que tintineaban y siempre iba descalza por la casa al estilo de las mujeres bohemias.

A mí me cayó muy bien, con su manteleta, su delantal y su sonrisa ligeramente desvergonzada. Parecía el reverso de Fiore. Mi abuela no la hizo vestirse con el decoro impoluto y planchado propio de las doncellas personales, sino que la dejó con su pelaje natural de fiera mansa, como los guepardos de las damas romanas. Demetria le tuvo desde el principio cierta inquina, pues le había disgustado que la señora reemplazara tan pronto a Fiore, dechado, según ella, de perfecciones y virtudes tanto personales como propias de su rango de primera doncella. Decía que la nueva era una yegua sin domar y que traería desgracia a la casa. Le desagradaban su acento caló, sus maneras de apariencia espontánea en exceso y también cierto halo fabuloso que la rodeaba como a una hechicera.

Mi abuela Dorotja parecía tener con ella cierta afinidad secreta, una especie de complicidad. Noté que ambas congeniaron desde la primera mirada, cuando Lobena vino a ofrecerse para el puesto. Había trabajado con la anciana Apolena Bohumila, condesa de Valaquia, hasta su muerte, a satisfacción de toda la familia, y traía buenas cartas de recomendación y algunas joyas regalo de su vieja señora, acompañadas por un escrito de donación del que el secretario de mi abuelo se hizo cargo y guardó en la caja fuerte para que estuviera a buen recaudo.

Aquella noche aciaga en que el grito de la Moribunda y la ausencia injustificada de Dorotja alteraron la feliz calma de la velada, seguí a mi abuelo a cierta distancia y al momento sentí la presencia de alguien más a mi lado. Era Lobena, que se sumaba a la expedición. Como estaba descalza y no la oí llegar, casi doy un grito yo misma. Mi abuelo, sable en ristre, se metió con su ayudante en lo que de niñas llamábamos la Caverna, y cerró tras de sí de un portazo. Me quedé fuera con Lobena, mientras Algernon y Anquises se repartían los dos pisos de la casa para sus pesquisas.

—¡Menudo jaleo! Y el caso es que yo sé de dónde viene el ruido —murmuró Lobena sobre mi hombro.

—¿Sí? ¿Y por qué no has dicho nada? —Su aliento olía a almizcle y a yerbabuena, que solía masticar.

—Por prudencia. No quiero pasarme de lista con estas personas tan conspicuas.

—¿Tan qué?

—Tan notables y distinguidas.

—¿Y de dónde vienen el grito y los lamentos y cómo lo sabes tú?

—Juraría que procede de la parte este de la cocina, la que da a la carbonera. Por esa zona se oyen mucho las voces y algunos sollozos que vienen de muy hondo.

—¿Sabrías ir allí?

—Creo que sí, señorita. Al menos podría intentarse.

—Pues andando.

Abandonamos la Caverna y subimos por una escalera de caracol que parecía inacabable hasta desembocar en una pesada trampilla que levantamos, yo dudosa y floja; ella, atrevida y fuerte. Pensé que estábamos en lo alto de la buhardilla más elevada de la casa, que a veces encontrábamos por azar mi hermana y yo en nuestras expediciones, pero no.

Incomprensiblemente para mí, aquella escalera que resultó invertida, no me pregunten cómo, daba a la cuadra donde mi abuelo guardaba sus dos yeguas, la Janta, alazana cobriza y la negra Balia, azabache, que nos saludaron meneando sus bellas cabezotas. La presencia animal fue un bálsamo para mis nervios alterados. El olor de aquel sitio delicioso se parecía al de Lobena.

No conocía aquella región de la casa, casi siempre cerrada, salvo el establo, al que naturalmente se accedía a pie llano y no por semejantes vericuetos, pero Lobena, que no llevaba en ella ni dos semanas, se la sabía como la palma de la mano, que por cierto consultaba de cuando en cuando como si fuera un plano. Indicó con gran resolución:

—¡Lo de arriba está abajo! ¡Por allí!

Fui tras ella sin rechistar seguida por la mirada indiferente de las yeguas. Tras mucho subir y bajar escaleras cada vez más amplias y con menos olor a bestia, lo que me resituó —hasta cierto punto— en el piso bajo de la casa, nos hallamos en el interior de una carbonera. Pareció que íbamos a quedar emparedadas en compañía de las cucarachas, pero no fue así gracias a una pequeña puerta que Lobena abrió con un manojo de llaves que le había confiado Demetria por orden de la abuela. Pendía de su cinturón y emitía al moverse un tintineo como de cascabeles que hacía huir a los gatos. Lobena era intrépida como una pirata. Había fuego en ella, hasta el olor de su cuerpo hacía pensar en un incendio, como a veces el de mi propia abuela. Yo la seguía hipnotizada por laberintos que no había pisado en mi vida.

Llegamos a la cocina, donde no había nadie, pues tras la cena las chicas de servicio habían recogido y se habían ido. Demetria debía de estar esperando acontecimientos en el comedor, haciendo ganchillo junto al fuego, en su sillón de mimbre. La gran cocina era más cavernosa aún que el laboratorio de mi abuelo Árpád. Yo creía conocerla porque mi hermana y yo habíamos pasado las horas muertas al amor de sus fogones viendo a Demetria desplegar su reinado de cocinera jefa, pero nunca había cruzado, ni siquiera visto, una puertecita cerca de las grandes pilas de granito verde de un patinillo, donde se sacrificaban los corderos negros y a los cabritos para las comilonas de Pascua.

El alarido y los lamentos se oyeron de nuevo, aún más altos y claros, No cabía duda de que procedían de aquella parte de la casa, como dijo Lobena. Me pregunté cómo es que ni Demetria ni Anquises lo habían notado. Cierto es que con la edad estaban un poco sordos, pero ¿tanto como para no oír tales estrépitos en un sitio que frecuentaban y que además se hallaba cerca de sus propias habitaciones?

—No oyen porque no quieren oír —dijo Lobena—. Déjalos, ellos solo son figurantes en este drama de vampiros.

—¿Drama de vampiros? —pregunté desorientada. No sabía si decía cosas como aquella para tomarme el pelo, porque me consideraba en el fondo, y no sin razón, una señoritinga gafotas, inútil y acobardada.

—¿No has presenciado nunca un drama de vampiros en el Teatro de los Horrores de Praga? Parece mentira, tú que vas y vienes a la ciudad y que ahora como waldorfiana vives en la capital de estas artes, tenidas antaño por blasfemas. Tampoco sabrás qué es el Teatro de las sombras...

—Pues claro que sí —repliqué malhumorada—. A veces voy con compañeras o profesoras, y también al Teatro mágico y al negro.

—Eso está bien —comentó Lobena con la voz de alguien que te deja por imposible—. ¿Dónde habrá por aquí unas velas, un farol o algo para alumbrarnos? Yo bajaría al gran sótano de las profundidades, pero no creo que haya luz. De todas formas, vamos. Nos las arreglaremos.

Entramos en la oscuridad como un muerto entra en la nada. La gitana dio un par de palmadas que hicieron tintinear sus pulseras de plata y las llaves de su llavero, y se produjo una claridad fantasmal que nos permitía avanzar, como si hubiera venido en nuestra ayuda un espíritu servidor. Antes de que yo preguntara, Lobena explicó sucintamente:

—Esto de llamar a un fuego de san Telmo lo aprendí yo de mi señora Apolena Bohumila, que, como tu abuela ahora, fue también ama mía y sabía muchas cosas de la luz y las sombras.

Pasé del tema y pregunté, cansada de aquella caminata por los intestinos de la casa.

—¿A dónde diablos vamos, Lobena, por Dios? Estoy rendida y tengo la sensación de que caminamos en círculos por estos antros.

—¡Paciencia! ¿No quieres que encontremos el origen de los ruidos?

—Pero, hija, es que debemos estar ya en la otra parte de la ciudad… ¡Nos vamos a ahogar en el lecho del río! —repliqué como una niña enfadada.

—No, mi alma —rio mi guía—. Es que no vamos en línea recta como crees. Como bien dices tú misma, hemos tenido que dar unas vueltas en círculo, pero no vanamente sino como dentro de un embudo decantador; en este momento nos hallamos debajo del comedor. Ya falta poco.

No entendí lo del embudo, que me sonó a capirote de la locura como en los cuadros del Bosco o en los de brujerías de Goya.

—Digo que estamos cerca del objeto de nuestra búsqueda. ¿No te me asustarás, que te veo yo poco acostumbrada a manejos grandes? ¡Qué poco os enseñaron de vuestra propia mansión los familiares!

–¿Por qué he de asustarme? Menos mal que llevo buenos zapatos para zascandilear por estos andurriales. ¿No te duelen los pies, yendo descalza, con estas piedras y estas suciedades cenagosas?

–No exageres, alma mía. Vamos pisando suelo: estamos siempre dentro de la casa, que no hemos abandonado, no en el campo. No sé qué dices de piedras y cenagales… Hija, estás como en otro lado. Los zapatos se desgastan tontamente pisando baldosas. Mi gente va sin ellos para ahorrar, según dicen. ¡Je, je, je!, somos pobres, pero no miserables. No lo hacemos por eso. Para la casa usamos las mujeres los silenciosos pinreles con la planta dura y callosa que nos protege del frío, y si acaso calcetines de lana que tejen las tías tejedoras. Para caminatas por el campo y desplazamiento de las caravanas, botas de potro con costuras a la vista, hechas por manos gitanas, como está mandado. Te encargaré unas para que seas una buena yegua pisadora y no una enclenque comelibros.

El suelo del último ensanchamiento de las catacumbas bajo el salón de la chimenea estaba cubierto de huesos y cráneos. Era un espacio impracticable, brutal, irregular, húmedo y hediondo. Aunque no entramos, pisé algunos huesos y creo que me clavé la punta rota de una costilla. En un banco corrido estaban sentadas una serie de mujeres veladas con la cara entre las manos, como en un friso etrusco. Emitían un rumor que se iba convirtiendo en lamentos como un ectoplasma acústico que se desenrollaba en volutas ascendentes y resonaba en las bóvedas.

–Ahí tienes a las plañideras con sus lamentos –dijo

Lobena—. ¿Los oyes? ¿Los ves formarse como vapor de un caldo sabático? Pues cuando llegan arriba pueden ser atronadores y traspasar las paredes del comedor.

—Sí, los veo y los oigo, son como los sones de un órgano; pero ¿y esas mujeres? —pregunté, maravillada—. ¿Quiénes son? Parecen estatuas de arenisca, aunque se diría que están vivas.

—Vivas, propiamente, no lo están —dijo Lobena—. Son espectros de la casa, petrificados, pero no muertos. No los conozco a todos. Uno de ellos es tu hermana, y otro tu madre, muerta al nacer vosotras, pero no te esfuerces en buscarlas, no las encontrarías. Han fraguado entre sí como una sola pieza unas con otras, esperando a la siguiente, que no ha de tardar.

—¡Jesús bendito! —exclamé como solía hacer Demetria, aunque sin santiguarme.

En aquel momento me hallaba en tal estado mental que acepté la explicación delirante de la romí. A la pálida luz del fuego de san Telmo, adquiría un esplendor impresionante y parecía haber envejecido y aumentado de tamaño como la sibila de Cumas de Miguel Ángel, hasta no caber apenas en los estrechos pasillos por los que me conducía.

—¿Y qué hacen aquí? —pregunté—. ¿No están enterradas? Yo de mi madre no sé, porque murió de posparto, pero vi a mi hermana en su funeral y estuve en su entierro. Me consta que descansa en paz en el cementerio de Olonska tras una enfermedad desconocida y cruel que jugó con ella como el gato con el ratón.

—Digo que son espectros, no cadáveres —replicó la mujerona—. Tu hermana yace bajo tierra en el ataúd de cerezo como una estatuilla japonesa de marfil, pero su espíritu inferior o espectro está aquí, preso de este bloque de piedra, lamentándose sin ella saber por qué. Ninguna sabe que fue víctima de la que en tu familia llamáis la Moribunda, la *mullí*, que en este caso es el vampiro ancestral, el alma de la casa.

»Lo supieron un momento cuando se hallaron presas del *vurdalak*, pero poco a poco lo olvidaron y ahora se limitan a cumplir su misión, que es un duelo interminable por el sufrimiento de su reina la Moribunda. Sin ayuda, esta no puede acabar de morir aunque quiera. Se alimenta de sangre fresca de mujeres jóvenes y de algún cascajo de su cuerpo, como verrugas, piel seca o pezones marchitos. Cada vez parece más joven ella misma, pero su sufrimiento es tal que en ocasiones grita de desesperación, coreada por estas pétreas familiares a las que quitó la vida. ¿Es o no esto teatro vampírico?

—¡Y yo qué sé! ¿Cómo sabes tú esas cosas? —pregunté angustiada ante lo que parecía ser una burla a mi familia o un esbozo del retrato o caricatura de mi abuela Dorotja. Me vinieron también a la memoria ciertas cosas que dijo Fiore, que yo en mi petulancia había tomado por sandeces, y estaban resultando verdades como puños.

—Las aprendí con mi señora Apolena Bohumila, que era de la misma raza nocturna que tu abuela. La condesa Bohumila era muy poderosa. Tuvo la suerte de morir del todo entre mis brazos, no sin haberme enseñado antes muchas cosas ocultas. Pero ¡chitón! ¿No oyes a la divina? Se acerca. No tengas miedo, quédate quieta y en silencio.

—¿Quién, Lobena, quién demonios se acerca? —pregunté en voz baja, muy asustada. Si lo que pretendía era aterrorizarme, lo estaba consiguiendo sin lugar a dudas. Los espíritus juguetones de la ironía me habían abandonado.

La gitana miró hacia la parte más tenebrosa y apretó mi mano con la suya ardiente. Yo no vi nada, pero oí un salvaje gruñido en un punto de la negrura, y un rechinar de dientes que precedió a la visión. La Moribunda, en toda su oscura magnificencia, medio animal medio mujer, cuyas formas cambiaban como arrebatando y devorando las tinieblas que la envolvían para alimentar su cuerpo creciente, avanzó sin moverse y se situó en el centro del escenario natural que formaba la cueva con las suplicantes de piedra al fondo, más claras, envueltas en su murmullo como larvas en sus cápsulas de asquerosa seda o ásperos capullos de piedra.

La *dhampira*, pues Lobena lo era, soltó mi mano, me hizo retroceder. Luego convertida ella también en una pura fuerza, saltó como una pantera sobre su enemiga y se la tragó como una boa a un conejillo. Cuando recobró su forma humana, me pareció una diosa infernal, la Hécate conductora de espectros que junto a Hermes acompañaba a Eurídice en un cuadro de la alcoba de mis abuelos.

El último alarido de la Moribunda fue ya un suspiro de muerte, un deshincharse de vejiga de Carnaval.

Algo me transportó bruscamente a mi cama y una voz con acento romaní, dijo:

—Adiós, niña. Cumplido el encargo tristísimo de socorrer a la última dueña de la Casa del Diamantista, yo prosigo mi ruta.

Gracias a Lobena, la *dhampira* romí hija de una *vurdalak* hembra y de un noble bastardo moldavo llamado Pavel Dudov, el Inclemente, mi abuela Dorotja descansa en paz como la condesa Darja Bohumila y tantas otras damas de aquellos tiempos y lugares remotos. Pues, tras su derrota a manos de la feroz *dhampira* Lobena Dudov, fue decapitada limpiamente y enterrada con la cabeza entre las piernas y la boca llena de clavos de hierro al modo rumano. Mi abuelo Árpàd no solo lo permitió, sino que colaboró en lo posible. Pues él sabía.

El ataúd permaneció cerrado en el funeral y fue depositado en el cementerio de Olonska en un entierro al que no acudí, presa de una migraña que me mantuvo en cama en la oscuridad de mi cuarto.

SEGUNDA PARTE

LAS GULÍS

4. RUBÍ, LA GULÍ

En memoria de Silvina Ocampo

El casco antiguo de mi ciudad está en el eje mágico de Toledo-Praga-Turín, en línea con la estrella Lucifer. Es una frontera esotérica donde se producen epifanías de lo imaginario de todos los tamaños y pelajes, desde frágiles letreros en el cielo, que se borran en pocos minutos sin dar tiempo para descifrarlos, hasta la presencia intermitente de grandes bestias negras con olor a azufre en los callejones, pasando por familias furtivas y pilosas, fáciles de confundir con gente loba del monte, que se dejan atrapar para los circos, pues son humanoides muy tiernos y sumisos.

Fue en el corazón de mi ciudad, mística según la UNESCO, donde llegué a la vida en una alcoba con cortinas de damasco azul, rodeada de vecinas parteras a las órdenes de una comadrona del Hospital General. Aparecen en mis sueños cuando no me atormentan las pesadillas de olas turbias que amenazan con aplastarme o me encuentro perdida en hoteles laberínticos. Mi psiquiatra desdeña estos sueños opresivos cuando trato de liberarme de ellos relatándoselos. Se limita a cambiar la dosis de alguno de los fármacos que constituyen el cóctel que me permite vivir dignamente, sin berridos ni babeos. Se ha cansado de marear a los pacientes con palabrería y va a lo seguro. Y acierta.

Pero no es de mí de quien quiero hablar, sino de las *gulís* y de mi aventura con una de ellas.

Siempre en tiempo entre primaveral y veraniego, algunas tardes se producía un curioso espectáculo en la portada oeste de la catedral, dorada por el sol en su ocaso. Era un fenómeno antiguo. Ya en las crónicas medievales que se guardan en la vieja biblioteca de la universidad puede leerse: «De qué modo las voladoras tardaron en venir este año, pero vinieron».

Docenas de cuerpos medio transparentes revoloteaban en aparente o apasionado desorden, posándose unas veces en las cabezas de las vírgenes sabias, otras en las gárgolas o donde les parecía. Eran una especie de harapos negros con brillos de hule, que se desplazaban en diagonales cruzadas de un modo muy extraño, trazando figuras imposibles. Mareaba seguirlas con la mirada. Emitían chillidos como niñas dolientes en cuyas encías empezaba la dentición. La gente las llamaba las *gulís*, siempre en femenino.

¿Qué eran y de dónde venían las *gulís*? Se ignoraba. En realidad, allí estaban, indudablemente. No eran efectos ópticos. No venían de ninguna parte, como el tañido de la gran campana, llamada María la Gorda, que daba todas las horas del día y de la noche sin que su badajo se moviera, porque, como dije, la ciudad era mágica, antes de que los turistas la invadieran en hordas. Y algo de eso quedaba, pues, curiosamente, los rebaños de zombis que venían en grupos con sus cámaras, móviles y tabletas no eran capaces de captar, ni siquiera de ver, a las *gulís*.

La mayor parte de la gente pensaba que se trataba de alguna clase rara de murciélagos por su siniestro revoloteo, y había quien decía que parecían vencejos. Pero vencejos tan grandes, no era probable. Ni siquiera podía comparárselos con los llamados «vencejos reales», que miden más de cincuenta centímetros de envergadura y se dejaban ver en contadas ocasiones en nuestra ciudad, en los alrededores de la plaza de la Paja, en época de cortejo.

Incluso para ser murciélagos eran demasiado grandes, aunque he leído que los hay de metro y medio de envergadura. En algunos rincones de Asia están en peligro de extinción, porque la gente se los come, ¡qué lástima! Se les llama zorros voladores y son muy bellos, pues en lugar de la cara de culo que suelen tener los murciélagos corrientes, presentan un rostro afilado y exquisito de zorrillos, y las membranas de las alas son demasiado sutiles para ser coriáceas. Los conozco por fotografías, naturalmente.

Yo a las *gulís* las relacionaba con las arpías, las sirenas y las *keres* de la mitología griega. No se trataba de eso, pero siempre es bueno tener un referente para enfrentarse con la naturaleza, quiero decir, con la realidad real.

Nuestro alcalde era un antropoide populista de la especie que un amigo mío denomina los «aceitunos rellenos». En los ratos que le dejaban libre la sesera sus cohechos, que tramaba con las cuatro neuronas que poseía bajo el peluquín, había dado en pensar en el fomento del turismo y el cuidado de la riqueza artística y patrimonial de la ciudad.

Le obsesionaba especialmente la duda de si aquellas criaturas voladoras no estarían deteriorando la antigua piedra caliza del templo, propiedad de todos, no solo de la humanidad. El obispo, otro extorsionador, aunque más listo y competente, también estaba interesado en desalojar la plaga del edificio. Sus píos asesores le habían metido en la cabezota que las deyecciones de las voladoras eran corrosivas, además de mancilladoras de un lugar sagrado. Aliándose ambos próceres para sacar de todo esto algún provecho, planearon acabar con las criaturas, pues algo debían de ser y seguro que nada bueno, como decía el obispo a quienes le preguntaban qué creía él que eran aquellas pajarracas, si bichos o demonios.

Con la aprobación y aplauso de un consistorio en el que su partido detentaba una mayoría de rodillo, el alcalde aportó la solución: fumigar. De lo que no se habló por el momento fue del altísimo coste de tal medida, que se dejó para otro pleno en espera de informes, ni tampoco de que, si eran murciélagos, no se les podía destruir porque eran especie protegida.

La fumigación fue presupuestada a la baja por una empresa poco conocida, la de un yerno del alcalde, que ostentaba muchos timbres de respeto con el medio ambiente y hasta un premio autonómico por la extinción sin productos tóxicos de una plaga de cucarachas negras *(Blatta orientalis)*, vive Dios, en las criptas clarisas de la Perla de Dueñas. BIO-SANIT se ofrecía a eliminar nuestra plaga con fosfato de aluminio, cuyo resultado estaba convenientemente probado y aprobado y no haría daño a perros ni gatos. Quizá a alguna rata, pero eso no era problema sino efecto secundario plausible y hasta deseable.

En cuanto a la protección de que gozaban los murciélagos, a una pregunta presentada por Valente Romero, mi compañero en el partido de los Verdes, el alcalde respondió con su habitual cachaza que la especie nociva que perjudicaba nuestro monumento señero no era quiróptera reconocida, y que por lo tanto se podía luchar contra ella sin necesidad de expulsarla hacia otros lugares, como se hacía con los auténticos murciélagos protegidos.

No contaban con nosotros, los auténticos Ecologistas en Acción, que velábamos por la vida natural e imaginaria de nuestro bien amado casco antiguo y barrio de las maravillas. Con ayuda de las asociaciones medioambientales, los concejales verdes impedimos la maniobra fumigadora dejando caer desde lo alto del monumento una pancarta del tamaño de la vela mayor de un buque de la Armada Invencible. Nos la prestó Greenpeace España, y rezaba: «Por si acaso, no tocar», que ya se había utilizado para otras protestas, una de ellas la de la remoción del depósito de bombas de mano de la última guerra, encontrado en los subterráneos de San Miguel de los Reyes. A saber cómo habían ido a parar allí. Pero esa es otra historia.

Valente Romero y yo contactamos con la Asociación Excursionista, Escaladora y Andariega y con los miembros más concienciados de la Hermandad de la Luz para organizar la subida a la catedral y colocar el armatoste del modo más vistoso y espectacular posible. Durante nuestros trabajos preliminares nos encontramos ante algo inesperado: la forma en que estaban colocadas las piedras más altas del edificio permitía la existencia de cobijos o nidos artísticamente dispuestos, imposibles de ver desde abajo. No solo asombraron al grupo y dejaron a nuestro mentor, el profesor de Biología urbana, Florián Calleja, fascinado ante lo inexplicable, sino que, sobre todo, plantearon problemas para ascender sin producir daños hasta la cruz de latón dorado que remataba el gablete de la nave central.

La mañana de la subida hubo una verdadera invasión de criaturas voladoras, que ese día parecían cualquier cosa menos murciélagos. Calleja hizo que los escaladores dejáramos los instrumentos punzantes y las botas claveteadas. No quería hacer el menor daño a las criaturas ni a las piedras. Las *gulís* quizá temieron que fuéramos a destruir sus cobijos, tan sabiamente dispuestos por los maestros góticos. Se nos acercaron tanto, amenazadoras, que pudimos ver sus caritas pálidas y oír una especie de cantos que entonaban, como las sirenas al paso de la nave de Ulises de regreso a sus lares itacenses. Aquellas cantinelas no eran especialmente lúgubres, pero tenían cierta peculiaridad en sus escalas, en *diabolus*, mi contra fa, o tritono, que resultaba siniestra. Cuando la escalada progresó, desaparecieron como en un pliegue del espacio.

Encontré una muy pequeña y en mal estado sobre una ménsula y me la metí en la mochila sin mencionar mi hallazgo a Calleja, que de inmediato habría dado cuenta a la Guardia Civil o qué sé yo, porque era un tipo de lo más formalista, tan bueno en lo suyo como pusilánime ante los mil trámites con cuyos fantasmas él mismo se martirizaba. Milagrosamente, la criatura no solo sobrevivió, sino que estuvo rascándome la espalda con sus garritas todo el tiempo, atravesando las fibras de su encierro y de mi cazadora térmica casi hasta mi piel. Me hacía cosquillas y estuve a punto de caer, lo que impidió mi arnés y la ayuda de una compañera más ducha que yo en la escalada.

Me la llevé a casa y la cuidé como pude. Era diminuta, con el rostro adorable, una dentadura en la que destacaban largos colmillos afilados, orejas puntiagudas rematadas en pinceles como los de los linces ibéricos y ojos todo pupila, sin esclerótica, de un negro reluciente y aceitoso como bolas de carbón mineral. A su carita de expresión seria y concentrada solo le faltaban unas gafas para parecer la de un estudiante prodigio. Desde luego, no era un animal conocido ni por conocer.

En un par de días se repuso, a base de caldo de carne Bovril y de hamburguesas desmenuzadas que le compraba en el Mercado Central, de calidad suprema. La sangre que se quedaba en las bandejitas de corcho blanco era su golosina favorita. Cuando la vi animada y con los ojillos relucientes, le pregunté su nombre.

—¡Uyuuhhhh! —exclamó sin mayor articulación.

—¡Que cómo te llamas, guapa! —insistí alto y claro, por si no me entendía.

—¿Uyuuhhh?

—¿De dónde vienes?

—¿De dónde va a ser? ¡Si me has cazado en mi catedral, maldita sea tu estampa! —respondió con gran desparpajo. Y preguntó a su vez—: ¿De dónde vienes tú, si puede saberse?

Le dije que había nacido en la propia ciudad, pero que la catedral, como bien de interés cultural, era tan mía como suya y que había luchado por conservarlas con vida a ella y a sus parientas.

—Os querían freír con raticidas no biodegradables —concluí como *pièce de force*.

—¿Raticidas? ¡Vaya por dios, qué listos!… —exclamó desdeñosa la criatura, dejando caer varias veces sus párpados casi transparentes sobre sus ojos de uva negra.

Desde entonces fuimos amigas, o al menos yo lo creí. Le conseguía alimento o, si se quedaba con hambre o tenía un capricho, le dejaba morderme un poco en las muñecas y chupar con su hociquito encantador. No me hacía ningún daño. Tras mucho preguntar, acabó confesándome que no tenía nombre y que no le importaría que yo se lo pusiera, ya que entre nosotros era costumbre. Le propuse el de Vera, leído en alguna parte, quizá en Claude Seignolle o en Villiers de l'Isle-Adam. Cuando creciera, le vendría como anillo al dedo. Vera, Vera, Veruschka… No le gustó. Entonces dije: ¿y Mia, como Mia Farrow? «¡Pues vaya nombre de mierda!», dictaminó. ¿Y Rubí? Porque le gustaba mucho el que yo llevo siempre en la mano izquierda y a veces lo lamía. Dijo: «Pues, mira, a ese no te diré yo que no».

Durante mucho tiempo la *gulí* Rubí durmió a mi lado, envuelta en sus alas de charol, sobre el edredón, y era tan liviana y tan hábil para aparecer y desaparecer entre los suaves montículos del tejido que mi pareja nunca se percató de su presencia. Como un pariente inválido sobrevenido, me obligó a adaptar a sus necesidades algunos elementos de la casa. Puse perchas de madera al estilo de las que se usan con los loros y las cacatúas, para que se sintiera cómoda cuando descansaba. Las mascotas ya no tuvieron sitio en mi hogar, que había sido el suyo desde hacía años. Las sacrifiqué para que no dañaran a Rubí, pues el perro le gruñía por celos y los gatos se ponían furiosos en su presencia, con todo el pelaje erizado y unos colmillos que daban aún más miedo que los suyos.

Las cosas se complicaron cuando vino al mundo mi hijo Gabriel, que desde su nacimiento fue una especie de querubín barroco o cupido dorado y regordete, siempre risueño y con los mofletes como la manzana de Blancanieves. Todo el mundo lo quería, sobre todo el padre, que soñaba con que tuviera la edad suficiente para apuntarlo a algún campeonato deportivo. Mientras fue un niño pequeño, Rubí se dejó adoptar por él como mascota. Lo engatusaba y le daba mordisquillos cuidando de no dañarlo. Pero un día Gabriel apareció en su cuna con el cuello retorcido y una enorme herida de bordes pálidos por la que había salido toda su sangre.

La vampira –pues no otra cosa era la *gulí*, según había ido yo coligiendo entre unas cosas y otras– no volvió a aparecer en mi cama ni en mi casa. Se despidió a la francesa, la muy ingrata. Alguna vez la vi en el ábside de la catedral, revoloteando entre sus compañeras, que habían vuelto, con sus alas de caucho y su cuerpo huesudo, trazando en el aire figuras cuánticas arrebatadoras, pero no me saludaba. No puedo creer que no se acordara de mí, con la de buenos ratos que habíamos pasado juntas. Luego desapareció del todo.

A mi hijo –o la cosa en la que lo había convertido el ataque hambriento de Rubí– lo vislumbré en un par de ocasiones antes de mi traslado a Palermo, pero no presté mucha atención porque nunca he tenido sentimientos maternales. Además no estaba vivo, y yo no quería repetir la historia de la *gulí*. No es saludable tener monstruos en casa, por majos que sean. Fui a la Protectora municipal y de una sola vez me traje un viejo Labrador blanco con un ojo de cada color y tres gatillos de seis meses, hermanitos entre sí. Todos esterilizados, desparasitados y con sus vacunas correspondientes. Mi casa volvió a estar llena de jugueteos, risas y pelos. El perrazo adoptó a los mininos, y mi pareja, al perro, al que había que sacar a pasear a estirones, porque lo suyo era estar tumbado en su colchoneta contemplando las gracias de los revoltosos cachorros.

* * *   * * *   * * *

Cuando el partido biciecologista obtuvo mayoría en el Ayuntamiento, y sin que las *gulís* hubieran vuelto a hacer acto de presencia en la fachada occidental de la catedral ni en ningún otro lugar, se produjo un suceso de los que llenaban primeras planas en el diario amarillo de la región, el que todos leían porque era el látigo de la oposición —la que fuera en cada momento— y la delicia de los chismosos, tontorrones y robaperas.

Fue ello que en las excavaciones de la cripta de Santa Quiteria que realizaba con sus alumnos de la universidad la catedrática de Arqueología Medieval Severa Fragolina, apareció tras un muro un hermoso sarcófago de piedra caliza, adornado con relieves de entrelazos y cruces. Una vez abierto y levantada la losa, con no poco esfuerzo, solo se hallaron dentro algunos trapos, una manta y un hedor que tumbaba de espaldas.

Yo estuve en aquella excavación en mi calidad de directora por entonces de los ecologistas patrimoniales y concejala por los Verdes. Cuando hallamos el sarcófago, algo me dijo que allí iba a reencontrar mi vida o, al menos, el pliegue donde estuvieron mi pareja, mi hijo Gabriel y la *gulí* Rubí, que al doblarse en la cuarta dimensión se los llevó a todos a hacer puñetas. Por el momento permaneció cerrado con su gran losa de piedra, que la hacía inviolable. Tenía esta grabada una cruz invertida entre dos estrellas de cinco puntas, algo muy poco católico, por cierto; pero nadie dijo nada al respecto, ni siquiera la profesora Fragolina, que era un tanto beata. ¡Cuán poco debía de saber aquella tipa sobre satanismo carolingio, y eso que entraba en su especialidad!

Las monjas decían que el sarcófago era el de la mismísima Santa Quiteria bendita, que tras su martirio en el Coliseo romano había sido trasladada por ángeles y dejada caer en aquel sitio, donde los fieles levantaron la ermita convento. Pregunté a la madre superiora por la cruz invertida. Farfulló, con los ojos bajos, una explicación que me dejó sin aliento, pues lo contuve para entender algo y no conseguí más que toser ligeramente. Solo oí con cierta claridad la palabra «pietrina».

—Pues gracias por la explicación, madre superiora –dije reprimiendo la risa–. Yo tenía entendido que estas cruces eran satánicas porque las usan grupos de rock duro, pero ya veo que estaba en un error.

—Dios ama los errores porque le dan ocasión de disiparlos —dijo alto y claro la monja, sin el menor movimiento o emoción en su rostro adusto, y se fue claustro adelante con gran revoloteo de faldones y rosarios.

Un día en que los jóvenes arqueólogos trabajaban, o lo fingían, con sus pinceles y cepillitos de dientes en un bajorrelieve cercano al sarcófago, oyeron una especie de quejido proveniente de él. Al principio no hicieron caso y siguieron con lo suyo, pensando en el desprendimiento de alguna pedrezuela por los cambios de humedad que ocasionó el trasiego de gente los primeros días. Pero cuando todos se marcharon a comer como si no hubiera un mañana, yo permanecí un rato a solas y no tardé en darme cuenta de que la losa de la cubierta estaba un poco corrida y que dejaba un hueco entre la oscuridad del interior y la luz de nuestros focos. Cuando la expedición manducatoria regresó de la Venta del Aire, se lo hice notar a la profesora Fragolina.

—Severina, la tapa del sarcófago está corrida. Entra luz —dije señalando la caja e imitando sin querer el estilo de la madre superiora.

—No, mujer —replicó muy en sí misma, como era ella—, ¿qué luz va a entrar, si la capilla está casi a oscuras y tenemos que trabajar con estos cascos cíclopes de minero, que me tienen la cabeza loca?

—Lo que tú digas, pero entra luz —insistí—. Ella sería catedrática de medieval, pero yo era concejala ecologista elegida por el pueblo y a mí no me tosía nadie.

Entretanto, se nos había acercado el sobrino de la Fragolina, becario de su departamento, joven guapito con moño de samurái, que se atrevió a meter baza, aunque nadie le había dado vela en el entierro.

—¿Y qué si entra algún rayito de claridad de los focos? —intervino algo chuleta—. ¿No quedamos en que el sarcófago está vacío? Lo poco que había en él lo retiramos ayer y ya lo tienen en el taller de restauración para analizarlo.

—Tú a callar, Michi, y a escuchar lo que tenga que decir la concejala —dijo Severa con gesto agrio—. Por otra parte, jefa, si entra algo de luz ¿qué puede perjudicar eso a una caja de piedra vacía? Así se ventila, que cuando la abrimos por poco me desmayo.

—No me estás entendiendo, Severa —dije alzando un poco la voz tras lanzar un ligero bufido, como cuando un niño persevera en darnos la lata—. Vacía o no, lo que quiero decir es que alguien ha movido la losa, que pesa un quintal y que ayer acabó perfectamente encastrada por los obreros. Puede que no tenga ninguna importancia, pero también puede que sí, ¿quién sabe? Mi obligación es dar parte de esto al Ayuntamiento, porque si aquí hay algún gracioso o graciosa de los que gastan bromitas de muertos, las subvenciones peligran. Aquí se viene a trabajar, no a toquetear las piedras sin más ni más.

—Pues hay dos opciones —dijo Severa Fragolina lanzando una risita maligna, que quiso ser cómplice pero sonó falsa—. Primera y principal, retirar del todo la tapa; y segunda, correr la piedra y dejarla en su sitio, cerrando completamente hasta que llegue el momento de trabajar en el interior, cosa que habrá que hacer, porque puede haber inscripciones. Todo ello nos llevará algún tiempo, y en este momento lo considero completamente inútil.

—Dejémoslo —dije enfurruñada—, al fin y al cabo, como dice Michi, que sabe de estas cosas, el sarcófago está vacío. O no, pero da lo mismo.

Algo muy fuerte se me acababa de ocurrir, que justifica esta dejación de mis funciones.

Aquella noche me acerqué a la excavación sola. Conocía como la palma de mi mano el terreno y el sitio arqueológico, que en tiempos fue santuario subterráneo de los dioses infernales, tenidos por demonios por los cristianos, que construyeron sobre él la ermita y convento de las quiterias y se inventaron su graciosa historia del rapto del cadáver de la santa mártir desde el Coliseo. Llevaba una linterna militar de mi propiedad comprada por Internet, porque los equipos municipales eran pobres, por no decir cutres. La puerta de la cripta estaba cerrada y no encontré al guarda, que es quien la paga siempre en estas aventuras. Aunque la cerradura era del siglo XVIII, muy aparatosa y de sabio mecanismo, cedió a mi tarjeta Visa. Viajó lo suficiente para como para abrir la puerta de una habitación de hotel o la cerradura que sea, usándola con el acompañamiento de cierto conjuro numérico que me enseñó un amigo revientacajas.

Atenué el resplandor de mi superlinterna para no asustar al ser. Rubí, la *gulí*, estaba sentada desnuda sobre la tapa del sarcófago como una perra o una esfinge. Había salido de él comprimiéndose como una hoja de papel doblada o una cucaracha de las varias que la rodeaban como rindiéndole culto o pleitesía. Tales bichos echaron a correr al sentir mis pasos y mi luz, como animales rastreros que son.

—¡Rubí! ¡Mi rubí! —exclamé entre el terror y la alegría.

Levantó los párpados orlados de pestañas como patas de insectos y clavó sus pupilas, iris y esclerótica, más negros que pozos, en mis ojos medio ciegos en la húmeda penumbra.

—¿Qué ha sido de mi hermanastro Gabriel? —preguntó con voz chillona, inesperadamente.

—Habla más bajo, por el amor de Dios, que vamos a despertar a la hermana portera, al sacristán o al guardia de seguridad. Del que tú llamas tu hermano, no sé nada desde que te llevaste su vida con su sangre. Tú sabrás. Y, por cierto, ¿qué coño haces aquí, en la tumba de una beata católica?

—¡Bah! Aquí no hay ni ha habido beata alguna desde las incursiones normandas, que dejaron el monasterio más pelado que un hueso. Vivía yo tan ricamente en este refugio privilegiado hasta que os dio por hurgar en los entresijos de la capilla, dedicada por cierto a Hécate, despertando y poniendo en fuga a las criaturas de la noche.

»Yo duermo sobre mis mantas plegadas muy a gusto de día. De noche salgo a dar un paseo o a tomar algo. Suelo acercarme al cementerio, a chupar un poco al sepulturero Bastián, que buena falta le hacen unas sanguijuelas, con lo espesa que tiene la sangre de tanto empinar el codo y tanta grasa saturada y pastelería industrial como jala el tío. Te diré algo para que lo pongas en tu informe, si quieres: le hago un favor librándole de unas gotas para mi parco sustento. Siempre se está quejando de picaduras de mosquito en el cuello y las ingles, el muy marrano, aunque tengo mucho cuidado de no perjudicarle en mi succión, para que me dure.

—¡Pues sí que…! —murmuré.

—Y vosotros, ¿qué habéis hecho con mi ajuar?

—¿Te refieres a los harapos que había aquí dentro cuando abrimos? Enviarlos al laboratorio como todos los trapos que pillamos en una misión como esta. Por cierto, no estaban muy limpios. Apestaban.

—Al estar en lugar húmedo y cerrado… —explicó modosa, pero luego se encabritó—. ¿Al laboratorio, dices, por todas las Furias del Averno? ¡Pero si son una manta de lana de Grazalema, y un edredón de seda nepalí, relleno de plumas de oca danesa, que me sirve de cobertor! No sabes el frío que hace aquí de día y de noche. Ni te lo imaginas.

—¡Sí que lo sé, vive Dios! Estoy temblando toda. He tocado la pared con la palma de la mano y la tengo mojada.

—¿Lo ves? Pues ya sabes, devuelve las rapiñas arqueológicas. Quiero aquí mis trapos antes del amanecer. Anoche casi me muero de frío entre estas piedras rezumantes.

—Tú no puedes morir, niña mía, solo matar como hiciste con Gabriel. ¡Me cago en tus muertos! —exclamé sin saber si reír o llorar.

Aquella criatura era como los gatos, irresistible para los que somos sensibles a sus eternas monerías, pero engreída cuando se sentía el centro de la reunión.

—Porque entonces era novata y perdí el control del aparato succionador, pero no era mi intención hacerle daño. De hecho, fui para él una canguro ejemplar y aún le quiero, esté donde esté.

Parece ser que mi alarma sobre el corrimiento de la losa del sarcófago dio resultado. El alcalde decidió abrirlo de nuevo, dejar a los arqueólogos examinar y fotografiar su interior y cerrarlo definitivamente. Cuando al mediodía una

comisión integrada por la jefa de los arqueólogos, la comisaria de policía, el sabio jesuita padre Uriel de la Maza y una
servidora, se hizo abrir el sarcófago, la sorpresa fue mayús-
cula. Al ser por la mañana, contenía a la *gulí* Rubí en su descanso diurno. Yo lo sabía, pero ellos no. Allí reposaba en
dulce dormición una extraña joven muy delgada, con transparentes alas plegadas como un paraguas sobre el vientre,
ojos abiertos como aceitunas maduras y las garritas entrela-
zadas sobre el pubis. Su cutis cerúleo, pálido, limpio de cualquier derrame de corrupción, resplandecía.

—¡La santa! —exclamó el jesuita, inclinándose rodilla en
tierra para verla mejor.

«Dios nos ampare —pensé—. Ya tenemos el lío armado».

El forense, llamado a todo correr, antes de cualquier to-
camiento con sus manos enguantadas en caucho azul, y la
atónita comisaria llegaron de común acuerdo a dos conclu-
siones. Primera: aquel ser estaba muerto, y segunda: que no
era humano ni animal reconocible a simple vista. Solo una
servidora y el sabio jesuita, pasado su primer y comprensible
arrebato, sabíamos que nos hallábamos ante una *gulí* de las
que habían invadido la fachada de la catedral hacía algún
tiempo. Como yo misma, él había salido entonces en defensa de aquella fauna desconocida, más que nada por llevar
la contraria al obispo de la diócesis, partidario de la fumigación de aquellas «criaturas diabólicas».

¿Cuál era el siguiente paso?

—Habrá que llamar a un juez, levantar el cadáver y lle-
varlo a comisaría —dijo la arqueóloga Fragolina, asidua de las
series de televisión sobre psicópatas feminicidas.

—Pues, señores —dijo la comisaria procurando parecer imperturbable—, dado que no se trata de un ser humano…

—Propiamente dicho —susurró el padre Uriel.

—… No hace falta juez —prosiguió la policía—. Es como si hubiéramos encontrado un perro muerto en un pozo seco, con perdón por la comparativa. Nos lo llevamos a comisaría sin más trámites y allí ya se verá. Por lo pronto, no toquen ustedes nada y no hablen de esto.

—Con todos mis respetos, señora comisaria —dije—, no creo que deba moverse de aquí esta obra de arte sin permiso del Ministro de Cultura.

—Pero ¿de qué habla? —exclamó la arqueóloga Fragolina, que en cuestiones de estética no iba más allá de Winckelmann.

—El ataúd con su vampiro dentro son una unidad y como tal hay que conservarlos —remaché.

Mi punto de vista era demasiado avanzado para aquellos filisteos. Me miraron como a una orate, menos el padre Uriel, que afirmó discretamente con la cabeza. Les ahorro la discusión posterior y los venenosos calificativos que llegaron a emitir sobre mi persona y obra. Harían este texto interminable y de transversalidad excesiva para nuestra intención.

La *gulí* Rubí fue a parar, a la caída de la tarde, al laboratorio del Instituto Zoológico de la Academia de Ciencias de la universidad, a cuyo director solicitó el juez un informe sobre aquella cosa. Los veterinarios jefes de departamento, visto lo visto tras un examen tan rápido como concienzudo, se declararon por escrito incompetentes para estudiar el espécimen, que tanto tenía de humano como de animal, además de una suerte de aura eléctrica nunca vista, que se desprendía de él formando parte inseparable de su persona, mejor dicho, de su ser, pues allí nadie habló de nada que se refiriera a una presunta humanidad del hallazgo. Esto del aura no iba en el informe. Se lo oí *off the record* al más joven de los veterinarios, una chica que estaba encantada con el hallazgo, pero que sabía que había que someterlo a protocolos muy rigurosos, más que nada por temor a la prensa sensacionalista.

Mientras efectuaban el primer y único examen al que se comprometió el equipo, el sol se puso y los ojos de Rubí se abrieron obedeciendo a un movimiento compulsivo, como los de la robot María en *Metrópolis* o los del sonámbulo en *El gabinete del doctor Caligari*. Su espalda se puso recta, arrancó de sí una leve sábana verde que cubría su cuerpo y desapareció, visto y no visto, por la rendija bajo la puerta. Al día siguiente la hallamos de nuevo en el sarcófago, esta vez flotando en un gran coágulo de sangre, del que solo sobresalían su cabecita y sus extremidades, como una adolescente tomando un baño en un cuadro de Leonor Fini.

El diario provincial no informó de esto, mantenido como reservado, pero sí de la muerte del sepulturero Sebastián Peñalosa, hallado en su lecho sin gota de sangre en las venas, arterias y capilares.

El padre Uriel y yo, irritados y convertidos en cómplices por la inepcia de las comisiones y autoridades, poco o nada versadas en estos temas, tomamos las riendas de aquel asunto que desbordaba tanto a la administración como a la ciencia.

Aquel jesuita, de no haber sido católico, hubiera resultado un auténtico *crack* erótico para mi gusto. ¿Han visto ustedes la película del director italiano Dario Argento, *La Sindrome di Sthendal*? ¿Y no han reparado en el bellísimo joven sacerdote –seguramente un figurante– del comienzo, cuando Asia Argento se dirige, agobiada por la multitud, al museo de los Uffizzi? El hombre que yo digo mira a la cámara un instante. Su hermosura, que yo quisiera tal vez satánica pero que no lo es, resplandece bondadosa, pura y viril. Pues así era el padre Uriel que, cuando murió, tengo por seguro que no fue al cielo, sino al Olimpo como invitado y embajador cristiano ante Apolo, dios de la belleza masculina.

El padre Uriel era cura papista, pero también un *gentleman*, siempre elegante con sus sotanas a medida, que resaltaban la anchura perfecta de sus hombros, y su cuello duro blanquísimo y bien almidonado, ni ancho ni estrecho, que había pasado por cuidadosas manos monjiles que manejaban la plancha con amorosa habilidad. Tenía los ojos celestes como Paul Newman y una boca que debía estar prohibida en el clero de cualquier religión.

—No son criaturas abundantes en la naturaleza –se lamentó, sirviéndome un vasito de vino de Málaga en su confortable celda, arreglada con escasos elementos y fino gusto–. En eso estamos de acuerdo. Pero yo me las he tenido que ver con seres más raros y peligrosos en mis misiones, ya en los templos coptos de Egipto, ya en los monasterios de Lhasa, o con uno muerto, como este, en lo alto del *campanile* de Pisa. Esto que tenemos aquí, en concreto, pertenece a una especie que apenas hace daño –recordé la muerte de mi hijito Gabriel y la reciente del sepulturero Bastián, desangrados, pero no interrumpí al padre, al que escuchaba alelada preguntándome si no estaría soñando–, y son criaturas del Señor. Usted lo sabe tan bien como yo, a su manera, y estará de acuerdo conmigo en que es necesario ir por este camino con buen pie, sin dejarse desviar por cientifismos ni prejuicios.

–¿A mi manera? –pregunté por hacer tiempo.

–A su manera de atea inteligente, lo que no le impide respetar la diversidad de la Creación.

–Gracias por el cumplido, padre Uriel. Yo en cambio –repliqué algo mosqueada y a la vez movida por un ambiguo sentimiento ante la autoridad que se desprendía del santo varón– no celebro que sea pastor de los rebaños de san Pedro una persona tan cabal y con tales prendas como las suyas. Pero usted sabrá. Tampoco es que reconozca la Creación, que yo llamo Naturaleza, pero el caso es que ambos queremos salvar a la *gulí*, que por cierto no es tan inofensiva como usted dice, ni mucho menos.

–¿La *gulí*? –preguntó o más bien se hizo el despistado. Sabía perfectamente a lo que me refería, pero con esta tropa petulante de la Compañía ya se sabe que, para abordar un tema, siempre hay que dar mil vueltas y perseverar en el empeño hasta que claudican ante los callejones sin salida.

–Es el nombre que les damos aquí. Creí que lo sabía usted.

–¡*Gulí*, bonito nombre para una criatura extraña pero auténtica y verdadera! Es como llaman los sarracenos a los vampiros o vampiras, *ghoul*, creo recordar –ya estábamos donde yo quería llegar: al tema de los vampiros.

Bebimos un sorbito del vino aquel, capaz de resucitar a Lázaro o incluso a la hija de Jairo. Si alguna vez caigo en el juego de la metempsicosis, quiero ser hombre y jesuita de alto rango.

—Bueno —dije decidida a no dejar que aquel cura me liara con los quiebros de su erudición y su caída de ojos—, algo hay que hacer con la *gulí* y no precisamente disecarla, convertirla en pieza de museo o, como usted y yo sabemos, permitir que acaben con ella por ignorancia, si no por crueldad, los que se afanan en estudiar tales cosas sin conocimiento de lo que tienen entre manos.

—Propongo, si está usted de acuerdo —y si no también, pensé yo—, atraparla en su sopor diurno, bautizarla, soltarla en el campo y dejarla ir con sus congéneres, si los tiene. Es la solución más caritativa y racional que se me ocurre.

—Pues para mí no es muy buena idea, y desde luego me parece indigna de usted, padre Uriel —repliqué procurando esquivar su mirada medusea capaz de convertir en sumisa a la mismísima Alecto—. Las *gulís*, como usted muy bien sabe, aunque quiera extraviarme con su pico de oro, con perdón, son criaturas de templo, no de campo. No es como soltar a un halcón peregrino que se ha roto una pata. Usted mismo lo ha dicho: se encuentran en el Tíbet, en las catedrales, en toda clase de santuarios altos y, añado yo, en los minaretes de Constantinopla. Hay que proporcionar a la «nuestra» un lugar donde vivir. El sarcófago y la cripta donde la hemos encontrado, por ejemplo, aunque no es un lugar elevado, me parece de lo más procedente, ya que parece hallarse bien en él.

Se conoce que mis palabras le hicieron reflexionar, pues juntando las palmas de sus largas manos delante del rostro, dejó vagar la mirada hasta el techo. Al cabo de unos momentos, dijo:

—Necesitaríamos muchos permisos para hacer lo que usted propone, y no solo no los conseguiríamos, me temo, sino que en otros tiempos habríamos acabado ambos en la hoguera por herejes —sonrió—. Habría que probar la naturaleza humana de la criatura para que se le permitiera en espacio sagrado... —«Ya estamos, pensé yo»—. En estos casos rarísimos la última palabra la tiene el Santo Padre, como cuando lo del negro de Banyoles, ¿lo recuerda? —«Pues claro», contesté—. Hay mucho que hacer y la verdad es que yo tengo otros asuntos de los que ocuparme.

Lo dejamos sin llegar a un acuerdo porque ninguno de los dos tenía ganas de enzarzarse en una polémica teológico-burocrática absurda. Yo siempre tendría la razón y él nunca me la daría. Lo último que allí se dijo, fue, ante los vasitos vacíos de aquel vino celestial:

—Pues si en la cripta reposan en sus sarcófagos algunas monjas de buena familia, ¿por qué no permitir sin escándalo ni burocracia que permanezca en ella la *gulí*?

—Porque por las noches podía seguir haciendo de las suyas —respondió contundente el bello padre Uriel.

Touchée. Estaba claro. A mi pesar, el jesuita tenía toda la razón, como es costumbre en su orden. ¿Pero entonces...?

* * *   * * *   * * *

El cementerio de Todos los Santos estaba situado en el paraje más ameno de los alrededores de la población, ya lindando con los campos. Daban ganas de morirse por descansar allí a la sombra de los castaños y la alegría de las adelfas venenosas, alimentadas por cadáveres que daba gusto verlas, y quizá ser succionado por las raíces de algún árbol noble, formar parte de su mismidad y ofrecer una sombra amorosa al peregrino para reposo de sus cansados miembros.

Me recibió un guardián interino que suplía a Bastián hasta que se cubriera formalmente su plaza. No fue fácil de encontrar. Nadie quería ni oír hablar de aquel camposanto donde un hombretón como Sebastián Peñalosa, sanguíneo y fuerte, había perdido todos sus jugos en una noche sin que se supiera cómo. Por fin accedió a ello un hermano del difunto, que estaba en paro y era un muchacho valiente y primario. Aunque al principio se resistió por escrúpulos, terminó haciendo cálculos y vio que se trataba de un trabajo fácil y mejor pagado que hacer chapuzas. Se llamaba Cristóbal, pero era conocido por todos como el Tragasables, ignoro por qué. Sus amigos del billar dijeron: «¡Qué huevos tienes, Tragasables! ¡Guardián de muertos! ¡Te las apañas para tragarte lo que sea sin dar palo al agua!»

En cuanto ocupó el puesto, y con la única intención de disipar sus propias aprensiones iniciales, hizo imposible el reposo de los difuntos a su cargo poniendo música en su garita por la noche a todo volumen. Así no había quien descansara, pero la asamblea de espectros declinó presentar una queja, porque siempre llevaban las de perder con aquella administración lerda, refractaria a cualquier demanda, por razonable que fuera.

Hallé la entrada al recinto cerrada con un candado cuya llave estaba en posesión del suplente. Un jardinero que limpiaba de ramas y hojas secas los alrededores me indicó dónde podía encontrarle. No fue difícil. Se hallaba en el último bar de la carretera, cerca del cementerio, desayunando un bocadillo de atún con aceitunas maridado con un refresco de cola. Nos dirigimos al camposanto, él en su moto precediendo mi coche. Mientras buscaba en su manojo de llaves, pude ver a través de las rejas algunas sombras que se deslizaban entre las tumbas. Una de ellas me pareció Rubí, a quien justamente estaba buscando.

—¿Tiene usted visita, Cristóbal? –pregunté al joven señalando a un grupito de espectros entre los arbustos floridos.

—¡Ca, no haga caso! Son juegos de la luz con la vegetación. La jarana es más bien por la noche, pero de día esto está muy tranquilo. Pase usted, y si puedo servirle en algo, lo haré con sumo gusto.

—Como le dije antes, estoy buscando a la *gulí* Rubí –me lancé sin más explicaciones–, que escapó de la cripta de Santa Quiteria y que visitaba de vez en cuando a Bastián por las tardes para que le contara cuentos de aparecidos –aventuré, a ver si se abría como aquella puerta.

—¡La *gulí*! –exclamó para mi asombro–. Me crea o no, me ha parecido verla entrar en el establo, señora, a los amaneceres, antes de irme a reponer fuerzas, porque yo si no desayuno antes de empezar la faena, no puedo mover un dedo. He buscado bien y no había nadie. Fueron figuraciones mías, porque estos días andamos todos algo trastornados con lo de la muerte de mi hermano y vemos fantasmas por todas partes. Oí relinchar a los dos caballos, pero luego todo quedó tranquilo y salí. No iba a tardar ni un cuarto de hora.

»Al principio, mientras desayunaba antes de llegar usted, pensé que a lo mejor no eran figuraciones y se trataba de un sin techo de los que se cuelan, no se sabe cómo, a dormir la mona. Son inofensivos. Bastián sentía debilidad por ellos y los dejaba dormir aquí un par de días si hacía muy mal tiempo y hasta bebía con ellos unos tragos.

»Pero si se trata de la *gulí*, es diferente. ¿No le parece a usted? No sé si llamar a la Guardia Civil, por si acaso. ¡Ese bicho me preocupa por los caballos, porque si alguien nos los perjudica, a ver cómo arrastramos la carreta de la muerte y qué explicación doy yo al señor alcalde, que se ha apiadado de mi miseria laboral y me ha metido aquí a dedo, como quien dice…

Tomó el teléfono móvil y se dispuso a marcar. Yo lo contuve. No había prisa en llamar a aquella gente que no sabía nada ni entendía un pijo de las cosas de la *gulí*. Quería comprobar por mí misma si estaba allí y en ese caso llamar al padre Uriel antes de que la comisaria lo pusiera todo patas arriba. Y hablando de patas, pregunté a Tragasables.

—¿Solo hay dos caballos en el cementerio? —Estaba convencida de que la carroza de ébano, que en ocasiones había visto desfilar calle de la Plata abajo por la ciudad hacia el camposanto, tenía cuatro hermosas bestias.

—Hay seis, pero si la *gulí* se ha metido en el establo, peligran las dos yeguas principales. Son dos purasangres azabache.

Los otros cuatro caballos están en las cuadras del Ayuntamiento para los desfiles y pompas que no tienen nada que ver con la muerte.

—¿Y eso? —pregunté fascinada por la naturalidad del muchacho y lo bien que se expresaba.

—Por costumbre. Cuando se aderza la carroza municipal con caballos empenachados con plumas negras de avestruz para un entierro de calidad, los únicos que se dejan arreglar mansamente son los azabache del cementerio. Será por su luto natural y por su familiaridad con los espectros, que aquí los hay a puñados. Los otros se encabritan y no hay quien los sujete. Yo compraría unos penachos nuevos, porque los que tenemos son del siglo diecinueve, pero ya me dijo Bastián —que en paz descanse— que no hay quien convenza al alcalde de que los guarde en el Museo de la Ciudad y compre unos que no estén embrujados o lo que sea.

—¡Interesante! —afirmé con la cabeza.

—Mi hermano Bastián llamaba a estas yeguas negras Proserpina y Hécate. Algo sabía, el hombre, y a veces le daba por leer, aunque cultivaba más los placeres del cuerpo que los del alma. Se conoce que son nombres de diosas antiguas relacionadas con los muertos. Lo busqué por Internet.

—Así es. Quisiera ver la cuadra, si es usted tan amable. Soy de la comisión que trata su caso.

—Lo sé, señora concejala. Sígame.

Allí estaba Rubí en su sueño diurno, hecha una bola sobre un montón de paja limpia como el oro cerca de las preciosas yeguas, que azuleaban de puro negras. Daban ganas de dejarla descansar en tan buena compañía y en lugar tan grato y cálido. Al parecer la *gulí* necesitaba sacralidad, muerte y espíritu, como había comentado con el padre Uriel, y allí los tenía entre cadáveres y en compañía de aquellas bestias que, de no ser celestes, debían ser infernales, pues también el infierno debe de tener su propia pompa, belleza y majestad. ¡Qué nombres tan apropiados les había puesto el sepulturero Bastián!

Recomendé mucho a Cristóbal Peñalosa que velara por la *gulí* y la mantuviera a buen recaudo en aquel lugar semisecreto de las yeguas negras, para que nadie la encontrase y donde parecía estar tan a gusto. El joven se hizo mi cómplice inmediatamente, porque también a él le pareció que la *gulí* era algo extraordinario que había que proteger como al ejemplar de una especie rara y en vías de extinción. La separó claramente por instinto del caso de su hermano, como yo del de mi niño Gabriel.

* * *   * * *   * * *

Hubo en este caso una de esas treguas ocasionales que duran para siempre, tal vez por una luna negra que trastoca el espacio y el tiempo, y que llaman elipsis –aunque esto solo lo creamos el jesuita Uriel, Jean Cocteau y una servidora–.

El caso es que la Comisión se fue disolviendo informalmente, porque todos sus miembros estábamos atareados en nuestros respectivos quehaceres, sobre todo la profesora Fragolina, presidenta a la sazón de un congreso sobre la autenticidad de la Dama de Elche, en la que cada vez creían menos estudiosos de la escultura etrusca que, siguiendo a

David Cotten, de la Universidad de Nuevo México, la consideraban una falsificación decimonónica. Por otra parte, la policía tuvo mucho trabajo a causa del aumento del terrorismo feminicida y de los incendios forestales provocados por psicópatas pirómanos y por domingueros gorrinos. El padre Uriel estuvo una larga temporada asesorando personalmente al papa Francisco sobre cómo combatir el narcotráfico vaticano, y yo misma me sumergí en la redacción de un librito de ficción sobre vampiras ignotas. La prensa local, con su memoria de pez, emprendió un rumbo político marcado por las elecciones y dejó de hablar de la extraña criatura, encontrada en la cripta de las monjas de santa Quiteria, que todos llamaban ya *gulí* sin saber lo que decían –¿una extraterrestre?, llegó a preguntarse el diario regional de derechas en titular–. Su huella se había perdido. Yo iba en ocasiones a visitar a Cristóbal Peñalosa al cementerio a ver a Rubí, cada vez más hermosa por lo bien cuidada que la tenía el joven, que se había encariñado con ella casi más que yo misma.

Un día el joven me llamó por teléfono con voz temblorosa y gran nerviosismo a las cuatro de la mañana. Acudí inmediatamente. Fuimos al establo, no a la luz macilenta de un candil, porque eso es cosa de cuentos góticos y este no lo es, sino a la parpadeante de los fluorescentes de los establos. No sé yo qué dará más miedo…

Lo que sí era gótico es la que se había armado en aquel lugar: las dos yeguas estaban muertas y chupadas, como Bastián y mi pequeño Gabriel. Cristóbal me dijo que había avisado a todo el mundo, y que ya estaban de camino el juez, el alcalde, la comisaria y el veterinario; pero que tardaban inexplicablemente.

—¿Y ella? —pregunté ansiosa, refiriéndome a mi *gulí* Rubí.

—Como siempre, en su rincón. Pero ya no es lo que era. No debería usted verla. Casi no tiene cabeza y el resto es un amasijo sanguinolento. La han frito a coces las yeguas de los muertos antes de rendirse a su ataque, aun con las fuerzas mermadas por la sangría. Hay que ver lo que da de sí un purasangre cuando se siente agredido.

Mi pérdida de Rubí fue más dolorosa que la de mi hijo Gabriel, pues este no era más que un espécimen humano de tantos como fabrican nuestros amores, pero ella, la *gulí*, también llamada arpía, sirena, *kerr*, furia, euménide o vampira, pertenecía al más puro interior de mi ser, llamado Infierno o Hades, o, por los psicoanalistas, inconsciente. ¡Ya ves!

5. LAS GULÍS DE LA CÚPULA DORADA

En memoria de Ambrose Bierce

En mis tiempos de universitaria veinteañera no estaba de moda hacer turismo, sino simplemente viajar. Por aquel entonces África y Asia podían visitarse sin temor al terrorismo, o había menos gente en el mundo o menos maldad, no sé. El caso es que yo me sentía a gusto y segura en los atestados mercados de las medinas o en los lugares sagrados a los que iba a meditar siguiendo la moda de una espiritualidad que interpretábamos a nuestra manera. Era increíble lo que podíamos hacer los jóvenes con una mochila, unos dólares distribuidos entre diversos bolsillos, el saco de dormir, una cantimplora para ir llenándola de agua, y las *Guides Bleus* de Hachette, las mejores del mundo.

Armada de esta guisa llegué yo con mi amiga Zuza, compañera de Facultad, a la ciudad de Naipyidó, donde un puto ciclón de arena casi nos deja ciegas, sobre todo a ella. Tuvimos que refugiarnos todo un día en un Youth Hostal cochambroso, propiedad de unos misioneros franciscanos. Cuando escampó, abandonamos Naipyidó porque allí no había nada que ver, solo campos de adormideras blancas y rosadas hasta donde abarcaba la vista, carritos de bueyes y poco más. Salimos pitando gracias a una camioneta que nos acogió amablemente en su parte trasera rumbo a Yangón, donde todo era *beaucoup plus divers et plus beau* según el exacto libro guía.

En cuanto bajamos del destartalado y adorable vehículo, donde habíamos tragado más polvo que en el ciclón, nos hallamos ante una manifestación pacífica, contra el régimen, de monjes budistas vestidos con túnicas de color granate, que recibieron hostias como panes de unos policías que parecían Robocop. Vimos más de una cabeza abierta y presenciamos una brutalidad feroz contra los pobres bonzos. Zuza era de temperamento frío como una anguila y lo contemplaba todo con glacial curiosidad, pero yo me sentí arder con la furia impotente ante la injusticia que es uno de mis muchos defectos.

En el primero de los mercadillos que hallamos a nuestro paso se desató mi compulsión compradora y fetichista, y me hice con un puñadito de rubíes en bruto guardados en una caja de cerillas, porque nuestro dinero no daba para un mítico rubí birmano como Dios manda; y también sucumbimos ambas ante unos chales de viscosa de color marfil con grandes y oscuras flores rojas como manchas de sangre menstrual, porque tampoco la seda auténtica fabricada con capullos vivos estaba prevista en nuestro presupuesto. Los fulares que compramos eran baratos, pero nos servirían para protegernos la cabeza de la humedad y el rostro de la arena, vista la experiencia con el ciclón, que nos pilló desprevenidas sin un mal gorro de visera.

Cuando recuperamos la cordura y nos situamos, gracias

a la *guide*, en un lugar que dominaba el centro de la ciudad, lo más interesante que visitamos fue la pagoda budista de Shwedagon, de madera de cedro, más restaurada que la catedral de Viena, pero de muy buen ver, con su cúpula bulbosa recubierta de pan de oro. Un gran Buda de latón bruñido recibía extático a los visitantes en el umbral azul de la puerta, en la postura del loto, con las manos en el mudra de la armonía y una leve sonrisa que se te metía dentro hasta formar parte de ti misma durante un tiempo. Luego se desvanecía como todo lo bueno. He constatado que esto ocurre con todos los alivios y delicias asiáticos: su fugacidad.

No tardó en pegársenos un jovenzuelo sonriente y desdentado llamado Ping, que nos proporcionó alojamiento en un pasable hostal de su familia, que llamaba Gran Hotel todo el tiempo. Cuando estuvimos instaladas en una habitación azul celeste con dos camas, se empeñó en llevarnos a una granja de cocodrilos, donde nos obsequiaron con una degustación de la blanca carne del reptil, que sabía entre pollo y pescado. He de decir que nuestra hambre la volvió más que deliciosa. Aquello fue nuestro almuerzo, que consumimos acodados los tres en el pretil de un estanque donde impresionantes cocodrilos vivos se refrescaban a su aire y a veces daban un coletazo que te ponía perdida de agua fangosa.

Luego fuimos al perfumado templo de oro y rosa de Guayin Gumiao, que parece un sueño de opio. Por último, cuando estuvimos agotadas y lo único que nos apetecía era volver a la pensión y descansar, Ping nos arrastró al famoso o infame mercado llamado «de animales salvajes».

La mercancía expuesta era en su mayor parte insectos, larvas y arañas peludas, asadas o fritas; repostería hecha con harina de gusanos y adornada con cucarachas, y suntuosas bandejas de artrópodos negruzcos, a modo de mariscadas.

Además de invertebrados, allí vendían ratas abiertas y asadas a la plancha doble, brochetas y chuletas de carne de perro y algo que me hizo estremecer. No supe entonces qué era exactamente, pero su aspecto resultaba aterrador. Jamás había visto los desastres de la fea muerte tan de cerca. Eran animales gordos, con la boca abierta mostrando una dentadura pavorosa y con la lengua fuera colgando entre los colmillos. Resultaron ser ratas topo lampiñas. Ping, a quien hubo que comprar un cucurucho de grillos fritos, se empeñó, secundado por Zuza, en que nos sentáramos a una mesa a beber té y cerveza Shinga, y a disfrutar del ambiente. A estas alturas, el cansancio y el sueño nos habían abandonado.

¡Menudo ambiente! Yo notaba calor en la cara, frío en la espalda, las manos heladas y una sed espantosa. Cuando trajeron la cerveza, literalmente me metí en la jarra y ni siquiera noté su peculiar sabor. Solo quería tragarme todos los litros que pudiera, bajo la mirada sonriente de Ping, que, sin faltarnos en ningún momento al respeto, encontraba divertido, cómico y descacharrante todo lo que hacíamos. Frente a nosotros se sentó en el mismo banco una pareja joven con un niño de unos cuatro años. Vi en su manita un puñado de gordas larvas vivas que se llevaba a la boca con gran fruición. Las cogía de un recipiente lleno de bichos situado en el centro del risueño triángulo familiar, que nos saludó con un gesto amable acompañado por una inclinación de cabeza.

No tardamos en vernos asaltados por vendedores que traían en sus carritos bandejas de su mercancía para que escogiéramos. Allí vi unos animalitos que me habían impresionado en nuestro paseo por la parte más infame del mercado. Eran murciélagos rollizos y boquiabiertos, con las alas plegadas como paraguas, ensartados en varillas de bambú. Estaban asados con tanta pericia que a pesar de su aspecto me entraron ganas de comerme uno. O más.

–Son de granja, muy buenos, todas hembras, carne buena, podéis probar –dijo nuestro guía.

–Anda, cómete una vampirilla. La ocasión es única –dijo desafiante Zuza, que algo sabía de mi amor obsesivo hacia las vampiras–. Lo hice con asco infinito, solo para demostrarme a mí misma de lo que era capaz. Si lo hacías con los ojos cerrados estaban deliciosas, sabían entre codorniz y cochinillo. Zuza pidió un enorme escorpión negro sobre amapolas de color rosa y rayadura de jengibre, que hizo tambalearse nuestro cálculo para gastos del día. La odié por ello como solo se puede odiar a un compañero de un viaje que te descompensa el presupuesto por un capricho.

–¿Qué pasa? –dijo al notar mi horror ante semejante manjar–. Es como un bogavante.

–De precio también –comenté.

En los días sucesivos, como nuestro dinero escaseaba, licenciamos al guía procurando que fuera amistosamente, ya que dormíamos en el hostal de unos primos suyos. Aquel lugar nos había atrapado, Zuza decía que percibía en él unas vibraciones positivas desbordantes y nos quedamos allí unos días, ella a meditar y yo a hacer fotos y dibujos. También a mí me gustaba el sitio y su energía. Incluso la que emanaba de las paredes azules de nuestra habitación.

Apenas teníamos para una hamburguesa a mediodía y un bol de arroz como cena, porque no queríamos tocar los dólares de la «reserva», y todavía quedaba mucho viaje. Los jardines de la gran pagoda de Shwedagon fueron durante jornadas enteras nuestro lugar favorito. Contemplar la cúpula dorada se convirtió en una forma barata y genial de meditación para ambas. Dedicábamos cada vez más tiempo al recogimiento sentadas en el suelo en la postura del loto como vimos hacer a mucha de la hermosa y serena gente que nos rodeaba. Mascaban betel como si rumiaran, y bebían té o gastaban unas monedas en un pedazo de torta de semillas de amapolas.

Un día quedé sumida en el semisueño provocado por el reflejo del sol en la cúpula de vientre dorado, que como la sonrisa del Buda de metal se te metía dentro y te facilitaba la visión, con los ojos cerrados, de letras, formas o jeroglíficos sin sentido aparente. Zuza me dio un codazo y me tendió un pequeño cuenco de barro con algo que nos hizo llegar gentilmente una vieja sentada cerca de nosotras. Vendía cestos de flores y velas de ofrenda a los que entraban en el templo. Al primer sorbo de aquella bebida dulce y picante, que desde luego no era té con azúcar, los vi. ¿A quiénes? A ellos o quizá debería decir ellas. Se desplazaban por las paredes de la pagoda y revoloteaban a su alrededor como vencejos, pero no eran pájaros. Entonces ¿qué? ¿Insectos gigantescos o murciélagos como los que se vendían asados en el mercado de los animales? ¿Alucinaciones mías? ¿Contenía opio aquella bebida? Zuza bebía a sorbitos, sin inmutarse.

—*Gulí*—dijo la anciana señalando a los seres, al verme absorta en su contemplación. A mi gesto de pregunta, trazó un círculo en el aire, hizo amago de volar con sus viejas manos de marfil y repitió:

—¡*Gulí*! ¡*Gulí*! ¡*Gulí*! Ellas ser *gulís*.

—¿Qué dice esta mujer? —preguntó Zuza en su tono que siempre parecía displicente, como si temiera que nos pidiese algo a cambio del supuesto té.

—Dice que las criaturas volanderas que rodean lo alto de la pagoda se llaman *gulís*.

—¿Qué criaturas? —preguntó subiéndose la montura de las gafitas, que se había deslizado en su nariz y adelantando el cuello como para ver mejor.

—Esas formas aladas que cruzan el espacio de alrededor del templo y se paran a veces en la cúpula… —expliqué, señalando con el dedo.

—Pues será porque soy cegata, pero yo no veo un pijo de lo que dices —declaró contundente tras mirar hacia donde yo le indicaba, achicando los ojos.

Me encogí de hombros y eché mano de la cámara de fotos que nos habían prestado los compañeros del departamento de Historia del Arte de la facultad, un poco vetusta y anticuada, pero todavía capaz de atrapar imágenes de las cosas del mundo como por arte de magia. La anciana me chistó y meneó la cabeza en signo negativo, sin perder la sonrisa.

—Quiere disuadirte sin duda de hacer fotos a la pagoda —dijo Zuza—. A lo mejor está prohibido, aunque he visto a unos japoneses que han fotografiado al Buda y nadie les ha

dicho ni pío, y luego han entrado por la puerta azul cámara
en ristre, seguro que dispuestos a usar el *flash*.

—Pero yo no quiero hacer fotos a la pagoda, sino a esas
cosas que la rodean nadando en el aire como vencejos…

—Y dale. ¿Es lo que llamas *gulís* y que una servidora no
pispa ni de coña? Acércate si quieres. Yo te espero aquí guardando las cosas. De paso devuélvele los cuencos a la yaya.

Me incliné ante la señora que nos había obsequiado con
la bebida y se los tendí. No quiso cogerlos. «Regalo, regalo»,
dijo en algún idioma que comprendí, seguramente inglés.
Le di las gracias con una nueva inclinación. Me cogió por el
borde de la camisa, que llevaba por fuera del pantalón, y
mientras señalaba con un dedo la cúpula de la pagoda, dijo
algo así como: «*Gulís* no; *gulís* no foto forasteros».

—¿Son pájaros? —me aventuré a preguntar—. ¿*Birds*?
¿Aves?

—No pájaros, no animales: seres del cielo, sagrados… Tú
no fotos. *Danger.*

Lo entendía perfectamente, pero no hice caso. Me acerqué y realicé varios disparos. He de decir que cuando las re-
velamos tuve un disgusto. Salieron muy mal, quemadas, y
de las extrañas criaturas «sagradas», ni sombra: no impresio-
naron el carrete. Pero he aquí al acercarme al Buda de la
puerta azul por ver si desde allí podía captar o al menos ver
de cerca a los o las *gulís*, una de ellas hizo un tirabuzón en el
espacio y graciosamente, como el hada Campanilla, se dejó
caer en el hombro de la estatua, plegó las alas y me miró con
unos enormes ojos sin párpado, bordeados de negro y redondos como canicas. Sus iris eran dorados y tenían en el

centro el agujero de la pupila, muy pequeña, como una cabeza de alfiler.

Era una especie de murciélago o lémur con fino morro de zorrillo y garritas como manos de iguana o basilisco, tan exquisitas que —en contraste con el redondo hombro dorado y liso en que se apoyaban— parecían miniaturas trabajadas por un hábil artesano. Me miró y lanzó un grito agudísimo, casi inaudible, dejando ver el interior de sus fauces, que estaban dotadas de colmillos largos y muy finos. A su llamada acudió gran número de aquellas criaturas, que se echaron en tromba sobre mí y, sin darme tiempo ni para asustarme, me rodearon sin daño como un chal de seda en movimiento y enseguida desaparecieron todas, dejándome envuelta en un intenso aroma de almizcle y de sangre fresca. Respiré profundamente ese olor y me sentí feliz.

Zuza me aguardaba sumida en una meditación profunda, sentada como dije y con los dedos pulgar e índice unidos sobre las rodillas como el Buda de la pagoda. Cuando me senté junto a ella, volvió en sí bruscamente y me miró asustada.

—¿Cómo te has hecho eso? —señaló sin tocar algunos puntos de mi rostro y manos, que era lo único que llevaba al aire, como acostumbraba a hacer en los viajes para prevenir picaduras de insectos, pues mi sangre debe de tener algo que los atrae.

—¿A qué te refieres?

—A la sangre que te chorrea por la frente y las manos. ¿Qué ha pasado? ¿No te duele?

Saqué un espejito del bolsillo y miré. Tenía puntos rojos en varios lugares. De ellos manaba una sangre muy clara, como mezclada con saliva. Me limpié. La anciana de las flores dijo:

—Yo advertir, no fotos a ellas, tú imbécil. Ven.

Me acerqué y me lavó con vino de arroz que llevaba en una botella de plástico.

—No tocar ni rascar. Pasará, no es nada. Las *gulís* quererte, pero no volver a ser tonta.

* * *   * * *   * * *

Al poco del regreso de nuestra larga escapada, antes de que comenzara el curso, se declaró una epidemia de gripe asiática muy virulenta. Se pensó al principio que el foco fue una ciudad china y se tomó como chivo expiatorio a un mercado de insectos y «animales salvajes», supongo que parecido al que habíamos visitado nosotras.

Es una historia que se repite una y otra vez a lo largo del tiempo, pero yo puedo asegurar por experiencia que ni las misteriosas *gulís*, ni siquiera los cadáveres fritos o asados que me espantaron y que degusté en el sucio mercado de animales de Yangón pudieron haber tenido nada que ver. Por el contrario, estar allí, comer lo que comí y bebí y ver la mucha mierda que vi con mis ojos de occidental acostumbrada a la higiene química, me hizo bien. Me encontraba más sana y fuerte que nunca tras haber aspirado los aromas de incienso de las pagodas, la fritanga de los mercadillos y el almizcle sexual que se desprendía de las ingles y del ano de las *gulís*. Al cabo de un mes todo había pasado y la prensa se olvidó del mercado nefando y se refociló en otras abyecciones la mayor

y más terrorífica, las evoluciones del monstruo, en apariencia invisible y pulcro, llamado mercado libre y sus avatares.

Zuza gozaba como yo de buena salud y a veces nos reuníamos en la terraza de mi casa para meditar, fumarnos un
porro y reírnos de nuestras peripecias viajeras. Yo volví a las
andadas en vacaciones, con Zuza o con otras amigas, y así
seguí hasta que me hice mayor y comencé a vivir mis aventuras globales en casa, con el ordenador y Google. Pero no
he olvidado que el mal no está en el corazón de Asia, ni en el
mordisco de las *gulís* de las pagodas, ni en los escorpiones de
África, que me picaron fieramente en el desierto de mi
amada Túnez, entre las piedras del teatro romano de El
Djem, sino en la naturaleza depravada de la especie humana. A esta sí la temo, porque no tiene remedio ni inocencia. En nuestro origen hay una misteriosa tara, que de vez en
cuando se despierta y muerde sin piedad.

TERCERA PARTE

ROSAS NEGRAS DE TURQUÍA

6. CAZADORAS DE ALMAS

En memoria de Gustav Meyrink

En la terraza florida del Hombre de Palo, Angélika nos cuenta su última hazaña. Esta madrugada ha enviado a la luz al espectro perdido de una muchacha de trece años llamada Susana Lacasta, desaparecida un par de meses antes. Su cuerpo sin vida fue encontrado en un basurero cerca de una discoteca.

Componemos su público: su ambigua hermana menor Piti, una enfermera del Hospital Clínico Universitario llamada Bozena, y una servidora. Angélika y Piti son videntes y, si hace falta, médiums. Tan buenas médiums son que, si hubieran jugado a las cartas con Lázaro antes de que Cristo retirara la losa de su tumba, le habrían ganado y enviado su espíritu a la luz. El muerto habría resucitado solo a medias, como zombi, porque no sería nada más que un cuerpo lo que saliera de la hedionda cripta judaica. Su aspecto alelado no extrañaría a la pía concurrencia de cristos y marías, porque los muertos que vuelven por milagro de mago o hechicera siempre están un poco idos. No lo digo para hacer perder el tiempo al pío lector o a la queridísima lectora, sino porque esto resume todo lo que vendrá.

Al parecer Piti no ha intervenido esta vez, pero en ocasiones echa una mano a su hermana. La amiga Bozena cura los cuerpos dolientes y no cree en las almas, pero le gusta oír las aventuras espirituales de las otras dos, sobre todo cuando sale de una guardia pesada y sabe que no podrá dormir. No le apetece desayunar como a las otras, solo tiene una ardiente sed.

En el Hombre de Palo te sirven unas copas de agua mineral natural fresca, que mana de una recóndita fuente del jardín interior, cuyo indecible sabor embriaga. Dicen cosas muy raras sobre esta fuente, que ha hecho la fortuna de los dueños, unos sirios de suma cortesía y felicidad. No es nada barata y hay quien prefiere un *gin-tonic* o mera cerveza de barril entre copa y copa. Nos traen los vasos, empañados por la frialdad del líquido purísimo. Bozena apaga en ellos su sed con infinito placer, mientras Angélika repasa los hechos antes de pasar a los prodigios.

—La historia de la niña muerta es en sí muy vulgar —comienza la médium—. No regresó a casa a la hora de siempre —temprana, dadas las costumbres de los suyos y de los demás— ni en toda la noche. Había sido vista por última vez en las proximidades de la discoteca Momo. La zona fue rastreada, pero no dieron con ella ni la Guardia Civil ni la extensa familia, aunque se puso en ello gran empeño, muchos cartellillos de aviso e incluso un helicóptero de la policía, que de todas formas había que sacar de vez en cuando para que se aireara. Todos los vecinos de la barriada de la Peineta se volcaron en la búsqueda de la muchacha con un frenesí que no sirvió de nada.

»Por fin la encontró el mes pasado una unidad canina
–cuya perra se llama Madre Coraje y ha salido mucho por
televisión–. La hallaron en un descampado bastante lejos de
Momo, en el basurero de El Espinar, cerca del centro co-
mercial Kia & Kia. Estaba aparentemente intacta, vestida,
rebozada en basura como si se hubiera revolcado en ella, y
más podrida que un besugo al sol. Madre Coraje saltaba por
los aires de alegría ante las cámaras por haber sido ella quien
la encontró. Es una gran profesional, una estrella canina.
Tiene el premio nacional san Antonio Abad de perros de
trabajo, con especialidad en hallazgo de cadáveres.

Los medios de comunicación obviaron decentemente la
foto de la niña muerta, salvo un plano general del operativo,
pero un reportero de temperamento poético, es decir, el
vampiro tóxico de la redacción, que la había visto, insistió
en que en su rostro había una especie de amargura que no
era pavor ni espanto, con lo cual marcó tendencia: la muerta
estaba intacta aunque triste. Pero lo que le interesaba a la familia y a todos los demás no eran los matices de la expresión
de la chica, sino si había sido violada, si la mataron y quiénes, si la atropellaron y se dieron a la fuga o qué. La Agencia
Efe permaneció en cauto silencio. No estaba el patio como
para ir lanzando bulos.

—Tendría ternura y lindeza en el rostro descompuesto
–prosiguió Angélika–, pero, tras la autopsia, la portavoz de
la Guardia Civil, esa joven de los pendientes de perlitas que
casan tan mal con el uniforme, informó con rotunda claridad sobre el deceso de Susana Lacasta: «Muerte natural e
inexplicable». ¿Cómo es posible? ¿Inexplicable?, se preguntó

todo el mundo. ¡Pues a mí que me lo expliquen!, se lamentaba el padre. Pero así fue, lo hemos oído estos días repetidamente de boca del forense y de la civila en los noticiarios hasta convertirse en una verdad incontrovertible o en lo que el vulgo ignorante ha dado ahora en llamar un mantra.

—No sé por qué tanto revuelo –interviene, reprimiendo un bostezo, Bozena, autorizada por su larga experiencia de enfermera familiarizada con la muerte de viejos, adultos sanos y de jóvenes–. Hay muertes súbitas cuya explicación se resiste incluso a la autopsia. Es como una vela que se apaga. Yo lo he visto y es muy hermoso.

—¿Cómo puedes decir eso, Bozena? –replica Piti haciéndose un nudo en su asiento con la copa de agua en la mano.

La enfermera se encoge de hombros y guarda silencio como si pensara: «¿Qué coño sabrá esta de la muerte de los vivos? Lo suyo son los espectros, o sea, la nada».

Angélika toma un sorbo del agua misteriosa y se dispone a contarnos lo suyo, lo que no se puede contar a la prensa ni a la policía ni a los jueces; solo a los íntimos como su hermana Piti, su amiga Bozena y yo misma, que somos gente de confianza y algo desprejuiciada. Algo de nosotras brilla a nuestro alrededor como si nos enfocaran los *bruti* de un decorado. Debemos de llamar la atención, porque a veces se nos quedan mirando los transeúntes. Pasan los viejos del barrio, mirándonos a hurtadillas, con su perrita mil leches, rebeca marrón y pantalones de franela gris, o ellas con el carrito de la compra, o recién salidas de la peluquería, con el cráneo ya casi calvo sembrado trabajosamente de ricitos permanentados.

—Venga, tía, cuéntanos lo del espectro, que es para hoy

—dice Piti mordiéndose un mechón de pelo de la melena. Es la impaciencia personificada, no aguanta sentada más de media hora—. Seguro que será un farol como de costumbre. Magia potagia.

—Pues bien… —trata de reemprender Angélika su relato, que se ve interrumpido, pues en esto se nos acerca una anciana con el pelo cano matizado de azul, unas gafas de sol sin montura del tiempo de los Beatles, chaquetón de lana penosamente entallada y falda de viscosa con estampado de leopardo. Lleva los labios pintados de rojo delineados un poco por encima de su dibujo natural, ya casi inexistente. Es rara. No da risa, da un miedo que te cagas. Tiene la fascinación de las locas que han sido algo en la vida como una Norma Desmond de medio pelo. Se dirige a Angélika, que ha palidecido de repente.

—No se preocupe, no la voy a dejar en evidencia delante de sus amigos —dice la estantigua—, pero, ya que la veo, quiero que sepa que me ha hecho daño y que no es generoso tratar así a la gente necesitada de compañía.

—Cómprese una mascota, señora, o que se la regale alguien o busque en Internet, en las protectoras de animales —replica Angélika mirándola con la sonrisa helada y furibunda que la caracteriza en los momentos difíciles.

—No se preocupe por mí, ya tengo edad para saber lo que debo y lo que me conviene hacer —repone la vieja serenamente—, pero la soledad es muy mala. Ojalá que no se vea hundida en ella algún día, aunque tenga un gato siamés, que son los más charlatanes y aficionados a los arrumacos. Yo tengo dos y alivian mi soledad, pero no es lo mismo.

Piti se remueve, cambia de postura ostensiblemente, poniendo una pierna doblada sobre el asiento y el pie bajo las posaderas de los *leggins* tejanos, y tose tratando de deshacer la tensión. Luego dice a su hermana:

—Angélika, ¿no nos presentas? Aquí nadie sabe quién es quién.

—No hace falta —dice la anciana—, jovencito o jovencita o lo que sea usted—. Ya me voy. No soy una vieja latosa.

Y desaparece entre las celindas en flor meneando su culo gordo con estampados animales, apoyándose en su bastón de bambú con puño de falsa concha.

—Bueno, ¿qué? —pregunta Piti—. Angélika, tienes cosas que contarnos y yo no tengo todo el día. He de ir al hospital con Bozena a orientar a un niño muerto que se ha perdido.

—¡Conmigo ni lo sueñes, joven! —dice Bozena cayendo en la trampa—. ¡Ya sabes que respeto tus prácticas pero no las comparto y menos como cómplice…!

—¡Era broma, tía! Pero es verdad que me tengo que ir a algo importante. Angélika, ¿quién era esa bruja que tanto parece odiarte?

—Sí me odia, sí, y a su manera no le faltan motivos, pero su intrusión me ha reventado el relato, la verdad, y me da rabia porque es una historia muy bonita.

—Tú sigue, hermosa, no nos dejes tiradas ahora que la cosa se pone interesante —replico yo.

—Bueno —asiente sonriéndome—, vamos allá: la chica del basurero murió sana y sin mal alguno, ni aparente ni revelado por la autopsia…

—¿«Muerte natural e inexplicable»? ¿Todavía estamos al

comienzo de la historia? —dice Piti echándose detrás de las orejas los bucles de su larga cabellera—. No es prometedor. Además, lo sabemos por la prensa. Yo misma he tenido casos como ese, y Bozena al parecer también. Hay gente que se aburre de vivir y se marcha. Se le aburre el corazón, se le aburre el cerebro, se le cansan los pulmones, se le hastían los genitales... ¿Qué tiene de raro un apagón? Lo misterioso es tener trece años, ir a parar a un vertedero y no haber dejado trazas de su apagón inminente al alcance de los familiares. Las niñas de su edad no suelen apagarse sin más ni más.

—Esta niña no dejaba trazas, pero hubo rastros de su creciente delicuescencia por todas partes —explica Angélika—. Contra sus costumbres, faltaba a las clases del instituto, desaparecía noches enteras de su casa para desesperación de su familia, se duchaba y nadie la veía salir del cuarto de baño, como si se hubiera licuado... La suya era una desaparición intermitente y anunciada, según dijo a la policía su padre, maestro de primaria en un colegio público. Este señor hablaba como los ángeles o, mejor dicho, como los propios policías. ¿Os habéis fijado en cómo hablan los portavoces de la policía, de los bomberos y de las ambulancias? Da gusto oírlos.

—Déjate de chorradas, hermana, y no te nos escapes tú también. «¡Desaparición intermitente!» A eso me apuntaría yo sin dudarlo un momento —Piti ríe con ganas las palabras de su hermana sobre la elocuencia de los colectivos mencionados para dar partes.

—Tú te apuntarías a ser de género intermitente, que no es lo mismo —dice Angélika—. Una semana hombre y otra mujer. No sería bueno para tu empleo. Ibas a marear a los pobres clientes, que van a que les sanes o les eches el Tarot porque te creen firme bastión de lo sagrado en tu pimpante feminidad.

—O en mi delicada virilidad. Hay de todo. No seamos sexistas, por el amor de Dios.

—Oye —pregunto yo—, esa vieja de antes que se ha metido contigo y con Piti, ¿forma parte del relato de tu aventura o iba de paso? Porque yo empiezo a perderme.

—Dices bien: solo «forma parte», porque yo —prosigue Angélika— no tuve nada que ver en la desaparición de la niña Susana ni en lo de que la encontrara en el basurero la unidad canina. La anciana que me ha interpelado vive en la casa de enfrente de la mía. Se llama Dolores Fuertes. Está sola. Desde mis ventanas puedo seguir sus movimientos, y ella los míos, y anda que no me tiene espiada, la buena señora.

—Como en *La ventana indiscreta*, con los gemelos de combate que cambiaste a un chamarilero por aquellos preciosos de nácar de teatro que eran de la abuela —dice Piti imitando con las manos cerradas unos prismáticos—. Deberían de haber sido para mí, que sé apreciar las cosas buenas en mi calidad de gay.

—Tú no eres gay, querida, eres marimacho, y ni siquiera se nota con esa melena de sultana y esas uñas pintadas —dice Angélika.

—De negro… —replica Piti enfurruñada.

Tengo la sensación de que las monerías de Piti van encaminadas a hacer enfadar a su hermana y a que renuncie a contar lo que sea, quizá porque no quiere que Bozena y yo lo oigamos. Los videntes y nigromantes son muy tiquismiquis con sus cosas.

—Hace unos días, doña Dolores dejó de estar sola –prosiguió Angélika, decidida a contar lo suyo como fuera–. A través de todas sus ventanas yo veía pasar y repasar una sombra humosa que emitía energías muy negativas. Vista a través de las nieblas preternaturales que la envolvían, era una figurita casi infantil. Su aura tenía mortecinos destellos malva, como muchos muertos jóvenes, cuya energía se niega a extinguirse. Un día me pilló mirándola. Abrí la ventana y la saludé con mano inocente. O quizá no tan inocente, porque un gesto tan banal tuvo consecuencias: los destellos del aura aumentaron y la vieja acudió de inmediato desde la otra parte de la casa; el cuarto de baño, creo. Hubo una especie de chasquido como el de un rayo que la hizo tambalearse.

»La chica ya no estaba allí, sino en mi casa, a mi lado, pidiéndome por señas que cerrara la ventana. La cerré y me volví para mirarla. Cualquiera habría dicho que allí no había nada, pero yo puedo ver ciertas cosas y entre ellas las sombras y los espectros de los niños. Tampoco otro oiría lo que yo puedo oír si me pongo a ello. Que lo diga mi hermana.

—Demasiado oímos tú y yo, querida. No deberíamos dejarnos arrastrar tan fácilmente por lo que susurran los fantasmas –dijo Piti y, volviéndose a mí, añadió–: Ya verás como al final el espectro la convence de algo poco claro, porque esta no sabe decir que no a nada y se mete en unos líos del copón.

—Pues no, señor o señorita Piti, el espectro no me convenció de nada. Pero yo oí su lamento, tan profundo como el cante jondo de los suyos y tan amargo como el de los nuestros. Y entendí que la señora Dolores se había apropiado de la difunta Susana y pretendía usarla de mascota o dama de compañía, como a veces hace esta clase de brujas urbanas. Las hay que tienen un regimiento de almas perdidas como antes los dueños de las plantaciones de caña de azúcar tenían regimientos de zombis, de los que se servían como esclavos *post mortem*.

—*Post mortem* no —protestó Bozena, siempre del lado del racionalismo—. No estaban muertos sino anestesiados con un cocimiento.

—¿De dónde la sacó? Porque no creo yo que del basurero… —dijo Piti jugando con su vaso vacío. No sé cuándo se hacía más patente su belleza, si cuando era indudablemente chica o cuando se comportaba como un muchacho.

—No, Piti —dijo su hermana—, tú bien sabes que a veces el cuerpo astral de un muerto, o por accidente, naufragio, batalla o por lo que sea, se encuentra perdido y no sabe volver con los suyos para despedirse de sus cosas y volar luego en paz hacia la luz, a través del túnel que separa los mundos. Eso le ocurrió o debió de ocurrirle a la pobre Susana, que, saliendo de la discoteca Momo, que ya ves qué pintaría ella allí a su edad, se perdió en cuerpo y fue a parar a la carretera y de ahí al basurero, donde se dejó morir. «Me encontró la muerte» —me dijo su espectro—. Y entonces vino lo auténticamente fastidioso para ella: las búsquedas, el helicóptero, las televisiones, los llantos de las mujeres de su familia, y el «me cago en tó, el puto perraco olisqueándome», o sea el rastreo de la perra de la Guardia Civil con sus medallas tintineantes.

»Su alma salió de aquel caos a duras penas. Cuando quiso darse cuenta, se halló perdida deambulando como una sombra por los andurriales de mi barrio. Doña Dolores, que también puede ver visiones como nosotros, la cautivó, le llenó la mente de jeroglíficos y laberintos para que no encontrara ningún camino practicable, y la retuvo consigo como a un cachorro extraviado. Pero esa vieja es mala y loca, incapaz de cuidar de un alma joven amada y llamada por la muerte misma. La maltrató con sus embrujos rancios y sus experimentos hasta que Susanita me vio por las ventanas, como digo, y supo por el color de mis energías que yo podía ayudarla. Pidió socorro. La ayudé y ahí la tenemos, en la luz, justamente el Día de Difuntos. No ha sido fácil y mi trabajo me ha costado. No he dormido en toda la noche. Todavía me duele la cabeza y tengo agujeros en las mientes.

—¡Anda, como yo! —suspiró Bozena, que no acababa de recuperarse de la guardia aquella que la había dejado fuera de combate.

—Ya se os irán cerrando, hermosas. ¡Ahí va! —exclamó la linda Piti mirando el reloj—. ¡Que no se me olvide que debo guiar a mi chavalillo del Clínico, que estará dando vueltas por los pasillos asustando a la gente sensible! ¡He de mandarlo a su sitio antes de que llegue el turno de noche y sea yo quien se pierda entre las almas que a esas horas abarrotan los corredores buscando la salida o a alguien que las ayude!

Nos levantamos un poco mareadas por el agua prodigiosa del Hombre de Palo y por aquellos dimes y diretes, y nos despedimos deseándonos un buen Día de Todos los Santos. Yo me había limitado la noche pasada, como hago siempre, a encender una mariposa de cartulina sobre agua y aceite en memoria de mi difunta madre, y a colocarla en la ventana por si su espectro se asomara, cosa que no creo que haya ocurrido, porque nunca fue muy familiar y debe de haber alcanzado la luz por sus propios medios, digo yo.

7. APÓCRIFO DE LA VAMPIRA QUEMADITA

En memoria de Georges Bataille

Esta es, en compendio, la historia del apresamiento y martirio de la vampira bohemia Dànka Bilká, de la estirpe de las valquirias y las amazonas que fueron aplastadas por la bota de hierro del patriarcado malandrín. La leí en un mohoso librito anónimo –pero no me cabe duda de que escrito por una mujer– que hallé en la biblioteca de mi abuela Sofía. Esta, feminista pionera y lectora empedernida, profesora de latín en el instituto de segunda enseñanza Cardenal Cauchon, tenía libros muy curiosos en los que en vano buscarás el *Nihil obstat*. Todos son prohibidos.

Se titula *La verdadera historia de la doncella que ardió*. Me hizo gracia su estilo entre épico y surrealista, y copié aquí algunos fragmentos, recortando algo de su fárrago para no disuadir al lector de tan curiosa lectura. Sumérgete en ella y déjate llevar. *Patientia donat dona patientibus*.

I. La toma de la ciudad

No hay cosa que a los niños más divierta, y a chicos y rapazas más excite que la guerra, y sobre todo vivir el asedio de su villa. Es para ellos un regalo del cielo pasar el día huidos de sus casas, viendo y tocando muertos por las calles, atracarse de inmundas golosinas y robar de aljibes la poca agua que queda, donde bullen larvas y gusarapos.

La inocencia respira con deleite los olores que exhalan en un cerco las carnes y los huesos desmembrados, los fragantes sahumerios de los curas que mascullan preces pensando en sus asuntos, y el hedor de chamuscados lechos en el fondo de alcobas donde entraron silbando las flechas incendiarias que lanza el enemigo desde afuera.

Un mocoso se jacta de haber visto el aceite hirviendo de los resistentes freír la cabezota de un soldado que había perdido el casco; una niña de trenzas rubias y ojos como los gatos añade que fue en la cara roja del soldado donde cayó aquella ardiente grasa. ¡Y ríe la zorrilla a carcajadas como si fuera un chiste! ¡No reirás tanto cuando al fin rompan las puertas y te tomen sobre la mesa de una taberna con mano ensangrentada y verga granujienta!

Pero juegos y chanzas infantiles se apagaron como velas que sopla el diablo en aire quieto cuando apareció Dànka Bilká, la Iluminada, que rompió a cañonazos el cerco por gracia de su Dios, tomando las Torretas por sorpresa o milagro.

Se abrieron al fin las puertas de la villa liberada. Muy donoso aunque nada limpio tras varios días de sitio, entró hasta la catedral el cortejo de los vencedores al son de pífanos y cajas. El primer tambor tenía como parche la piel de Pavel de Wulff el hereje. Tal instrumento, cuyo sonido aterra a millas de distancia al enemigo, es una llave que Luzbel regaló a Dànka Bilká cuando la consagró la noche de las negras bodas bajo el roble de la guerra, engalanado con cintas de colores.

Desfilando se ve a los hijos de Marte muy ufanos: a don Juan el Bastardo y a Stepán de la Ira, que fue el más valiente o más bestial o heroico o todo junto, jinetes en monturas más grandes que montañas, y a Gilles de Rais, cuya barba era roja y no azul como dicen, elegante como todo demonio y aún no vampirizado por la capitana.

Encabeza la marcha un titán de diecisiete años del que dicen que es mujer, y no mienten, aunque vista de hombre con calzón y armadura, porque como hombre, a horcajadas, abraza con sus piernas su montura. Ella es la capitana y porta el estandarte por designio infernal que le fue impuesto en aquelarre por sus jefes, a los que suele llamar las «voces» sin más datos.

Dànka Bilká, alta y gruesa virago, mira el mundo con ojos limpios que se han bañado en muerte. Se ha quitado los guantes de amazona y guerrera para el desfile, porque la gente quiere ver sus manos. Hay sangre seca entre sus cortas uñas, como ayer hubo leche del ordeño en la granja de su padre y briznas verdes de amargas plantas que recolectaba con sus compañeras para la enfermedad, las llagas y verrugas, hasta que fue llamada por las voces y lo dejó todo.

La gente de la villa liberada contemplaba aquel cerrado rostro, interesada más por su belleza que por su celo, más que por su cimera de jefa por su boca de moza, más que por sus cejas en sombra por su sonrisa entre feroz y ausente. En lo alto de su oscuro corcel blanco es la ribalda o la virgen de quien tanto se habló en las horas del miedo bajo el cerco de Bauer, el de la Rubia Barba.

Mirad, mirad… Todos imaginaban a la virgen guerrera

más pequeña o más grande, y al marchito estandarte blanco cuyo astil reposa en la funda del muslo, más airoso en las brisas. Ahora, arrugado y sucio después de las refriegas y del humo de la pólvora, proclama sin embargo el triunfo de la joven Dànka Bilká, la Virgen amazona.

Al templo –bello edificio que ningún dios habita– se dirigen en triunfo las huestes de Luzbel, señor de los relámpagos, como mandan las reglas. Al ver en un vitral a Metatrón Arcángel con su espada y su antorcha pisando la cabeza de su enemigo Lucífero el Rebelde, tuvo celos la moza, y el puño de pastora se cerró fieramente sobre la vara del pendón hasta romperse la piel de los nudillos.

Ella hubiera querido mandar las legiones celestes y ser de Dios la generala en jefe, pero no puede seguirse a dos ideologías ni con dos ejércitos luchar a dos victorias, le dijeron las voces. O luz de luz, o luz de oscuridad: ese es el reto.

II. Ya lo advirtió Merlín

Te juzgó como a un Cristo, doncella iluminada, un sanedrín de cínicos que un día te quemó y otro te hizo una santa y mandó erigir con dinero del pueblo tu estatua ecuestre delante de un palacio. Gran armatoste en bronce con pátina de oro para que hasta un ciego te viera relumbrante como paladina de la patria nuestra.

Aunque tampoco es que seas tú trigo limpio, bruja Dànka Bilká, hija del granjero Janik Franta o del mismo Satán. Se te ha visto gozar en el combate hasta perder la compostura propia del guerrero, practicar la magia de las piedras preciosas y echar suertes con astrágalos o tabas de niñitos y cabezas de gato. Con ninfas y fantasmas danzaste alrededor de un roble consagrado a la diosa pagana de la guerra el día o la noche de tu boda infernal.

Y algo dijo Merlín de tu llegada, y algo Apolena Bara, la hechicera, la que soñaba con armaduras blancas destinadas a una niña bendita de los cielos, que iba a salvar a la Patria de sus males. ¡Cómo se equivocaron los augures con estas predicciones! Pues tú venías del infierno a perderte a ti misma, misterio de misterios, no a reponer a reyes terrenales en sus tronos de barro.

¡Ah, pequeño gran buitre, cómo gozabas en tu caballote metiéndote por do más fuego había y más carroña, y más flechas de amor de tu dios carnicero! Enarbolabas la espada de Carlos, el Martillo, que rescataste de la incuria y la herrumbre en la capilla de un cementerio al fondo de los bosques. Pero de halcón de presa a aguilucho, de aguilucho a águila real revientaojos, de águila a buitre carroñero, al fin por la fatiga del combate infinito te viste presa en una jaula sucia de tu propio excremento.

Y aunque dejó la puerta abierta tu enemigo por ver si te escapabas y podía matarte sin pamplina jurídica ni gastos en carbones y leña, en cuerdas y tablados, eras ya triste ave de rapiña enjaulada y la mierda te lastraba las alas. Preferiste seguir matando almas –igual que cuerpos antes–, en nombre de tus ángeles oscuros, como feroz chacal amaestrado por la voz del Sabbat. ¡Qué nostalgia tan grande de aquel caos de sangre, hierro templado y seda en las chalinas de los paladines!

Mejor la hoguera, pues, que volver al terruño, te dijiste —no, si yo lo comprendo. También la guerra tiene sus encantos, y que te digan como dijo de ti Guy de Laval: «¡Es cosa tan divina de ver y oír esta mozuela…!»

Te tomaron por virgen porque no supieron de tus recios amores cuando bebiste sangre del magnífico cuello de Gilles de Rais y contagiabas la pureza de su maldad con la ponzoña horrenda de tu vampirismo, del que las crónicas, Dànka Bilká, no quieren saber nada a derecha ni a izquierda.

Pues en ningún libro ni poema dice de vuestros amores de guerrera y guerrero, de perra y perro fieros, porque no fueron como los de la chusma que jode o hace hijos en pajares o en camas de borra polvorienta, sino junto a los cañones en campos de batalla, como héroes que en la sangre encuentran sus placeres.

Tú serás virgo o virago, Dànka Bilká, pero hasta el tuétano de los huesos eres vampira porque así lo quisieron si no tus voces, sí tu naturaleza predadora, y aún más lo fue, vampiro por contagio el guapo Gilles altanero como buen caballero de altísima cuna y mariscal, que te amó aunque fueras villana y mudó su crueldad natural en hambre depravada.

III. Gilles de Rais compra el corazón de la bruja vampira

¿Dónde estaban los valientes amigos mientras ella lidiaba con clero y minotauros, con mitras y sofismas, con engañosas mañas del obispo traidor Cauchon, carne de alcantarilla, y demás corrompida clerigalla? ¿Quién la auxilió cuando aplacaba un infierno de sed con sus propios orines en la húmeda celda o jaula donde la encerraron? Gilles esperó tanto en el pueblo de al lado que al salir de sus propios ensueños de sangre o cobardía ya solo pudo verla muerta y quemada en medio de la plaza del Mercado como escarmiento de histéricas y herejes.

Quizá su ojo de amante compañero de armas vertió una lágrima de sangre ante aquel espantajo, mas su espíritu amante de las raras delicias exultó hasta el extremo de adquirir el corazón de la mujer quemada a un alto precio, haciéndose pasar por nigromante y buscador de remedios para males de reyes. Envuelta en la capucha del verdugo, dicen que aquella ardiente víscera latía en el cinto del Mariscal junto a sus genitales, mientras él galopaba por el bosque sagrado, de vuelta a su guarida o a otra guerra, saludado por espectros y ninfas amigos de la moza vampira.

Menos contemplativo y más guerrero, Stepán de la Ira penetró una noche con doce de sus hombres en la prisión donde se marchitaba Dànka Bilkà, y a punto estuvo de salvarla. Pero fue descubierto y atrapado como un oso que cae en una trampa por ser más fuerte que sus enemigos. Salvarse a sí mismo y a sus hombres fue todo lo que consiguió el valiente, y pasar a la historia por su empeño.

No quedaba gran cosa de Dànka Bilká cuando Gilles se fue con su inmundo trofeo medio asado, pero los restos de sus restos se quemaron dos veces para reducirlos a ceniza y polvo, que se arrojaron al río en un hondo meandro que llegaba al infierno. El corazón que el Mariscal comprara durmió en su relicario de rubíes en la capilla de su castillo de

Dráegan un tiempo, hasta que la marea de las deudas aconsejó vender, y el atroz asesino de trescientos infantes se desprendió de tierras, castillos y tesoros, y a la postre colgó ahorcado de una soga, pues ni siquiera consiguió la muerte a espada digna de su casta.

Las bellas piedras que llaman de sangre de pichón pasaron del corazón quemado y siempre vivo de la santa o vampira guerrera, que fue arrojado a un sumidero, al cuello de una dama placentera y cayeron después azules como lluvia sobre cálices y senos de rameras.

Epílogo.
Fin de un mundo

Tus agridulces cuentos de voces y de patria han caducado, doncella virgen virago y vampira, arrebatados por los vientos e inquisiciones del tiempo y de la historia. Yo sin embargo te conservo y te aprecio, hermosa niña, y conmigo el coro de las ninfas del roble y el de los lucíferos demonios.

Era tu piel el libro en que escribías. Eras tú misma el dios satánico que amabas, el asesino al que vampirizabas y aquellos guerreros o estrategas que te enseñaron las artes de la guerra desde niña en los bosques, susurrando consignas en las pausas de los akelarres.

Un año de tu vida de criatura tocada por lo doble valió más que los cientos de los matusalenes que, gruñones, te asaron por no oírte. *Vive labeur!* Fue el lema de tu escudo, hermana mía, *soror* de las mujeres insumisas. No seré yo quien diga una palabra sobre tan proletario manifiesto, que encandila a los pobres pero aún más a los que se alimentan de la rancia y amarga raíz del pasado glorioso, y arman broncas fascistas bajo tus estatuas.

¡Ay, sublime muchacha vampira, callejón sin salida! ¡Si vieras la plaza del mercado donde te quemaron, y pagaras un puñado de francos por visitar el martirial erigido en tu honor por quienes te entregaron a las llamas!

Dànka Bilká, virago enamorada de Marte y del demonio, qué precario fue tu heroico arrancarte del terruño como un nabo para unirte a los perros de la guerra. Tampoco es que casarte con un rústico y parir un rebaño de patanes hubiera sido de la dicha el colmo, ni yo te lo aconsejo si vuelves a nacer, lo que no creo.

Yo lo que digo es que andes con mil ojos, que estudies, que te apliques en números y en letras, sublime analfabeta, y desconfíes de dioses y de arcángeles, de reyes y de reinas. Que busques un trabajo bien pagado y con mando, de ejecutiva a ser posible, y les sorbas la sangre a los burgueses.

O bien que te encierres con Gilles en Dráegàn y antes de que el verdugo os mande al otro barrio, esta vez dignamente con espada cortante, goces con él de fiestas infernales, de cabalgatas regias con bellos purasangres y locas galopadas que matan al caballo: por gusto vuestro y no por patrias ni voces misteriosas. Y vivid luego vuestra larga y turbia no vida de vampiros en su tierra o la tuya o la de todos, que buena falta hacen las grandes emociones en estos tiempos de impura desvergüenza.

* * *   * * *   * * *

Así suenan las páginas de este libro entre demente y lúcido, que narra la aventura mística y guerrera de Dánka Bilná como nunca se ha narrado la de vampira alguna. El trenzado del cielo y el infierno, de ninfas y demonios, corazón de asesina y entrepierna de virgen a la que llaman bruja, es a mi parecer una feliz autopsia, lectores puntillosos y lectoras hermanas, de cuanto suena en el nombre de Dànka Bilná, ya la queráis vampira redomada o líder a la patria consagrada.

CUARTA PARTE

MADAME GUILLOTINE

(Fantasía en tres actos)

A la memoria de Alexandre Dumas

8. FLORES EN EL REGAZO

Nunca estuvo la ciudad tan poblada por espectros, vampiros y furias como en aquellos años entre el Terror y Termidor; nunca hubo tan gran debate de intereses e ideas que, con palabras enormes, venenosas o sublimes, estallaban en el aire febril de las asambleas sembrando de miasmas y también de santidad conceptos tan insignes como Revolución o República. Nunca hubo tanta muerte ni tal fango sangriento en las calles. Vimos con pena cómo los jacobinos decapitaban a su compañero Antoine François Momoro, autor del lema «Libertad, igualdad y fraternidad». La guillotina pintada de rojo se alzaba, a veces sedienta o fatigada, en la Plaza de la Revolución, hoy de la Concordia, frente a la estatua de la Libertad de David. Los vecinos se quejaron de la pestilencia y, en el culmen del Terror, hubo que trasladar la máquina de matar a un espacio abierto en las afueras. Las mujeres hacían calceta y ropa para los soldados sentadas en primera fila, entreviendo el relámpago de la cuchilla y oyendo caer las cabezas en los sacos de cuero, donde la última gesticulaba un instante y luego quedaba inmóvil entre sus compañeras como una sandía.

El día era oscuro, frío y borrascoso como correspondía al mes de Brumario. Llovía a cántaros con gran fragor. No era tormenta lo que descargaba ni llanto de los cielos, sino puros chorros de agua sucia en forma de infinita cortina que borraba las cosas convirtiéndolas en manchas y sombrías siluetas.

En los sótanos de la Concièrgerie se preparaba a toda prisa a los reos que iban a ser ejecutados en el día. El peluquero Bastiani y sus asistentes barberos se afanaban en cortar el pelo del cogote a los que iban a ser ajusticiados y en arrancar el cuello de sus camisas, algunos rizados o de encaje, para facilitar el trabajo de la guillotina. Unos golfillos recogían los mechones de cabello caído al suelo y se los guardaban entre la camisa y el pecho para venderlos por unas monedas. Los caballos que debían arrastrar la carreta de los reos alborotaban inquietos en las cuadras lanzando resoplidos que no llegaban a ser relinchos.

Garance, que iba a ser ejecutada en la primera tanda, llevaba dos días sin comer ni apenas beber. Unos sayones le habían robado el abrigado chal de lana que le dio su doncella en el momento de su detención, y se lo habían jugado a los dados. Solo llevaba camisa larga, pololos, un vestido de paño y en los helados pies unas chinelas que no eran suyas y le estaban grandes, pues también le arrebataron los elegantes botines de piel con los que fue detenida. Las humedades de la última celda en la que estuvo, tras haber permanecido encerrada en un cuarto para sirvientas, habían hecho presa en ella. Tenía un catarro que le raspaba la garganta y una tos seca que destrozaba su pecho. Tan pronto ardía como se sentía helada, aunque tenía poca fiebre.

Al limpiarse la boca con el dorso de la mano, la sangre que veía en ella la hacía sonreír amargamente: era escasa;

luego habría más, cuando actuara la *louisette*, pero ella no lo vería pese a tener la máquina tan cerca o más bien estar dentro de ella.

Aunque el malestar y la sed la atormentaban, no sentía miedo, solo cierta confusión. A ratos olvidaba qué estaba haciendo allí. Le venían párrafos de su último panfleto sobre Robespierre, a quien llamaba «tirano» y «animal anfibio». Aunque deseaba con impaciencia descansar de lo que consideraba un calvario de traiciones y miserias, los interminables preparativos para su salida del mundo de los vivos hacían que el tiempo pareciera eterno. En algún momento cuya memoria no ubicaba en el cúmulo de acontecimientos, fue condenada por un tribunal que no ejercía la justicia sino el ajusticiamiento, en palabras del propio Robespierre.

El Comité de Salud Pública barría sin piedad a sus enemigos y a quienes lo parecían, con tal de salvar la Revolución, llevándose por delante a personas como Garance, que merecían mejor suerte pero que habían sido acusadas de sediciosas por un tribunal sin garantías. Lo primero era la vida de la República, no la de los sospechosos de ponerla en peligro como hacía Garance. Ella, que deseaba ser juzgada por un tribunal regular para poder defender o al menos expresar sus ideas sobre una Francia republicana federal, lejos de tiranías, injusticias y errores del poder, sintió al ser condenada a muerte que algo profundo se rompía en su corazón de patriota. Desde entonces este, herido, tan pronto latía suavemente como se encabritaba o se desbocaba de terror como su yegua Espinela, compañera amada a la que, como a su inseparable perra Actrina, no iba a ver más.

Fue conducida con galantería sarcástica y sentada en una silla de brazos por un sayón brutal. Después de haber tenido que aguardar en pie largo rato, le pareció tan cómoda que respiró de alivio estirando el cuello y los hombros. Llevaba las manos atadas, pero ya no sentía el roce del esparto en la piel. Un hombre flaco con la peluca ladeada se le acercó haciendo chascar unas tijeras de barbero. Fue apartado de un empellón por su jefe, el peluquero Bastiani, estrella de la escena del sainete, que se había reservado para sí el trabajo con aquella dama con permiso del alguacil.

—Esta señora es para mí —dijo a su subordinado, que lo miraba con inquina.

—Pero, jefe, no se amohíne. Yo solo iba a preparársela.

—A las damas me las preparo yo.

Bastiani era un hombretón afeminado de buena planta y gran autoridad. Llevaba un pendiente de oro en una oreja. Gracias a su oscuro poder había estado en un tris de preparar a la mismísima soberana para la gran cuchilla, pero celos e intrigas más cortesanas que carcelarias lo impidieron. A la emperatriz la preparó su propio peluquero, que lloró mientras lo hacía. Este pitiminí cortesano, melindroso y zalamero, nunca se había visto en un trance como aquel. Estaba tan nervioso y alborotado que dejó llena de trasquilones la regia nuca austriaca. Bastiani, por el contrario, sabía cómo dirigir el rapado de siete cogotes a la vez y no se amilanaba por nada. Podía con ricos y pobres, pero en su fuero interno prefería bocados de lujo como la dama que tenía delante, cuya gran clase se transparentaba a través de todos los poros de su maltratada persona. Puede que odiara

su condición de señorona, pero tenerla a su merced lo enor-
gullecía.

A pesar de su elegancia natural, Garance, hija de un pequeño hacendado acomodado pero no rico y mucho menos
aristócrata, solo era noble de espíritu, no de apellido. A la
muerte de su madre y siendo la pequeña de seis hermanos,
tuvo que servir de doncella a una dama *demi-mondaine* que
se encariñó con ella y la convirtió en una señorita. No tardó
sin embargo en irse a París por su cuenta y entrar en una
compañía teatral gracias a su belleza y a sus dotes para la in-
terpretación y la mímica. Pero la compañía quebró porque
todos sus miembros fueron a la cárcel acusados de sedición.
Era la primera vez que se veía entre rejas y, dada su juventud,
le divirtió la aventura. Salió al cabo de un mes gracias a los
buenos oficios de un anciano abate rico e ilustrado, que la
hizo su amante y discípula bajo forma de sobrina.

Los avatares de la política de aquellos años febriles de la
Asamblea Constituyente la hechizaron. Conoció a personas
y personajes, hombres y mujeres que enriquecieron su
mente, y frecuentó salones y clubes donde se hablaba de
igualdad, de política y de república, entre ellos el de los revo-
lucionarios *cordeliers*, jacobinos. Se hizo amiga de mujeres
intelectuales y luchadoras como Olimpia de Gouges, Marie
Theroigne de Maricourt o Manon Roland, que no querían
ser madres de patriotas, sino patriotas ellas mismas, hasta el
punto de reivindicar un lugar en la defensa militar de la Patria formando parte de la Guardia Nacional revolucionaria,
y el derecho a portar armas. En las revueltas peleaban valien-
temente y a veces con tal violencia, sobre todo Théroigne,

que se las llamó las Furias. La Revolución acabó por devorarlas, como a otros de sus hijos, en la época del Terror, que las consideró conservadoras o girondinas.

Sentada en la silla de brazos de la celda, que no la permitía reposar los suyos a causa de las ataduras, permanecía mirando al suelo, adormilada gracias a un vaso de agua fresca con un chorro de vino tinto y unas gotas de láudano que Bastiani, a su espalda, le había tendido por encima del hombro, sin mirarla de frente. «Esto la aliviará, señora, que la veo algo floja», dijo con popular cordialidad. Después de beber con avidez, Garance sintió en su cabeza unas manos que conocían su oficio y que no tenían intención de maltratarla ni de humillarla, solo de dejarla dispuesta para ser decapitada dignamente.

El largo cabello, grasiento, dañado por el sudor y la humedad de aquellos sótanos salitrosos, agradeció los cuidados de los dedos ágiles, que lo dispusieron en crenchas para realizar un buen corte. La víctima se dio cuenta de que, tras segar al ras su larga melena suelta, rasuraban pulcramente su nuca, dejando sendos mechones largos y bien arreglados sobre las orejas a ambos lados del rostro, como había oído que se hacía a las altas damas como favor especial.

Cuando la operación acabó —«bueno, ya estamos», dijo Bastiani—, Garance pidió un espejo y el peluquero se lo tendió murmurando: «Las mujeres me enloquecen. Son coquetas hasta el final, no como los cobardes y llorones de los hombres, que se las dan de templados hasta que les pongo la mano encima». El espejo era cuadrado y tosco, con mango de madera, pero su estropeada luna de metal pulido reflejaba lo suficiente como para devolver una imagen no del todo borrosa a quien se miraba en él.

Garance se encontró tan extraña que apenas logró reconocerse. Pálida, sucia, ojerosa, con aquellos colgajos de pelo pringoso desde las orejas hasta el escote de la percudida camisa, estaba lejos de ser la atractiva dama sabia que todavía gustaba a los hombres. Incluso algunos miembros de la Convención se le habían insinuado. La llamaban la *belle illustrée* a causa de la cultura que había ido adquiriendo a través de sus lances políticos y sociales. «El tirano me ha convertido en un adefesio, en chusma», pensó.

Cerró los ojos mientras Bastiani retiraba y guardaba en un paño limpio la melena cortada, de la que pensaba sacar algún provecho, pues era hermosa a pesar de su aspecto. Bastaba con lavarla y dejarla secar al sol para que recuperara su brillo y su hermoso color castaño dorado. Con ella podía confeccionarse un buen peluquín. Cuando Garance volvió a abrir los párpados, por un efecto de la luz del ventanuco que iluminaba la escena, halló cierta belleza en su rostro sin maquillaje, que la consoló. Sus ojos oscuros, espirituales como los de una mística o una cortesana, no aparecían tan brillantes como siempre porque un cerco morado los apagaba, pero a su vez eran espejos de la vida y de cierta cruel esperanza. Le recordaron vagamente los de su hija bastarda, habida a los dieciséis años, que había heredado su belleza y su audacia. Hacía años que no sabía de ella, y le hubiera gustado poder despedirse.

Un ramito de violetas cayó sobre su regazo, sobresaltándola hasta el punto de que el espejo resbaló de su mano y su marco apolillado se rompió contra el sucio suelo. Bastiani lanzó un juramento y ordenó a uno de los galopines que recogiera pedazos, astillas y el círculo de metal.

Garance miró hacia arriba. Un personaje joven y apuesto, de rostro feroz en el que se rasgaban unos ojos amarillos de lobo, acababa de dejar caer las flores azules, que parecían de un púrpura intenso, casi irreal, sobre la descolorida falda. El hombre, que aparentaba menos de treinta años, tenía cierto aire de militar, aunque vestía de civil. El tricornio adornado con la escarapela lo hacía parecer un Apolo que hubiera descendido a la tierra en ayuda de una Troya revolucionaria. Si el mal tiene ternura, ella la percibió en los labios que le sonrieron fugazmente sin cinismo y en aquella cabeza de largos rizos negros que se inclinaba levemente en un saludo casi imperceptible. Y sobre todo en su intensa mirada a la vez helada y ardiente.

En su estado miserable, la desmedida sensación de felicidad que experimentó la condenada fue tal que, a su vez, sonrió, se llevó el ramillete azul al rostro para aspirar su perfume y, sin querer, hizo una graciosa inclinación cortesana con la cabeza, antes de que la gente que circulaba de acá para allá tapara al dirigente jacobino. Desapareció este, pero los ojos de ambos se habían cruzado por un instante que, aun siendo fugitivo, pareció una eternidad a Garance. Más que su regalo de las flores purpúreas, la mirada de aquel hermoso enemigo que inspeccionaba con displicencia los preparativos de las muertes que él mismo había firmado junto con los otros miembros del Comité, hizo surgir en el pecho de la víctima una última llamada de deseo que borró sus anteriores angustias.

Tan ardiente y luminosa fue que ni siquiera logró apagarla un comentario atroz de los barberos aludiendo a la hermosura del tribuno cuando éste se fue. El Arcángel del Terror –dijeron– hacía sus conquistas ambidextras hasta en aquellas zahúrdas pavorosas, entre los hombres y las mujeres que esperaban la muerte y vislumbraban una chispa de amor, fugaz como un relámpago, a su paso.

9. TERMIDOR

A la memoria de Madame de Staël

Hacía un calor pesado, sofocante, en aquellos días finales del verano. Un vientecillo de tormenta hinchaba las cortinas de muselina de las ventanas que daban al parque de la residencia del marqués y banquero Louis-Philippe de Toussaint, uno de los impulsores del golpe de Termidor que acabó con el régimen de Robespierre. Su esposa Josephine y una amiga de ésta, Marie Thérèse de Bine, recostadas en divanes a la romana como en los retratos que les hacía David, charlaban sobre frivolidades. Habían olvidado la partida de cartas. El café de ultramar moría de tibieza en las tazas de porcelana fileteadas de oro, dejando en su fondo posos indescifrables.

Ambas señoras vestían a la manera griega, con rebuscada sencillez. Pertenecían a la burguesía rica y de cierto abolengo, y el pueblo las llamaba las *merveilleuses*. La mayor, Madame de Bine, gran dama que vivía para cultivar su declinante atractivo, vestía una túnica de lino con pliegues como una columna dórica y un chal de Cachemira marrón y dorado que, en lugar de tapar, resaltaba su escote y sus brazos desnudos, bellos como los de una Juno de mármol.

Josephine de Toussaint era joven pero contaba ya tres divorcios, a cual más provechoso para su patrimonio. Una camisa ceñida en el pecho con un justillo de agujetas realzaba su generoso busto, dejándolo todo al aire salvo los pezones. Su ligera peluca dorada de cabello humano, quizá de ajusticiada, peinada a lo «rubia Afrodita», parecía natural.

Estaba con ellas, sentada en el suelo entre cojines, Cloe, hija primogénita de Josephine, que no había cumplido los trece años. Mimada, desdeñosa, era una nínfula pícara como una diablesa y maliciosa como una vieja comadre. La acompañaba siempre su perro amarillo Tifón. Vestía una camisa blanca con mangas de farol y un cinturón alto del que caía en cascada una falda de muselina azul intenso y claro como el color de sus ojos. Las otras dos damas calzaban sandalias romanas y llevaban joyas en los dedos de los pies y en los tobillos, pero ella iba descalza y sin joyas.

Era una reunión informal y femenina en la que había un único hombre, el reaccionario Chéri Paul Barrès. Era jefe de la cuadrilla del Sol, enemigo acérrimo de los jacobinos y descamisados, y amigo íntimo de la poderosa anfitriona madame de Toussaints por interés político. Entraba y salía de la casa como si fuera suya. No pintaba nada en la escena. Si acaso, servir de contraste masculino a la inteligencia y fascinación de las maliciosas divinas. Siempre estaban dispuestas a seguir la moda de reírse de los hombres a costa de la tan traída y llevada igualdad, por la que tanto habían luchado mujeres como las decapitadas Olimpia de Gouges o Manon Roland.

El joven Chéri Paul era narigudo, de ojos saltones, flaco,

fuerte y tosco como un mozo de cuadras, aunque se las daba de hombre de alcurnia, siendo su padre cobrador de impuestos. Llevaba el excéntrico atuendo propio de la tribu urbana retrógrada y antijacobina de los que se hacían llamar «juventud dorada» e *incroyables*, nacida al calor de la reacción termidoriana frente a la austeridad jacobina. Gustaban de exhibir casacas verdes muy ajustadas de enormes solapas, doble chalina de seda sujeta con un diamante y pendientes de aro «a lo pirata». En recuerdo del Terror, se recogían el pelo en la base del cuello en una coleta con lazo de terciopelo rojo a la altura de la cuarta vértebra, donde impactaba la guillotina.

Aunque poco amigos de la moda revolucionaria de los baños a la romana y de las tendencias higienistas de los médicos ingleses ilustrados, se empapaban en un intenso perfume de almizcle o *musk*, extraído de los genitales del ciervo almizclero, del que su presencia impregnaba el ambiente, validando su apodo de *muscadines*. Eran ácratas y brutales, ávidos de venganza contra los desmanes del derrotado Robespierre y del Comité de Salud Pública. Su consigna era el desquite y su instrumento el Terror blanco. Hablaban evitando las erres –de Revolución y República–.

Charlando sobre el pasado reciente, los contertulios habían ido a parar al ajusticiamiento de Garance Marie de Liège, que solo Chéri Paul había presenciado. La revolucionaria moderada muerta en la guillotina todavía era la comidilla de las reuniones sociales. Las damas habían seguido los acontecimientos de su calvario por la prensa, las estampas y el cuchicheo de los salones, que todo lo aumentaba, a base de mentiras descaradas, hasta proporciones gigantescas. La muerte de Garance Marie había ganado en expectación a la de la misma reina.

—Hacía mucho frío y llovía —comenzó a narrar Chéri Paul—. Ella iba en la carreta con otro reo, sostenida por un guardia, medio desmayada, porque, según se dijo, estaba enferma. Tenía una pulmonía doble que no la hubiera dejado vivir mucho —informó el currutaco dándose importancia mientras tomaba un polvo de su tabaquera de plata—. Yo sí que estaba enfermo —prosiguió—, al ver a aquella noble mujer vestida de harapos como una menesterosa, con la cabeza rapada y conducida a la muerte por haber sido valiente y crítica con el tirano... Desde el balcón donde yo estaba, en el apartamento de Madame de Malmaison, que me costó mis buenos dineros, pude ver el efecto que hizo en ella la vista de la guillotina...

—Palideció de terror —le interrumpió la pequeña Cloe en tono de falsete, ya que era enemiga de los tópicos gracias a las enseñanzas de su preceptor Hieronymus Dumonde, que no presumía de volteriano por precaución, pero lo era.

—Pues no, querida niña —replicó Chéri, escamado—. Por el contrario, cuando elevó la vista hacia la máquina roja de la muerte, pareció reponerse, y hasta sonrió, yo lo vi. Se hubiera dicho que había en ella una luz interior, como la que ilumina a una enamorada...

—No sabía yo que la guillotina fuera roja —cortó la pequeña Cloe Myhrtille, petulante, mirando fijamente a los ojos del *incroyable* con los suyos redondos y siniestros.

Aquel renacuajo sabía que la patria navegaba sobre un

océano de sangre, pero estaba convencida de que a «ellos», a «nosotros», no les pasaría nada. Contaban con la protección de su anciano papá y del mismo Chéri Paul, cortejo y chichisbeo de moda de su madre, héroe de los tumultos del terror blanco, a quien los jóvenes de su banda llamaban el rey de espadas, aunque no mataba con arma blanca, sino a palos con su garrote cargado de plomo con pinchos en la punta.

—La guillotina fue roja al principio —informó la dama mayor, majestuosa como una Cibeles—. El pintor oficial Jacques-Louis David ponía rojo en todo lo que se le encomendaba, incluida la bandera de nuestra patria, pero la moda de la guillotina escarlata fue efímera, porque el mal tiempo la despintaba a pesar de la gran cubierta de hule negro con que se la protege del relente y de la lluvia. Por cierto, esta larga capucha o capisayo le da al lúgubre trasto una apariencia fantasmagórica. Yo la he visto de noche al pasar por la plaza de la République en mi carruaje, y la verdad es que espanta hasta a los caballos.

—Y en definitiva qué, Chéri Paul —preguntó Josephine—, ¿cómo se comportó tu heroína federalista Garance Marie ante la máquina aquella que le iba a arrebatar la vida siendo aún joven? Bueno, joven, joven... Creo que los cuarenta no los cumplía —añadió mirando de soslayo a Marie Thérèse, que tenía casi cincuenta, y sintiendo fluir la sangre a su enjalbegado rostro al darse cuenta de que había podido molestarla.

—¡Eso, Chéri Paul! —exclamó Cloe dando una patadita en el suelo, en el que estaba sentada sobre un gran almohadón que le permitía posturas no del todo decorosas—, ¿cómo murió?

—Las niñas no hacen esa clase de preguntas, hija —protestó Josephine, que ya estaba cansándose de aquella reunión tan impertinente y deseaba que Marie Thérese le pusiera fin pretextando cualquier compromiso. Con suerte, Chéri Paul la acompañaría, pues no solía permanecer mucho rato en el mismo sitio. Aunque no se negaba a recibirle por no disgustar a su marido, aquel palurdo, que se las daba de enamorado platónico suyo, la sacaba de quicio. El único mérito que tenía era haber escapado de las cárceles jacobinas antes de ser eliminado por soplón y sicario.

—No importa, puedo contestar sin dañar la inocencia de este ángel —dijo Chéri Paul, que había recuperado el habla natural, porque la jerga de las juventudes doradas agotaba al más pintado—. Garance Marie de Liège, señoras mías, murió con dignidad temeraria como una heroína de la patria. Al público se nos puso el vello de punta cuando, rechazando la ayuda del verdugo, adoptó por sí misma la postura supina y sacó su encantadora cabecita enmarcada en sendos tirabuzones por el cepo letal de la máquina.

»Hubo muchos aplausos, a pesar de que el populacho temía a los espías y malandrines de la "bestia anfibia"— como ella misma había denominado al ciudadano Robespierre en uno de sus panfletos incendiarios. Sin duda los soplones de la policía de Fouché atestaban la plaza oteando la presencia de girondinos y vendepatrias a los que echar el guante. La cabeza de Garance cayó fuera del saco de cuero y rebotó en el tablado con un ruido que resultó atronador en el silencio de la plaza, donde todo el mundo permanecía reteniendo el aliento. Fue recogida respetuosamente por el ayudante del verdugo. Por fortuna, no sufrió la afrenta de la pobre patriota asesina de Marat, Charlotte Corday, cuya cabeza cortada recibió una bofetada del verdugo, por lo que éste –todo hay que decirlo– recibió un severo castigo. ¡Ah, cuántas mujeres perdisteis la cabeza por culpa de la tiranía!

La divina Marie Thèrese manejaba con suprema gracia su abanico español de raso malva y varillas de abedul. Barrió las últimas palabras de Chéri Paul con perfumada ráfaga de aire, y luego, cerrándolo con un potente *raaas,* le dio un golpecito en el hombro. Era indecoroso haber mencionado aquellos horrores delante de la niña, dijo fingiendo enojo.

–No hablemos de cosas desagradables. ¿Por qué no nos cuentas, Josephine, qué te pareció ayer, en tu visita, la recién casada española esposa del embajador?

Josephine suspiró levantando el escote al inhalar el aire. No tenía ganas de chismorreos. Vino en su ayuda una figura deliciosa de doncella romaní. Apareció en el umbral vestida de muselinas polícromas, turbante, grandes aretes en las orejas y descalza. La había convocado una llamada secreta que la propia Josephine disimulaba en su asiento.

–Señora, ¿puedo retirar ya el servicio? –preguntó mirando a su ama como si en la salita no hubiera nadie más.

Marie Thérese se dio cuenta de que la visita tocaba a su fin y comenzó la despedida, que la moda hacía tan larga como la conversación en sí misma.

–Hoy hay cena en casa de la Abubilla –puso como excusa, finalmente, tras muchos rodeos, aludiendo a una amiga de ambas.

—¿Tan pronto te vas, querida? —protestó sonriendo Josephine—. No me dejes mucho tiempo sin tu presencia, divina Marie Thérèse. Me siento muy desorientada en las situaciones cambiantes del estado de la nación en que vivimos, y tu buen criterio me sitúa tan divinamente…

—«Todo está lleno de dioses» —murmuró Cloe—, recordando su clase de griego de la mañana y dando una patadita a Tifón, que se había quedado adormilado como siempre que había visitas.

10. EL BAILE DE LAS VÍCTIMAS

El espectro de Garance entró a pasitos breves y tambaleantes en el salón de la viuda del banquero Philippe-Maxime Brancovan, ejecutado varios meses atrás por iniciativa del Arcángel del Terror. La filósofa y activista, ejecutada por sedición, vestía una camisa de seda cruda y un manto rojo de mártir de la guillotina. Sus zapatitos de ectoplasma parecían de raso, o tal vez estaba descalza y aquel leve fulgor que solo ella podía ver provenía de la piel de nácar de sus pies, que conocían la blandura de los almohadones de pluma tanto como la aspereza de la *louisette*, la escalera más siniestra del mundo. Llevaba en la mano izquierda un ramito de ajadas violetas.

Había subido por ella sin tropiezos ni temor, situó la cabeza donde se le dijo y ya no recordaba más. Desde entonces iba y venía por la ciudad y los campos cercanos como si flotara, buscando algo que no lograba recordar. Aunque se encontraba con mucha gente conocida, nadie reparaba en su existencia. Así llegó al palacete de los Brancovan, donde le sonaba vagamente haber estado antes, sin acordarse de que eran familiares suyos y de que, en su elegante salón burgués, había leído en diversas veladas ensayos y panfletos sobre la igualdad de las mujeres, contra la esclavitud y otros no por progresistas menos peligrosos en aquellos tiempos, cuando la Revolución había comenzado a devorar a sus propios hijos e hijas tras pedirles lo imposible.

La luz era escasa, pero el salón parecía muy concurrido. El luto generalizado en los atuendos daba la impresión de que allí solo había cabezas flotando sobre una tiniebla fosca de negros terciopelos silenciosos, oscuros muarés y fuliginosos tules. En lugar de diamantes brillaban en los sombreros y tocados pedrerías de azabache y granate, que coruscaban con centelleos sombríos a la luz de los candelabros. El rojo de la sangre y el negro de la muerte reinaban en los bailes llamados de Cabezas Cortadas o de Víctimas de la Guillotina, a los que solo eran invitados o admitidos, tras exhaustivas investigaciones, parientes de personas que habían sido ajusticiadas por los jacobinos durante el Terror.

El rey y la reina de la reunión, en este caso la viuda y el hijo del Barón de Brancovan, a quien Robespierre había intentado proteger en vano en el Comité de Salud Pública de la inquina de Saint Just, llevaban ambos el cabello cortado al ras en la nuca y sendos tirabuzones a cada lado de las mejillas. Esta visión provocó vagos recuerdos en Garance, que tuvo una fugaz visión de sí misma hundiendo la nariz en un ramillete de violetas. Intentó tocarse el pelo, pero no tenía manos.

Los miembros de la concurrida reunión se saludaban moviendo la cabeza con presunto ademán de guillotinado, lo que les daba el aspecto de muñecos rotos. Caminaban con paso lánguido y algunas mujeres lloraban enjugando sus lágrimas con pañuelitos de encaje negro, o blancos manchados de sangre. Una música pavorosa y desafinada acompañaba cantos lúgubres de plañideras, invisibles tras pesados cortinones de terciopelo. Los espejos estaban tapados con gasas negras, grises y rojas como la niebla escarlata que acompañaba al corte del cuello cuando caía la cuchilla, antes de los torrentes de sangre que corrían hacia el foso que rodeaba al cadalso. Todo ello era tan profundamente lúgubre que rozaba lo carnavalesco.

Además de los invitados vivos y dolientes, había en aquella fiesta en honor a las víctimas de la guillotina varios espectros, además de la ajusticiada Garance, que solo se veían entre sí y se reconocían por una cintilla roja en el cuello los hombres, y una fina gargantilla de corales o granates las mujeres. Garance saludó a algunos conocidos vivos, pero no obtuvo respuesta, como si no la vieran. Lo achacó a motivos políticos, pues continuaba sin tener claro en su mente su actual estado de cuerpo etéreo e invisible. Algunos fantasmas, por su parte, la miraron y la vieron, pero no quisieron añadir más dolor a sus propios padecimientos y pasaron de largo.

Apoyado con un codo en un aparador había un hombre joven con el cuerpo ligeramente arqueado, el más bello que pudiera producir un sueño amoroso, en la postura del Apolo Sauróctono de Praxiteles. Llevaba gorro frigio y el pelo de la nuca rapado *à la louisette*. Parecía vivo, pero un cintillo escarlata atado a su cuello vigoroso, que asomaba por la camisa abierta y sin chalina invitando a la caricia, le calificaba de guillotinado. El joven contemplaba la reunión esbozando un gesto de profundo desprecio.

Aquel era el espectro de un jacobino valiente, honesto y

ávido de sangre girondina mientras tuvo la suya corriendo por sus venas. Conocía muy bien a Garance Marie de Liège porque había tenido su vida en sus manos antes de enviarla al Tribunal popular para que la condenaran pues, como decía Robespierre, los tribunales no estaban para juzgar sino para condenar a los enemigos de la Revolución, juzgados ya por los Comités, es decir, por el pueblo.

Garance se acercó a él sonámbula, como una polilla a la luz de una vela. La mirada de sus ojos de lobo la fascinaba.

—Disculpa, ciudadano, me resultas conocido… —murmuró el espectro a duras penas, con su boca sin laringe, siguiendo el protocolo revolucionario de tutear a todo el mundo y llamarlo «ciudadano» y no «señor».

—Somos viejos compañeros, querida Garance Marie de Liège, yo algunos meses menor que tú en el plano en que ambos nos hallamos —respondió Gabriel Héron, el Arcángel del Terror—. Nos une la cuchilla. La *louisette* besó tu cuello el 3 de noviembre y a mí el 28 de julio siguiente. Ahora no nos separa nada. Esto debe ser lo que el vulgo llama estar en el limbo. Espero que al menos haya infierno, porque si todo se reduce a este insípido estado, prefiero la pasión y la muerte que lo precedieron.

Conocía bien a su interlocutora fantasmal. Había leído sus memoriales de agravios, sus vindicaciones de los derechos de las mujeres y hasta una obrita erótica llamada *Cleóbula*, que no le interesó. Las mujeres le eran indiferentes, vivas o muertas, pero aquella tenía algo especial que la hacía sugestiva, aunque no tanto como para sacarla a bailar. No se unieron, pues, al corro de la Danza de la Muerte, que no faltaba nunca en las celebraciones en honor de los ajusticiados. Permanecieron en un rincón de la sala, mirándose como se miran y se comunican sus secretos de ultratumba los espectros.

Al cabo de un tiempo, ella recordó. Los ojos de lobo de aquel hermoso joven que le resultaba conocido la habían mirado con intensidad mientras ella sumergía el rostro en el ramo de violetas que le había lanzado a la falda como muestra de suprema simpatía más allá de las razones políticas para salvar o condenar. Eso fue antes de que la cuchilla segara sus recuerdos, aunque alguno había quedado como un poso de café, más en él que en ella.

A la salida del macabro Baile de las Víctimas, un nutrido grupo de hombres y mujeres descamisados esperaba a la puerta del palacete de Brancovan para abuchear a los asistentes y deshonrar a los difuntos cuyo recuerdo se había festejado. El efecto sorpresa de su provocación no funcionó: los lacayos de madame Brancovan y sus cuatro hijos, apoyados por los lacayos y muchos de los jóvenes enlutados de la fiesta, que escondían estoques en sus elegantes bastones, atacaron a los provocadores, que habían comenzado a tirar piedras. Los enlutados mataron a dos de ellos e hirieron a otros con sus aceros, sin respetar edades ni sexos. Los Hijos de la Víctimas, poseídos por la furia y el afán de venganza, no se andaban con contemplaciones.

En esos momentos, como a una señal acordada, y a modo de refuerzo que nadie había solicitado, desembocaron en la plaza por dos calles confluyentes sendas compañías de la Juventud Dorada. Sabían por sus soplones que iba a producirse un alboroto y estaban decididos a sembrar el terror y la confusión para hacerse de notar y dar qué hablar a la prensa mediante uno de sus habituales golpes de mano. No necesitaban excusas, no actuaban por odio a los jacobinos ni por simpatía con los girondinos vivos o muertos. Estaban al acecho de cualquier provocación para golpear a lo que ellos llamaban la hez del pueblo, el populacho, las inmundicias de la Revolución.

Chéri Paul Barrès acaudillaba una horda de jóvenes *muscadines* armados con porras, sables y garrotes. Apestaban a almizcle revenido. Los procedentes de la otra calle eran miembros de una de las llamadas Compañías de Jesús, bárbaros ultracatólicos salidos de las cárceles tras la muerte de Robespierre, locos de venganza, amantes de la jarana violenta y de la sangre. Unos y otros se habían provisto de armas en la armería del Ayuntamiento con la connivencia de los funcionarios. No contaban con el permiso de ninguna autoridad, pero se sentían protegidos, como siempre que alborotaban y sacaban a relucir el nombre de la Patria. Este patriotismo de pacotilla asqueaba incluso a los que supuestamente estaban en su bando, como ciertas familias girondinas, la de Brancovan entre ellas, que por su parte los odiaban y los temían más que a la chusma en plena revuelta.

La Marsellesa entonada por los *sans coulottes* se mezcló con canciones contra la Revolución en una cacofonía insoportable, entre la que se oían gritos de «¡Viva la República!» «¡Viva el pequeño rey!» Se referían estos al hijo de los decapitados Luis XVI y María Antonieta, un niño enclenque que languidecía de hambre y soledad en la torre del Temple. Nadie pensaba en él salvo en ocasiones como aquella.

El jaleo espantó a los caballos de los vehículos que esperaban a la puerta del palacio. En poco tiempo se mezclaron caballos desventrados por los machetes *muscadines* con familiares del luto heridos o muertos y muchachos del pueblo golpeados por las porras de los agresores o por los cascos de los caballos encabritados. Algunos de estos corrían por la plaza y las calles, con los ojos desorbitados, presa del pánico, dando coces para poder salir del tumulto. El estruendo de gritos y relinchos de horror y muerte fue en aumento hasta que el pueblo, desorganizado y diezmado, comenzó a retirarse hacia el interior del barrio, intentando zafarse del ensañamiento de los matones del Terror Blanco, que, como perros, no soltaban su presa fácilmente y parecían haberse propuesto no dejar a nadie con vida.

Cuando llegaron las fuerzas del orden, debidamente retardadas por sus mandos, a los que beneficiaba esta clase de explosiones de odio y anarquía, la sangre había corrido en abundancia y la plaza estaba sembrada de muertos y vehículos volcados. Algunos tejados empezaban a dejar escapar humo negro de incendio. Muchos de los que habían provocado aquel desastre huían, se dispersaban por las calles o se esfumaban en el laberinto de callejones y angostillos sin que nadie los detuviera.

Aquello perjudicó a todos menos a Garance Marie y a Gabriel Héron, que lo contemplaron impasibles desde el interior del palacete, acodados en el alféizar de una ventana al amparo de su invisibilidad de esposos de la Luisette. Para ellos ya no tenía sentido ninguna confrontación, absortos como estaban en su nada. Garance intentó en vano posar su mano en el hombro de Gabriel. Ni su mano ni el hombre existían. Solo quedaban las miradas que enciende la antorcha de Eros, siempre las primeras en encenderse y las últimas en apagarse. A ellas se asoma el alma antes de deshacerse en el éter que todo lo une y lo iguala.

QUINTA PARTE

LA VAMPIRA PEREGRINA

11. LA VOIVODINA REHÉN

1

Cuando las niñas se acomodaban en la cama con sus pijamas de algodón no muy limpios, la bisabuela Ágata se sentaba en el borde y, acariciando sus mejillas y sus manos regordetas con sus dedos que olían a humo, comenzaba a declamar con voz de trueno esta cuarteta, que nos aterrorizaba sin saber por qué: «Érase un sultán que tenía tres hijas, las metió en tres botijas y las tapó con pez... ¿Quieres que te lo cuente otra vez?»

Podía repetirla decenas de veces o prologarla en relatos enrevesados, porque por entonces ya chocheaba bastante. A veces emitía extraños silbidos y chasqueos de la dentadura postiza cuando no se acordaba de algo. Quini (Agustina), Malaena (Magdalena) y Goya (Gregoria, una servidora) éramos su público. Las tres dormíamos en la misma cama, un gran armatoste con forma de barca con un Cupido flechador muy cabezón en la proa, cuyo revestimiento con pan de oro se descascarillaba a causa de la humedad y de un descuido de siglos.

Los fantasmas se sentían felices con aquella situación tan victoriana: no querían perder su cómodo asiento en el caserón, ni sus raíces en su jardín umbrío, y mucho menos la barca del erote. «¡El sultán tiene una pipa de oro y plata con cien mil incrustaciones de hojalata…!», proseguía la voz cavernosa y sibilante. La pequeña Quini, sobresaltada, babeaba y berreaba un ratito hasta que se quedaba dormida; Malaena escuchaba atentamente, pues había heredado la curiosidad morbosa de nuestra madre; pero yo, que a mis trece años ayudaba en la casa además de ir a la escuela, necesitaba dormir. Los cuentos y dicharachos de la yaya Ágata me molestaban, porque la cuentista no conseguía poner orden en ellos y el resultado era un embrollo.

–¡Abuela, deja dormir a las criaturas, que las asustas! –solía gritar mi padre por el hueco de la escalera. Estaba hasta la coronilla de las locas de la familia. «Me tiene harto con sus delirios persas del jodido sultán de las botijas y las pipas», lo oí murmurar en una ocasión.

Pasaron muchos noviembres y a mi cabeza, ahora encanecida, que fue la de la niña Goya, comenzaron a volver enigmáticos jirones del pasado, como le ocurría a la difunta bisabuela Ágata, salvo que con más orden y concierto porque mi cabeza regía perfectamente. Yo no tenía hijos propios, pero era tía abuela de una niña repipi que se las daba de princesita y de un niño hiperactivo e insoportable. Me pedían que les contara cuentos cuando se aburrían de sus juguetes electrónicos y de sus pantallitas. Pero a mí, en mi moderna casa de estilo nórdico, que con sus grandes cristaleras y su sobria decoración abstracta, no tenía nada que ver con el romántico caserón de las sombras de mi infancia, solo se me ocurrían historias mitológicas, poco apetitosas para los digitalizados arrapiezos, que en cuanto la guerra de Troya salía a relucir, huían en desbandada. Echaba de menos yo entonces algunas de las invenciones de la bisabuela, pero no me salían. Nunca fui ni sería una vieja cuentista empalagosa de la vieja escuela.

Mi vida había sido mucho más rica que la de mi abuela, mis hermanas y mi madre, que enloquecieron dedicadas a la prole y al hogar. Yo, por el contrario, había llegado a ser Viceconsejera de Turismo en la coalición socialdemócrata, con lo cual recuperé sin saberlo hasta más tarde el tronío de mujeres antiguas de la familia, como la retatarabuela Carlota Ballester, cuyo retrato por Sebastián Preciados se conservaba en la familia como uno de los tesoros más preciados y que yo doné al Museo de Bellas Artes porque odio las raíces familiares.

Carlota fue en su día una libertina ilustrada que, sin necesidad de ser hermosa, fulguró potente en los salones como mujer de un gobernador militar y como amante del secretario del visir Nandor, el Apacible, entre otros desempeños de amor y moda. Acabó —o más bien continuó— sus días y noches como bebedora de sangre y de absenta en los barrios altos. Como aquella fascinante mujer, yo misma había recorrido el mundo de arriba abajo, aunque con excesivas, aburridas y burocráticas paradas en Bruselas y Estrasburgo, cuando lo de la viceconsejería. Vi, asimismo, como me imagino que ella, muchas cosas; algunas, ciertamente maravillosas; otras, macilentas e infernales, como un enorme pez muerto en los muelles de Bremen, en el umbral de una puerta que no llevaba a ninguna parte.

Una plúmbea tarde de noviembre, el recuerdo del sultán que encerró a sus tres hijas en botijas, tinajas, barriletes o lo que fuera, que podría haber contado a mis sobrinos, me

trajo a la memoria el cuento de Barba Azul y sus esposas ase-
sinadas; pero deseché ambas cosas porque no había cone-
xión entre ellas salvo en mi inconsciente, al parecer, y porque no me apetecía plantar flores confusas en sus tiernas
mentes.

Cuando logré quitarme de encima a los pequeños, que
al oír cierta musiquilla o fanfarria corrieron al plasma para
ver un programa de osos parlantes, me dejé mecer con el
suntuoso gato persa en el regazo, por un recuerdo de hacía
mucho tiempo, antes de mi etapa en la Generalidad, cuando yo tenía treinta y seis años y trabajaba en el Centro de
Cultura Moderna. ¡Qué inolvidables jirones del pasado!
Aquello sí que eran cuentos. El ronroneo del gran persa
Lord Spencer facilitó la evocación, a la que me entregué en
paz y tranquilidad.

2

La secretaria Daría Kozena me indicó por el interfono que
los comisarios de la exposición anterior, «Orientalismo austrohúngaro», habían llamado para informar de que, al des-
mantelar la muestra, dejaron olvidado en la caja fuerte del
Centro un paquete sellado. Contenía algo de sumo valor, y
con mi permiso enviarían a recogerlo cuanto antes.

–Diles que se lo guardaré yo misma en mi despacho bajo
siete llaves –dije a la eficiente Kozena–; pero que no venga a
recogerlo un mensajero, sino alguien con autoridad, a ser
posible el comisario responsable, no vaya a extraviarse como
aquel modelo de la Aurora de Arno Beker, de la exposición

anterior, la de «Neoclasicismos». «Que, por cierto —pensé—, vaya un jaleo que armaron aquellos nazis por un bibelot más falso que la Dama de Elche».

A los diez minutos tenía sobre mi mesa un paquete cuidadosamente embalado y lacrado con el sello del CCM, «Orientalismo austrohúngaro», con una pulcra nota pegada en la que podía leerse: «Álbum del harén del sultán Mahmut II (*circa* 1870)». Me dispuse a custodiarlo con mi vida y a no entregárselo más que al comisario o a algunos de los subcomisarios de la exposición, en presencia de mi propia mano derecha, el gerente del Centro y un empleado de seguridad. «Solo faltarán los GEO; pero, si es preciso, se les llama», creo que me dije, riendo para mis adentros, pues soy muy aficionada a contarme chistes a mí misma. Suelen ser demasiado sutiles para compartirlos.

El comisario de la muestra se presentó en persona, rubio y atildado. Era el honorable lord Algernon Spencer, de la Royal Society, un caballero de mediana edad, no muy alto pero bien plantado, con unos ojos azul glaciar capaces de helar con la mirada una patata recién sacada del horno.

El comisario de la desmantelada exposición no pareció muy contento al ver a tanta gente reunida en el despacho de la dirección. Yo me di cuenta y ordené retirada general, salvo el gerente como testigo de lo que allí se ventilara. Luego ofrecí un té al caballero, que no dejaba de mirar fijamente el paquete depositado sobre el escritorio. Kozena trajo enseguida una bandeja, con mucha galanura y cortesanía.

—¿Han tenido ustedes ocasión de ver el contenido? —preguntó lord Algernon sin mirar al gerente—. Se exhibió en la salita de color marfil de la segunda planta, dentro de una antigua urna de cristal muy apropiada que nos prestó su predecesora de usted, Irena Péckovà. Lo abrimos por la foto más representativa. Salvo mi equipo y yo, nadie pudo hojearlo ni tenerlo entre las manos. Lo prohibí tajantemente. Es una lástima; pero ya sabe usted que el público tiende al manoseo de las piezas y objetos antiguos, como si su contacto pudiera impregnarles de su belleza o de su magia —sonrió.

Lord Algernon Spencer tenía su retranca, a pesar de su apariencia fría.

—Ya comprenderá usted que las fotografías de este álbum son piezas sumamente valiosas.

—Como sabe —dije yo—, hace un mes escaso que tomé posesión del cargo, tras la sorprendente defunción de la señora Péckovà, que fue atacada por un animal salvaje en uno de los corredores del Centro. Yo me hallaba en Tiflis por trabajo durante la muestra. Siento mucho no haber podido apreciar las obras excelentes que se exhibieron. Ahora, al oírle a usted, el álbum ha excitado en grado sumo mi curiosidad, pero no he osado tocarlo. ¡Qué pena no haber podido asistir al montaje de la muestra! A mí me habría dejado hojearlo. ¿No es así, sir Algernon? Con guantes blancos, naturalmente.

—Naturalmente, señora —murmuró.

Ni corto ni perezoso, Algernon Spencer tomó el paquete, cortó sus ataduras con un antiguo puñal húngaro con función de abrecartas que había sobre la mesa y retiró cuidadosamente el cartón y el papel acolchado que envolvían la pieza.

—Pero ¿qué hace, por el amor de Dios? —exclamé complacida por el atrevido gesto romántico del caballero de los ojos de hielo.

—No se preocupe, directora. El paquete es fácil de rehacer y, al fin y al cabo, el sello es del Centro. Usted misma lo custodia y puede servirse de él —«¡Anda, pues es verdad!», pensé como flamante jefa, poco familiarizada aún con el cargo y sus prerrogativas—. Nuestra única transgresión será manejar la pieza sin los guantes de precepto —añadió lord Spencer con una sonrisa irónica—, pero tenemos las manos limpias.

—Un momento, por favor —dije, y pedí por el interfono a la secretaria que nos trajera dos pares de guantes.

—¡Excelente! —exclamó el lord cuando nos los hubimos calzado—. Tome, puede hojearlo tranquilamente. Procuremos, eso sí, que no se nos caiga el té encima.

¡Ay, amigo gato —pensé acariciando al felino que me acompañaba en mi meditación—, lo que había allí! Era una copiosa serie de fotografías coloreadas, hábilmente colocadas en soportes de pergamino a modo de marco. Las tapas y el lomo presentaban arabescos de oro de estilo omeya, un poco gastados. También el filo de las hojas era dorado. Unos cordoncillos de seda multicolor, algo percudidos por el tiempo o el uso, separaban las fotos por jerarquías: el dignatario rodeado por sus mujeres, impresionante imagen otomana, y, a continuación, dichas señoras, una tras otra en riguroso orden. La primera era la madre del sultán —jefa absoluta del serrallo, me explicó Spencer—; la segunda, la esposa oficial que daba a luz a los hijos legítimos del monarca, que podían aspirar al trono. Había otras tres esposas legales, dos favoritas, algunas odaliscas muy jóvenes y tres mujeres rubias de ojos blancos, coloreados con acuarela azul. Me enseñó también adolescentes, hijas de dignatarios, que se formaban en el harén, donde recibían enseñanzas de economía doméstica y bordado, y algunas niñas mofletudas con lazos en las cabezas y calcetines blancos. Todo aquel mujerío, sin importar la edad, era de una fealdad notoria, no tanto por su gordura y pilosidad —pues las adultas eran cejijuntas y casi barbudas—, sino porque vestían sin gracia ni estilo, con una mezcla de elementos orientales y occidentales, delantales, cofias y velos que desorientaban al contemplador no iniciado. Técnicamente, las fotos eran de una calidad suprema. Yo estaba impresionada.

—En general, las damas no han salido favorecidas según nuestros cánones de belleza, la verdad —comentó lord Algernon Spencer levantando una ceja—, pero el álbum es el objeto que ha recibido más visitas y más prolongadas de todos los de la muestra, junto con el voluptuoso cuadro *La odalisca* de Fortuny, que colgamos enfrente como contrafigura de estas fotografías. La realidad y el deseo orientalista, ya sabe. A veces es bueno dejarse llevar por los tópicos en esta clase de muestras. Las hace un poco simplistas pero didácticas para el público general.

—¿Por cuál de las fotografías estaba abierto el libro en la vitrina? —pregunté, para ver si mi criterio coincidía con el del *gentleman*.

—No fue fácil decidirlo —respondió lord Spencer—. La subcomisaria Randell opinaba que había de abrirse por la de la madre del sultán, a causa de su autoridad sobre todas las

demás mujeres, mientras que yo me inclinaba por una odalisca especialmente agraciada, que parecía no tener más de
dieciséis años. Pero ciertamente, como se me hizo notar por
parte de mis colaboradores, no era una esposa de importancia en aquel tropel palaciego, así que abrimos por una de las
esposas legales, que llamamos Sherezade. Es esta de aquí. Su
nombre tiene resonancias universales, pero nada que ver
con la protagonista de *Las mil y una noches*. Se lo pusimos
por juego y no figuró en ningún escrito de la exposición
para no crear confusiones.

—El público burgués —comenté algo atrevida—, acostumbrado a la pintura erótica orientalista de venta de esclavas
medio desnudas, baños y placeres del harén, no debió de dar
crédito a sus ojos ante semejantes adefesios de los que, entre
pelos, delantales, mantillas y calcetines, apenas se ve nada
más que una parte de los rostros —enseguida me arrepentí de
mi comentario xenófobo y racista—. Y, dígame, ¿estas del
final son rubias o solo me lo parecen? —pregunté señalando a
unas de aspecto diferente y ojos claros.

—Sí, son esclavas eslavas, si se me permite la cacofonía; las
más deseadas por los sultanes. Los hijos habidos con ellas
entraban muy jóvenes en la guardia de los Inmortales. También las había armenias y circasianas de belleza fabulosa,
preferidas, según dicen, incluso a las eslavas y a las alemanas,
que podían conseguirse en los mercados persas.

Se volvió a embalar el álbum en el laboratorio de restauración del Centro. Le estampé el sello lacrado de los envíos
formales y la secretaria llamó a nuestro coche oficial. Nos
acompañó, precediéndonos, una pareja de motoristas de la

policía municipal hasta la oficina central de Correos. No era el procedimiento normativo, pero lord Algernon Spencer quería enviar el paquete como certificado y urgente hacia el Tesoro de Topkapi, en Estambul, de donde procedía. Yo accedí a ello. Al fin y al cabo, era su decisión y él se negaba a que el objeto viajara de otro modo, ni siquiera por valija diplomática regulada por la convención de Viena. Para un caso como aquel, lord Spencer confiaba más en los servicios públicos que en la mensajería privada o en otras opciones políticamente más correctas o glamurosas, pero poco de fiar en la práctica, y más tratándose de un objeto procedente del mundo islámico.

Volvimos al Centro para que lord Spencer cumplimentara algunos documentos, dando cuenta a sus superiores y a las autoridades turcas que había finalizado la misión y de qué manera lo había gestionado. Entre unas cosas y otras, se hizo tan tarde que creí adecuado invitar a almorzar al visitante en el reservado del propio Centro. Era un lugar delicioso y florido, con grandes cristaleras, que daba a un jardín trasero. Como los trámites nos habían abierto el apetito, comimos con placer unos platos preparados exclusivamente para nosotros de un restaurante vecino y bebimos un buen vino reservado para las visitas de categoría. Algernon Spencer estaba contento por haberse librado del engorro sarraceno, y yo por haber llevado a cabo satisfactoriamente la primera gran gestión de mi cargo: poner un sello. Mientras tomábamos café en el jardín, comentamos el álbum de fotografías del serrallo, y Spencer me contó con los ojos chispeantes a causa del vino de Burdeos trasegado generosamente a la salud de los sultanes otomanos, una curiosa historia relacionada con la antigua Sherezade de *Las mil y una noches*.

—No hay únicamente un libro de *Las mil y una noches* —comenzó diciendo mientras cebaba su pipa—, sino varios, y no solo de origen persa, sino de diferentes procedencias, incluso uno transilvano escrito por un tal *pater* Hieronymus Hunyadi, uno de cuyos manuscritos se conserva en la Wren Library de Cambridge. Se titula *La dulce granada de Kharis Dragonea* y se sitúa en la época de esplendor del Imperio Otomano, entre guerra y guerra de las que asolaban las fluctuantes fronteras del Imperio. Cuenta esta obra, que confieso citar de segunda mano, pues no he tenido ocasión de leerla, que uno de los sultanes más poderosos, el ilustre guerrero y sabio Alí Osmán Otmán II el Enredador, en el hastío de una paz prolongada, se impuso la misión de dotar de orden, armonía y belleza a todo su pueblo. Pensaba no solo en la sociedad islámica, sino también en los estados vasallos, cristianos, coptos o unitaristas, como Transilvania, Armenia o Georgia, así como en su élite de jenízaros, que se estaba descomponiendo poco a poco, porque muchos de sus mejores hombres desertaban a Italia en busca de fama, riqueza y esparcimiento guerrero como *condottieri*.

»Puso primero en marcha en su propio harén el modelo que habían creado los sabios, llamado *Triple diadema de estrellas*. Rediseñó este con geometría sagrada, a la manera de la bóveda de los cielos, con ayuda de sus astrónomos, astrólogos y hechiceras del serrallo de su difunto padre, cuyas mujeres eran superdotadas e imprescindibles, pero potenciales obstáculos para sus planes. Deshizo este harén para

dar forma al suyo sin perjudicar a las mujeres que lo formaban, que fueron recolocadas adecuadamente; pero cometió
el error fatal de dejarse seducir por el ingenio y artificio de
una cautiva de alto rango.

»Me explicó todos estos pormenores mi adjunto iraní,
Ata Ghazali, procedente de la Universidad de Estambul,
hombre cultísimo, que escribió casi todos los textos del catálogo de la muestra, como usted sabe.

—Yo he estudiado Historia en la universidad —comenté
sin mayor entusiasmo, para disimular mi desconocimiento
de los malditos textos del catálogo de la exposición de mi
predecesora, que apenas había ojeado—, pero del Imperio
Otomano no sé gran cosa, y bien que lo siento.

—Entonces continuaré con lo anterior para cerrar la historia de la bella cautiva cuentista de *La dulce granada*, como
el aro de una pulsera cuando hace clic. Faltan tres horas para
que salga mi avión, pero si usted tiene algo que hacer...

—... Escucharle a usted, sir Algernon —dije con no fin-
gida simpatía; era el mejor remate de la jornada que se me
ocurría por aquel día—, y aprender lo que pueda.

—Bien, pues dice al parecer maese Hieronymus Hunyadi
que una de las ancianas reales recomendó como odalisca de
primera clase a una joven muy hermosa, que se encontraba
entre los prisioneros nobles. Era familiar de un voivoda, gobernador de la provincia transilvana, y parecía dotada de inteligencia, conocimiento y elegancia. Se llamaba Kharis
Dragonea, de la estirpe de los Hunyadi, como el autor del
libro, que quizá lo escribió movido por el interés hacia sus
propios ancestros. Más que de prisionera, por su alto rango

su papel fue desde el principio el de rehén. La habían alojado junto con dos damas jóvenes de su séquito, Djana Kathara e Irena Mouna, en la Torre de Bronce, con algunas criadas del palacio para que las atendieran –y vigilaran, es de suponer–. El sultán se acordó de su existencia al cabo de algún tiempo y, presa de la curiosidad, la mandó llamar. Lo que vio de ella entre velos, pieles y centelleo de joyas que no le habían sido confiscadas, le gustó.

»Pero Kharis, a quien la gente del palacio apodaba la Voivodina, resultó ser una espía de los revoltosos transilvanos. Había pruebas. Fue encontrada por los esbirros del Sultán escondida nada menos que en la sala de Consejos, con la oreja pegada al grueso y suave tejido de un cortinaje. Este olía a pachulí por haber cruzado el desierto en camello, en un baúl protegido de los insectos con hojas de esta planta. Al aspirarlo, Kharis tuvo la mala fortuna de estornudar ruidosamente, lo que delató su presencia y le acarreó el castigo correspondiente. Se la condenó a ser decapitada sin más trámite ni maltrato, como dictaban los protocolos para los aristócratas. La vieja que la había recomendado fue acusada de alta traición y se le aplicó el desgarramiento por dos caballos robustos tirando de la cabeza y de los pies, para escarnio y ejemplo de felones. De nada le valió ser inocente víctima de los enredos de la fascinante Voivodina.

»Kharis Dragonea pidió audiencia antes de ser ejecutada. Se le concedió. Era la segunda vez que la veía Alí Osman, en esta ocasión cubierta por una sencilla túnica y con la cabeza al aire. Sin velos casi parecía bella, aunque las cejas no se le juntaban en doble arco sobre la nariz, como era lo requerido por las reglas de la perfecta hermosura. Se presentó ante el trono con sus mujeres, que iban a acompañarla en el castigo como cómplices de sedición. Se hizo para que no fuera sola al reino de los muertos y para dar ejemplo a las damas de la utópica *Diadema de Estrellas,* proclives a las conjuras por los motivos más fútiles.

—Un tanto cruel me parece el tal Alí Osman —comenté mordiéndome la lengua para no decir nada sobre la antipatía del Islam hacia las mujeres—. Lo que no acabo de entender es lo de diseñar armonías celestiales por doquier bajo su imperio, cuando le costaba tan poco arreglar las cosas cortando cabezas.

—No es fácil de comprender. Se trata, creo yo, de una influencia de origen bizantino —dijo lord Spencer vaciando su pipa en el cenicero—. Por algo le conocían como el Enredador, que en estos idiomas nuestros suena un poco ridículo, pero que tiene altos significados místicos en el suyo. No nos detengamos, sin embargo, en minucias, porque lo bueno viene ahora. Cuando el Sultán vio avanzar hacia el estrado del trono a la joven con sus damas adolescentes, el libro dice que se estremeció, lo cual me parece una licencia poética. En esa época, a los guerreros no les estremecía la belleza de las mujeres, sino la fuerza y la destreza en la lucha o el placer de dominar a los pueblos limítrofes hasta sacarles los jugos.

»Las mujeres servían para tener descendencia, pero el amor estaba en otro lado. El caso es que la Voivodina levantó los párpados y, dejando al descubierto sus ojos hasta entonces en sombra, clavó sus pupilas en las del Sultán. Sus iris, como los de algunas mujeres de su pueblo de origen sajón, eran claros, de un azul verdoso, espléndidos. Algo de pena sí le dio al monarca la suerte que esperaba a aquella perla transilvana, y algo de lujuria se despertó en su cuerpo, aunque no estuviera en el campo de batalla excitado por relinchos, golpes brutales, lamentos y alaridos.

—¡Ja, ja! —reí discretamente—. Caray, querido lord Algernon, pues si tanta pena le dio y hasta despertó su deseo, ¿por qué no la indultó, junto con las otras dos pobrecillas, que no habían hecho nada? ¿No le parece?

—Porque así eran las cosas en aquella época, como bien sabe usted que es historiadora, querida amiga. Era gente ruda y de extrema hombría, tanto los musulmanes como los papistas o los ortodoxos. Despreciaban a las mujeres y procuraban dar la impresión de estar por encima de sentimientos afeminados o propios de clérigos, como la compasión. Eran, en definitiva, hombres muy viriles, de pelo en pecho, como dicen ustedes.

—Decíamos. Ahora esa frase apenas se usa —comenté sin esperar reacción alguna de mi interlocutor, absorto en su narración tanto o más que yo misma.

—«Ruego a su majestad que cenemos juntos una noche antes de mi muerte», dijo la princesa transilvana sin dejar de mirar con sus ojos hechiceros los negros y temibles de su señor, capaces de detener una carga de caballería enemiga. La altiva pose de la prisionera lo incomodó, porque estaba prohibida a todo súbdito y mayormente a toda súbdita; pero le pareció graciosa, viniendo de una mujer que además de presentarse en la corte en ropa interior, miraba de frente, y aceptó lo que tomó por una especie de reto de la Voivodina.

»Cenaron en el jardín deliciosos manjares preparados por los cocineros de palacio sin la ayuda, ofrecida por la propia Kharis, de las damitas transilvanas, por miedo a los venenos o a los comistrajos extranjeros. Algunos faisanes, que se sirvieron con sus plumas irisadas por fuera y todo el mondongo por dentro, alternaban con pastelillos de opio egipcio que hicieron alucinar a la concurrencia. La Voivodina cantó con su voz de mil pájaros a los sones de raros instrumentos como el *rababah* y el *buzuki*, tocados por músicos somalíes y griegos. Los tres hijos mayores del Sultán, que estaban en edad de merecer, perdieron su altivez. A fin de cuentas, eran varones jóvenes, presa aún de los deseos. Se sentían morir de pasión cuando Kharis los miraba con sus ojos del color de los del tigre blanco que habitaba en el zoo imperial. Nunca habían sentido aquella mezcla de terror y encantamiento hacia una mujer. Ni siquiera con sus madres. Procuraron disimularlo ante su padre.

»Luego Kharis Dragonea contó unos cuentos de su tierra que, junto al láudano trasegado y el acompañamiento de las flautas persas, los *buzukis* y los tambores, terminaron de embriagar al respetable y llevarle al séptimo cielo. Al llegar la medianoche se dio fin a la fiesta, con algunas bajas por mareo o desvanecimiento. Fue una gran velada. Todo el mundo había disfrutado y la corte estaba encantada con aquellas jóvenes, cuya aura fresca y sutil, como de carne recién desollada, revitalizaba el lugar. El Sultán ordenó a Kharis Dragonea que se quedara cerca de él y del presunto heredero, que era su hijo más joven. Cuando estuvieron solos preguntó sin mirarla:

»— ¿Cómo acaba el último cuento, mujer de ojos como ópalos?

»—Perdónala, señor, y también a sus mujeres —intervino el sucesor, hermoso como una odalisca—, pues la gente del palacio las ama.

»—Tú no te metas. No hay razón para amar a quienes nos alegran una velada si son espías como esta señora —respondió el Sultán mordiéndose el bigote. La perdonaré durante el tiempo que emplee hasta acabar el cuento, cuyo final me ha dejado intrigado. Luego hablará la cimitarra. Alá es grande.

»Kharis Dragonea contó cuentos orientales entrelazados como las cerezas noche tras noche, dejándolos siempre en la parte más intrigante de la curva del suspense —prosiguió lord Spencer, que ya iba por el tercer café—. Solían tratar de vampiros, *vurdalakes*, *viyis* y gules andariegos que la gente relacionaba con leyendas de ultratumba. Eran los que más le gustaban al Sultán, pues se creía descendiente de los llamados príncipes y reyes Empaladores, especialmente crueles, ya fueran mahometanos o brutales cristianos, y cuyas hazañas y hechos habían dejado en la historia un copioso reguero de sangre enemiga. Pero, como no podía dejar de suceder, el repertorio de la Voivodina se agotó incluso echando mano de recuerdos más o menos borrosos de los cuentos que le contaban sus nodrizas cuando era niña. No solo tenía una oratoria prodigiosa, sino también una memoria notable, aunque no infinita.

»Para que los relatos duraran más tiempo, sus damas intervenían animándolos con entremeses, silbidos y cancioncillas —«de ahí lo del sultán, sus hijas y sus botijas con que nos torturaba mi abuela Ágata, aderezado con cloqueos y chasquidos», pensé sonriendo como quien encuentra la clave de un tesoro.

—¿Qué le hace tanta gracia? —me preguntó lord Spencer, sonriendo a su vez con los ojos y los labios, que es la sonrisa genuina y la que más me gusta—. Yo lo cuento como me lo han contado, con el mismo tufillo a Sherezade y a Harum al-Rashid.

—No, por Dios, disculpe mi risa. Me encanta la atmósfera que crea su relato. Lo que ha dicho de los silbidos y cancioncillas me ha hecho gracia en especial, porque yo lo he vivido en mi casa con mis abuelas. Siempre me he preguntado de dónde venían aquellos adornos y gorgoritos con que animaban sus relatos.

—Quizá sea cosa del patrimonio colectivo de la Humanidad, que ahora llaman imaginario —dijo lord Spencer sin dejar de sonreír, pero con un rictus cínico en las comisuras de la delgada boca—. Parece ser —continuó—, y esto es novedoso a mi modo de ver, quizá invención del padre Hunyadi, que el palacio tenía una buena biblioteca, herencia de los romanos. No había perecido en el incendio de la toma de Constantinopla por el gran Mehmeth II, porque ya se había encargado este de protegerla para que su propia capital futura no perdiera semejantes tesoros, que tonto no era. La cuentista Voivodina sobornó a sus guardianes con algunas piezas de su joyero y se puso a saquearla por su cuenta en busca de textos antiguos que pudieran proporcionarle materiales para sus relatos de sobremesa, camelándose al viejo bibliotecario con la promesa de que no darían el cante y devolverían lo que tomaran prestado.

»Sus damas y ella solían llevárselos bajo las ropas, y los restituían o cambiaban después de tomar algunas notas, para no perjudicar al anciano, que tenía muy malas pulgas. Así que mientras el harén se entregaba al descanso nocturno tras la velada literaria, a la siesta del mediodía o a sus placeres lascivos, la Voivodina y sus mujeres estudiaban como si estuvieran preparando un examen final. Solo descansaban para procurarse algo de sangre que repusiera sus fuerzas. *El Asno de oro* de Apuleyo dio a Kharis Dragonea para un par de semanas, y las *Metamorfosis* de Ovidio, bien dosificadas, para bastante más. Comprenderá que yo también añado cosas por mi cuenta para alargar el placer de estar con usted —concluyó lord Spencer con sonrisa picaruela.

¡Sopla, nunca había oído semejante galantería de boca de hombre! Correspondí al cumplido como una dama de rango, agachando la cabeza ligeramente ladeada y sonriendo con mis ojos en los suyos. Él realizó un ligerísimo ademán afirmativo, como dando por recibido el mensaje, y continuó su relato:

—Mientras tanto, el Sultán y su hijo menor habían enfermado, y una plaga de melancolía y anemia se había extendido por el harén sin causa aparente, aunque muchos echaban la culpa a las transilvanas y sus manejos. «Demasiadas libertades les da el Soberano a estas corretonas», decían las comadres cuando se reunían con la Sultana madre a tomar té con escaramujo, atracarse de delicias turcas y fumar kif en pipas de agua.

»La Voivodina y su séquito no hacían caso de las habladurías. Ingerían narrativa exótica o clásica sin cesar y, a veces, algo de sangre por necesidad y placer, extraída sobre todo de las chicas más jóvenes del harén. En su familia se utilizaba mucho este remedio, que prevenía los niveles bajos de selenio, algo así como el láudano para el dolor de muelas. Hubo entre los Hunyadi una Erzebeth la Purpúrea que no se acostaba sin haber bebido un buen vaso del licor rubí y haberse frotado el cutis con algunos coágulos batidos con fresas maduras y aceite de ajonjolí, excelente remedio antioxidante y antiedad contra las arrugas.

»Fueron malos tiempos para la corte del soberano. El joven sucesor perdió la sangre y la vida entre las garras de una bestia salvaje que nadie vio y que tampoco fue advertida por sus perros en una partida de caza en los cotos imperiales. La paz y el hastío continuaban minando la moral de los hombres. No satisfechos con la caza y el deporte, echaban de menos la guerra o al menos alguna incursión contra los húngaros o una razia para proveer los harenes, cualquier cosa que los librara de la inactividad o de las insoportables maniobras que les imponían sus mandos para que no perdieran la forma. Pero, sin sangre y sin muerte, ¿dónde está la diversión? —comentó lord Spencer dirigiéndome una de sus irónicas sonrisitas. Había ido aprendiendo a lo largo del día cuánto me gustaban, y eso le alegraba muchísimo las pajarillas.

»Una noche el Sultán faltó a la cena. Se dijo que había amanecido enfermo y que estaba en manos de sus médicos. La cautiva transilvana, temiendo que la carencia del cuento diario la perjudicara, acudió a la alcoba privada del monarca.

Se escabulló de todos los que trataron de impedirle el paso y se deshizo, furiosa como una leona, de la turba de médicos y quirurgos que rodeaban el lecho.

»Alí Osmán, desnudo y amoratado como un cadáver, parecía desangrarse por todos sus poros. Tenía una crisis de la llamada por entonces «muerte roja». Los monteros lo achacaban al mordisco, días atrás, de una de sus perras de caza, que había contraído la rabia al ser mordida, a su vez, por una rata de cloaca en la trufa del hocico.

»Kharis, excitada y con la cabellera suelta, se puso a lamerle de pies a cabeza. Su lengua rasposa no parecía de mujer, pues tenía el tamaño de la de una ternera. Las zonas por las que iba pasando sanaban instantáneamente. No solo limpiaba la sangre, sino que dejaba tersa y fresca la piel del monarca. El estado general de este mejoró hasta el punto de que se sentó en la cama, hizo que lo bañaran y vistieran, y pidió la cena en sus habitaciones privadas en compañía de Kharis, que tanto parecía saber sobre la sangre. Pero no tardó en comprobar que había quedado pálido, macilento y sin fuerzas, mientras que la Voivodina resplandecía, sobre todo sus ojos de ópalo, y ganaba en prestancia como si fuera una princesa imperial y no una rehén de guerra.

»Atacado, pues, por males de sangre que empezó a achacar a la Voivodina, se sintió cada vez más horripilado en su presencia y en las visiones de sus sueños. Ella, hermosa como la luna llena, comenzó a producirle aversión. Kharis iba por patios y corredores del palacio con el rostro destapado, trastornando a los fieles con el embrujo de su mirada y su boca de largos caninos, que no se recataba en mostrar, lanzando carcajadas cuando estaba departiendo con sus muchachas.

»Hacía cosas prohibidas a las mujeres de su rango y, por si fuera poco, parecía perder la inspiración literaria a pasos agigantados. «Si sigue así –pensó Alí Osmán, habrá que tomar medidas». La Voivodina, una noche en que estaba poco inspirada, trató de entretener al Sultán contándole batallas balcánicas y aventuras de Erzsebeth la Purpúrea, pero no tuvo éxito. Aburrió a su señor y se vieron bostezos mal disimulados en la concurrencia cortesana.

»–¡Que le corten la cabeza! –rugió Osmán entre bocado y bocado, señalando a la Voivodina con el índice fulgurante de joyas y la larga uña forrada con oro, por ser el dedo del mando.

»–¡Señor, señor! –pidió ella con altivez no exenta de cariño, como un gato palaciego–, por los buenos ratos que hemos pasado juntos, por lo que nos hemos divertido, por el cariño que hemos ido atesorando… ¡Mátame si lo deseas, pero no me cortes la cabeza!

»–En bandeja quiero la tuya y las de tus brujas ahora mismo, a ver si se anima esta velada insoportable y la corte recupera la alegría y la vida que ha perdido desde que viniste tú. Tú, mujer de ojos de agua, que con tu aura escarlata y tus quimeras infernales te afanas en quebrar la armonía de mi reino de luz y geometría.

»–Por favor, por favor –rogó Kharis Dragonea–, la cabeza no, señor. Si quieres acabar con nosotras, arrójanos por la Torre de Bronce, tíranos al foso de la muralla, crucifícanos en el patio de la mezquita…

»–Esa no es muerte digna de princesas.

»—No importa. Para nosotras la muerte, digna o indigna, es indiferente, pero preferimos abrazarla enteras, sin que un sablazo separe la cabeza de nuestro cuerpo —rogó la hermosa vampira—. Si lo haces, te contaré mi mejor cuento y juro que lo acabaré en esta velada.

Lord Spencer calló un momento y me preguntó:

—¿Cuál cree usted, querida Goya, que fue ese cuento?

—No lo sé. Dígamelo usted.

—Tampoco yo lo sé, ni el doctor Hunyadi. El libro de Ata Gazhali no lo recoge. Se me ocurren algunos, pero siempre son más modernos que el tiempo en que se sitúa nuestra historia. El caso es que gustó a todos.

»Cuando acabó la cena, las arrojaron con una bala de cañón atada a la cintura al foso de la muralla, lleno de agua podrida, fruto de la dejadez y el hastío que la paz había provocado en los soldados encargados de mantener la higiene de la ciudad. Cuando la última burbuja estalló en la grasienta piel del agua cenagosa, las dieron por muertas.

En lo más cerrado de la noche, bajo una luna roja que no alumbraba, salieron indemnes las tres vampiras, envueltas en sus mantos, que no se habían mojado, como tampoco sus cuerpos ni la pesada vestimenta bizantina bordada con pedrerías. Silenciosas y sonrientes, emprendieron el camino de Cluj-Napoca, capital de Transilvania, dejando tras de sí un reguero de sangre y destrucción, pues el Sultán y la corte no tardaron en convertirse en pálidos pellejos y nadie pudo hacer nada por ellos.

* * * * * * * * *

«Tres eran tres las hijas de Helena, tres eran tres, y ninguna era buena…» Al son de este estribillo, que acudió como un soplo a mi cabeza soñadora, me despabilé súbitamente. Mi gran gato persa, llamado Lord Spencer en honor a mi amigo el cuentista inglés, se asustó y saltó al suelo. Reí feliz en mi soledad y dije en susurros, pues los gatos odian que les hablen en voz alta:

—No me he olvidado de ti, fierecilla. Vamos a merendar. Te abriré una latita *gourmet* para celebrar los fastos y desdichas del admirable Imperio Otomano, del cual procedes.

Me equivocaba. Los gatos llamados persas son de origen ruso.

12. LA VAMPIRA QUE EMIGRÓ

1

Quienes vivimos despiertos de día y dormimos por la noche en nuestro cómodo lecho no tenemos ni idea de lo que es para un vampiro cambiar de continente. No os distraeré con detalles, basta con saber que cuando la condesa no muerta Éniku Piroska Nádasdy tuvo que abandonar su patria austrohúngara a causa de la destrucción y las persecuciones ocasionadas por la guerra, su tío y tutor el príncipe Dragoromir Nádasdy, embajador en Londres, le aconsejó emprender una nueva vida en un mundo nuevo y se ofreció a facilitarle el camino. Ella dio su consentimiento no sin reticencia, y él lo consiguió a base de movilizar a los hombres a sus órdenes y de regar la ruta con lingotes de oro, joyas familiares, dólares, pagarés, bonos y, para ciertas cosas, hasta calderilla.

Dragoromir Nádasdy estaba habituado desde hacía siglos a salirse con la suya en toda ocasión. Financiero, empresario, diplomático y *dhampiro*, es decir, hijo de vampiro y humano, tenía acumulada la experiencia de cuatrocientos años y sabía lo que hacía. Fruto de los amores de una princesa moldava y de un vampiro jefe de bandoleros de estirpe romaní, no era lucífugo y ocupaba una buena posición en la sociedad británica, tanto viva como no muerta. Sus poderes se extendían por todo el mundo civilizado y colonial.

Aquellos años, los locos veinte del siglo veinte, eran el ejemplo más cuajado de avalancha de emigrantes de toda procedencia y, al mismo tiempo, de paranoia de unos Estados Unidos temerosos de que se les colaran subversivos, sindicalistas y comunistas. Hermosa paradoja. Para eludir dificultades y controles, Dragoromir estableció como meta del viaje de su sobrina no la ciudad de Nueva York, sino la apetitosa Baltimore, rica y en plena expansión, bien comunicada por ferrocarril con todo el suroeste y con un puerto que garantizaba el flujo de mercancías. Con el fin de que el viaje tuviera éxito, el príncipe transilvano creó una comisión que se encargaría de hacerla llegar allí y ser recibida por su sobrino, dhampírico como él, Alexandru Hédervàry, al que nombró su cuidador y «familiar» sin más protocolo que el de su autoridad.

Alexandru Hédervàry recibió la orden de su superior en la dinastía vampírica con cierto fastidio. Dragoromir estaba acostumbrado, por su situación de jefe de la familia, a actuar según el principio de «ordeno y mando», pero Alexandru ya no se consideraba ni perteneciente a la civilización feudal ni a la casta vampírica transilvana. Ni siquiera se sentía europeo. El encargo perentorio de su pariente de cuidar de una *nosferatina* podía perturbar su situación en una poderosa compañía de ferrocarril y su carrera política en aquella ciudad libre y moderna, cuyo corazón latía con notas de *jazz* y cuyos pulmones respiraban carbón y vapor.

Con su último cablegrama en la mano, dio un fuerte

puñetazo en la mesa que hizo saltar al teléfono y mandó el cigarro puro al otro lado de su señorial despacho.

—¡Por todos los diablos del maldito infierno! —exclamó airado, dejando pálida del susto a su secretaria Minnie, que por hacer algo se apresuró a recoger el habano y a dejarlo en el cenicero.

Alexandru Héderváry tenía doscientos treinta años y aparentaba cuarenta, fecha de su antigua muerte como humano y comienzo de su vida inhumana de «no muerto». Alto, hermoso, con la belleza de sus dos naturalezas, una inteligencia privilegiada, mirada hipnótica y una hermosa voz, cuyas órdenes no podían dejar de cumplirse, aquel aristócrata húngaro despreciaba a la caduca nobleza vampírica europea, a la que consideraba parásita. Era un liberal y se sentía uno de los grandes burgueses del Nuevo Mundo, a los que admiraba y tenía como modelo.

Había comenzado haciéndose rico como plantador de tabaco, pero no era hombre colonial de plantaciones y mansiones campestres, y odiaba vivir entre campesinos explotados y administradores corruptos. Se deshizo de aquel negocio e invirtió en el ferrocarril privado de Baltimore & Ohio, en las navieras y en la incipiente industria automovilística, dedicando su esfuerzo al ferrocarril, que era su preferido porque había demostrado ser el medio de locomoción y transporte más importante hasta el presente.

Durante su larga existencia como vampiro cortesano, había mirado desde su Europa natal a los colonos americanos como a patanes incultos; ahora, por el contrario, con el paso del tiempo y el devenir de la historia, tenía muy claro por dónde caminaba la civilización. Por eso recibió como un mazazo el contacto con su tío, que lo transportaba a un mundo que había dejado atrás. Estuvo todo el día rumiando su irritación hasta que ya bien entrada la noche, que era, aunque él no quisiera reconocerlo, cuando más fuerte y creativo se sentía, a la segunda copa de *bourbon*, se le ocurrió una idea que le deslumbró a él mismo. ¡Rachel…!

2

Rachel Solomon, asistente personal y mano derecha de Alexandru Héderváry, era una mujer eficiente en el trabajo, robusta, de buena presencia y nula belleza. Unas gafas que ocultaban unos ojos diminutos menoscababan lo que se consideraba encanto femenino, aunque no borraban su mirada de halcón. Lo sabía todo sobre la naturaleza de su jefe y de sus asuntos y negocios. En cuanto a su presunto dhampirismo, aunque no puede decirse que creyera en él, lo aceptaba, como aceptaba él por su parte que ella fuera hija de una familia judía conservadora de los barrios altos. Como Héderváry, Rachel Solomon era una especie de renegada. Se sentía poco menos que antisemita, no en un sentido racista sino de no creyente ni practicante de la religión de Yahveh ni de la cultura y costumbres de su pueblo, que consideraba ancladas en el pasado.

Había crecido entre la gente de buena posición de Eccleston Gardens, congregada alrededor de la hermosa sinagoga neoclásica; pero era una rebelde y activa sufragista, atea, despegada de las tradiciones hebraicas y desinteresada de la vida que le esperaba como mujer y madre. En resumen, Rachel era uno de esos garbanzos negros que caracterizan a toda familia acomodada con arraigo en la ley de Moisés. Cuando terminó sus estudios y conoció a Héderváry, supo que le convenía estar al lado de un hombre como él; a él, por su parte, le gustó aquella joven feúcha y avispada, y le ofreció un trabajo modesto para probar sus aptitudes: ayudante de su secretaria.

Siempre abriéndose paso para estar a su lado, y haciéndose cada vez más necesaria, Rachel ascendió dejando atrás, con buenas ò malas artes, a secretarias y ayudantes. Aprendió lo relativo a las actividades y desempeños en los que Héderváry se movía, y en poco tiempo llegó a convertirse en un pilar en el que éste se acostumbró a apoyarse. Pasó a ser su colaboradora imprescindible e incluso su socia en algunos cometidos. No se contaba entre sus amantes, pues aunque el hermoso y viril Alexandru había heredado de su padre, hombre apuesto y mujeriego, una naturaleza depredadora, no veía en Rachel una mujer a la que conquistar, sino una compañera y confidente entregada.

—Janet, llama ahora mismo a Rachel —dijo a su asistente esa mañana al llegar a la oficina de la Compañía.

Esta, situada en el edificio más alto de Maryland Street, era una majestuosa obra moderna de ocho pisos desde cuya terraza podía verse la bahía y el puerto donde debían hacerse cargo del ataúd de la condesa Nádasdy. El último telegrama de su tío le informaba de que había sido colocado al fondo de la bodega de un carguero que transportaba maquinaria, disimulado en un cajón rotulado: «Perfumería y artículos de cosmética *Poison de Femme*. París». Sería depositado en un muelle de descarga, con una serie de precisiones claras e incluso prolijas.

Rachel pidió permiso y entró en el despacho con el aire entre decidido y modesto que la caracterizaba. Vestía de manera elegante y austera, que tenía algo de masculino. Se sentó frente a Alexandru con su cuaderno de tapas de piel de potro, que él le había regalado y nunca abandonaba, dispuesta a escribir lo que él dijera y a ejecutarlo inmediatamente. A veces discutían o comentaban ciertos temas con diferencias y enojo; pero en general estaban de acuerdo y procuraban no perder el tiempo en estupideces.

—Escucha con paciencia lo que voy a decirte, Rachel. Las preguntas, al final.

Ella asintió con la cabeza y escuchó atentamente. Comprendió que su jefe estaba en un apuro poco corriente y le proponía algo tan excéntrico que parecía la chanza de un jovenzuelo. Pero ¿por qué no? —pensó—. Podía ser una gran experiencia si no se trataba de una broma. Y Alexandru Hérderváry era cualquier cosa menos bromista.

—¿Supone eso un cambio de categoría, o es un trabajo aparte? —preguntó con la voz neutra y profesional que tanto gustaba a su jefe.

—Ya veremos. Si lo soportas y te agrada, puede ser un trabajo excepcional. Y, además, te obligará a cambiar de aires. Últimamente esto se está volviendo demasiado burocrático. Incluso yo voy a prepararme para algo nuevo, que no me obligue a tanto papeleo y me proporcione más satisfacciones —la política, pensó ella.

—¿Y cuánto se calcula que gana un… «familiar» de vampiro? –preguntó discretamente y sin ningún énfasis, como si hubiera dicho «dama de compañía».

—Pues en este caso mucho, querida, eso sí te lo puedo asegurar. El tutor Nádasdy va a pagar cara su ocurrencia de enviarnos a la condesa Piroska y, además, tú continuarás percibiendo tu sueldo en la Compañía. No voy a prescindir de ti. No será fácil llevar adelante ambas cosas, pero no me cabe duda de que podrás. ¿Estás dispuesta a intentarlo?

—En principio, sí, pero no tengo la menor experiencia en algo tan inusitado como ser ama de llaves de una condesa no muerta… Confío en que usted me ayude. Siempre me dice que aprendo rápidamente, pero esta vez, no sé si…

—En efecto, aprendes rápidamente y yo te ayudaré al comienzo hasta que vea que te puedes arreglar sola. Cuenta con ello. La semana que viene llega el «cargamento» a esta dirección del puerto –dijo tendiéndole el telegrama–. Yo estaré contigo para firmar la recepción. Entretanto, dedícate en exclusiva a buscar un alojamiento adecuado a nuestra visitante. Un sitio tranquilo y provisional, hasta que la conozcamos a ella y sus necesidades. Tú también vas a vivir en él, no lo olvides. Ser el familiar de uno de ellos supone ser su sombra, su asistente y su doncella. Y a veces hasta su niñera cuando se ponen tontos. Las damas de la nobleza vampírica son propensas a la histeria.

—No se preocupe, lo he entendido bien. ¿Qué le parece la zona norte de Moonhill, por ejemplo? Es un barrio aislado y muchas de sus casas están en alquiler porque los dueños se han trasladado al Este –propuso algo excitada, metida ya en harina.

—No te precipites, actúa a tu aire y procura no consultarme. Confío en tu criterio. No quiero saber del asunto nada más que lo imprescindible o lo que te sea difícil de gestionar.

Rachel Solomon salió disparada hacia una agencia solvente, con la que a veces trabajaban para buscar alojamiento a los ingenieros. No le importaba tener que convivir por el momento con la visitante. De hecho, estaba pensando en dejar su apartamento del centro, donde vivía sola, lejos de su familia. Era demasiado ruidoso, pequeño y, últimamente, había descubierto que había cucarachas, lo que colmó su paciencia. Ahora podía elegir alojamiento a su gusto, dentro de lo que diera de sí su misión como cuidadora de la condesa que veía muerta en vida en una caja desde el otro lado del mar.

3

Rachel se las arregló por sí misma de momento en la cuestión del alojamiento de la viajera, y una mañana tibia y lluviosa de otoño acompañó a su jefe al puerto, donde recibieron la mercancía de manos de quien la había cuidado durante el viaje por orden del tutor. Firmaron la entrega y pasaron por la aduana. Ninguno de los dos supo cómo se las había arreglado el príncipe Nádasdy para que aquello, tan grande y aparatoso, pasara sin problemas ni necesidad de inspección. ¿Como valija diplomática? ¿Con unos cuantos sobornos bien calculados? ¿Por hipnosis vampírica a distancia?

Es inútil preguntarse estas cosas cuando uno se halla en un muelle de carga, contemplando, como Héderváry y Rachel Salomon, la maniobra de unos fornidos estibadores para meterlo en la trasera de una camioneta negra Chevrolet, cuya puerta emitió un ruido tranquilizador, ¡*blam*!, al cerrarse. Rachel habló con los hombres un momento, los despidió y se hizo cargo del volante, mientras Alexandru se frotaba las manos. Primera cuestión solucionada. Rachel Salomon valía su peso en oro. Incluso podía conducir si las circunstancias lo requerían, como en aquella ocasión, pues él era excelente jinete, pero desastroso chófer, actividad inadecuada a su persona y que relacionaba con el servicio. Pensaba gratificarla a lo grande.

—¿Adónde vamos ahora? —preguntó, mientras ella ponía en marcha el vehículo con movimientos precisos y elegantes.

—A la nueva casa de la condesa Piroska en Amity Street —respondió Rachel con una pizca de autocomplacencia y en tono jocosamente triunfal.

—¡Caramba, no has tardado mucho en encontrar alojamiento…!

—Ya le dije que no había problema. Y no ha sido gracias a los anuncios de alquileres del *Baltimore Sun*, de los que nadie debe fiarse, sino consultando directamente con nuestro proveedor inmobiliario Baltimore City Homes. Será la residencia de madame Piroska por ahora, si usted da el visto bueno. En la agencia me la han recomendado, aunque me han advertido de que a simple vista no parece un palacio sino una casita popular, y me han dicho que es vieja, de los años treinta del siglo pasado, aunque rehabilitada y confortable. Tiene un gran sótano, salón y sitio de sobra para que vivan cómodamente dos personas. ¡Ah, y un pequeño jardín trasero que hasta ahora ha estado cuidando el jardinero del barrio! Por lo visto han pasado por ella escritores y artistas, ya sabe, parejas modestas pero distinguidas que deseaban tranquilidad.

Alexandru recordó que Rachel había metido en el maletero, junto al cajón que contenía el féretro, un par de maletas, como si fuera a emprender un largo viaje. Aquella mujer no dejaba nada al azar. La vampira no necesitaba equipaje, ya que podía improvisar en cualquier momento, con un simple acto de voluntad, cuanto necesitara, ya fuera ropa o cualquier objeto salvo libros. Por tradición heredada de sus ancestros, le estaba permitida su lectura, pero no su posesión, por intrincadas razones que, según sus congéneres, afectaban a las dimensiones del tiempo.

El número 203 de Amity Street era una casa de ladrillo con tejado rojo. En los escalones de la puerta esperaban sentados un robusto hombretón rubio con aire vikingo y un joven mulato de aspecto escuchimizado, pero insospechada fuerza, como no tardó en demostrarse. Debían de ser descargadores de los muelles. Ayudaron a sacar la pesada caja y las maletas del furgón y bajarlo todo al sótano, y se ofrecieron para abrir la primera, esperando engrosar la propina, pero Rachel los despidió con amable firmeza. Se fueron muy contentos a beberse la paga por aquel trabajillo extra. Eran gente discreta si se les cerraba la boca con un billete decente por un trabajo sencillo.

La casa de Amity Street había estado deshabitada algún tiempo, pero no se hallaba deteriorada. Rachel se encargó de que, en pocos días, una brigada de limpieza que les servía en las oficinas del ferrocarril la dejara como nueva. Recurrió además a unos jóvenes del barrio, que subsistían haciendo chapuzas, para que la adecentaran bajo la dirección de un joven maestro de obras que estudiaba restauración. Las paredes encaladas con yeso y crin de caballo mostraron una insólita blancura al serles quitado el polvo y la roña que las cubría. Ella misma se encargó de la ropa de cama y de algunos detalles domésticos. Los viejos muebles fueron almacenados y sustituidos, salvo un escritorio antiguo que estaba en muy buenas condiciones y vivo. Tenía un halo especial, como si alguien siguiera utilizándolo. Rachel subía y subía en el escalafón a medida que Alexandru se maravillaba ante su talento práctico, que conocía, aunque no en tales proporciones y en tiempo récord.

Hacía siglos que Alexandru Hédervàry no hacía más esfuerzo físico que el de jugar al tenis con sus compañeros del ferrocarril una vez por semana. El deporte había ganado adeptos rápidamente entre las clases altas y hacía furor en Manhattan y en Baltimore entre otras metrópolis. Hédervàry no estaba en buena forma física. De rodillas en el suelo, al dhampiro le corría el sudor por la frente mientras trataba de desclavar el cajón con las herramientas que Rachel había llevado. De no haber sido por su ayuda, la *nesufurata* Piroska todavía seguiría allí, en el sótano de la casa donde había vivido hacía un siglo Edgar Allan Poe con su prima y jovencísima esposa Virginia, su tía María Clemm y su gata Catterina. Era ésta una circunstancia que ni siquiera la eficiente Rachel conocía y tampoco los de la agencia, o al menos no habían dicho nada de este interesante extremo.

Cuando por fin lograron destripar el renuente cajón a la luz del farol de petróleo que sostenía Rachel no solo apareció el precioso ataúd de ébano y oro propio de una princesa, sino un sorprendente desparrame de cosas oscuras que se movían a gran velocidad en todas direcciones. No habían contado, ni siquiera la previsora Rachel, con que los fardos se llenan de cucarachas y otros bichos en las bodegas de los cargueros. Había tantas que cubrían la suntuosa madera del estuche que contenía como una joya antigua el cuerpo de la condesa.

Por primera vez en aquella aventura, Rachel estuvo a punto de perder los nervios. No había cosa en el mundo que le provocara tanto asco y horror como aquellos insectos. Era una auténtica fobia. Esta vez la presencia de ánimo del jefe superó a la suya. Tanta leña repartió Alexandru con una escoba vieja que encontró en un rincón, que al punto la plaga desapareció entre las sombras, dejando en el suelo algunos individuos panza arriba o espachurrados y en el aire su nauseabundo olor a inmundicia rancia y putrefacta.

—¿Estás bien, Rachel? —preguntó a su compañera.

Ahora quien no estaba muy bien era él, que se disponía con cierto nerviosismo a abrir la tapa del féretro y a enfrentarse a la visión, quizá letal a causa de los miasmas, de su huésped. Dado que la noche había caído ya, la muerta debía de haber recuperado su peculiar vitalidad, y el diablo sabía con qué talante se haría cargo de la situación.

4

Éniku Piroska de Nádasdy yacía en su ataúd forrado de piel de zorro dorado y raso púrpura, envuelta en un sudario de lino amarillento. Abrió mucho los ojos cuando Alexandru levantó la tapa y —con infinita cautela— el paño que cubría su rostro. Dijo con un leve carraspeo:

—Buenas noches, ¿dónde estoy?

—Buenas noches, condesa, no tema, está usted entre amigos en Baltimore, en los Estados Unidos de América —respondió Alexandru con no poco nerviosismo y también inédita galanura en el ademán y la voz, que a Rachel Solomon le pareció impropia de la época y de su jefe, a quien nunca había oído hablar de aquel modo.

—¿Cómo he llegado hasta aquí? —preguntó la muerta, que se restablecía por momentos—. ¿Y con quiénes tengo el placer de hablar? —dijo incorporándose, sin tomar la mano que le ofrecía aquel hombre hermoso y gentil, cuyos rasgos le resultaban levemente familiares, como si fueran los de un pariente a quien no veía desde hacía tiempo.

—Me alegra ver que se encuentra usted en perfectas condiciones después de su largo viaje, madame. Me precio de ser su primo segundo Alexandru Héderváry, encargado por su tutor, el príncipe Vorodimir Nádasdy, de ayudarla en el Nuevo Mundo.

—Yo soy Rachel Solomon, señoría —dijo Rachel—, colaboradora del señor Héderváry. Estaré a su servicio personal para todo cuanto necesite; puede considerarme, si lo tiene a bien, su familiar.

—¡Vaya, encantada! —exclamó la vampira con cierta irritación por tanto embrollo de cargos, pero enseguida suavizó la voz y el gesto.

Salió con gracioso movimiento juvenil del ataúd, y se quedó mirándolos de pies a cabeza con una sonrisa amable y hasta se diría que cariñosa. Era pequeña y gallarda. Puede que se tratara de una no muerta, pero parecía muy vivaracha. Tenía los ojos negros de su familia Nádasdy, sus labios gordezuelos y su nariz ligeramente respingona, y en general toda ella era tan adorable que daban ganas de abrazarla por el esbelto talle e hincarle el diente —pensó el mujeriego Alexandru, a quien la belleza y frescura de su prima tenía sorprendido y encantado.

Lo que parecía un sudario mientras aquella dama permaneció en el interior del féretro era ahora un elegante vestido de muaré de seda negra, con un justillo de raso violeta bordado con azabaches que realzaba su esbeltez. Su larga cabellera rojiza caía en bucles descuidados desde un moño trenzado en la coronilla. Sobre su frente jugueteaban provocativos rizos algo más claros que el resto. Apenas llevaba joyas, únicamente un espléndido rubí de Ceilán en el dedo índice de la mano izquierda, y un colgante con una cruz negra invertida sobre el pecho. Su perfume de camelia, alcanfor y un levísimo rastro de podredumbre, como el de las cucarachas, había desalojado el hedor a humedad salitrosa del sótano.

Por el brillo de sus ojos y la sequedad de sus labios, era evidente para Alexandru que la guapa resucitada tenía sed y hambre, pero eso tendría que remediarlo por su cuenta. Hasta este extremo no llegaban sus competencias ni las de Rachel.

5

La condesa Éniku Piroska se habituó rápidamente a la rutina de su nueva vida y a la convivencia con la discreta doncella Rachel. Al principio salió poco y con cierta aprensión, pero fue recuperando sus poderes, algo entumecidos por el largo viaje, como la facultad de volar convertida en gran murciélago charolado y negro como un paraguas.

Rachel la ayudó en la vestimenta, lo que costó no poco. No era fácil despojar a la condesa de los maravillosos miriñaques y tontillos que era capaz de inventar y materializar y cambiarlos por las faldas a media pierna y las modernas chaquetas americanas. Los trajes de fiesta de flecos con escotes de vértigo le parecían a Éniku una aberración del gusto. En su buena época las mujeres no exhibían los pechos como las perras; si el traje era escotado, un velo de seda o encaje cubría con elegancia el escote de las damas, o una pañoleta el de las campesinas. Vampira o no, ella era una dama de la aristocracia húngara y una condesa transilvana de purísima cepa. No estaba dispuesta a vestir de aquel modo ridículo y no muy decente.

La cabellera cortada casi *a la garçon* de Rachel, que dejaba ver las orejas y el cogote como al reo de una decapitación, la sacaba de quicio. La familiar tuvo que aprender a peinar su pelo rojo largo hasta las rodillas con recogidos, tirabuzones y moños que requerían mucho tiempo e impacientaban a ambas. Le propuso cortárselo, pero la condesa no estaba por la labor ni Alexandru consideró pertinente enfadarla por el momento.

Al cabo de poco tiempo, la condesa Piroska comenzó a aburrirse en aquella ciudad humeante, sin nobleza, sin caballos y sin clase. Todo lo que Rachel tenía de perfecta cuidadora, lo tenía de adusta y excesivamente formal, mientras que ella estaba acostumbrada a la bulla austrohúngara. Piroska, en privado, mezclaba la despreocupación aristocrática y la alegría romaní; y, en público, las jaranas de la corte de Buda, el libertinaje francés y las zambras gitanas.

Piroska, que en esto, como en todo, se sentía como una flor cortada, no tenía acceso a las juergas propias y características de los «locos años veinte» de las que oía hablar. Su tutor en Baltimore no la había introducido en las fiestas exclusivas del charlestón y del *jazz*, ni pensaba hacerlo, aunque él disfrutara de ellos. La sangre magiar de Héderváry le decía que había que cuidar de que las hembras, al menos las de la familia, no se descarriaran. Para eso ya estaban las prostitutas. «¿Y las grandes cortesanas?», se preguntaba Piroska, «¿qué se ha hecho de ellas en este siglo tan sin pena ni gloria, entregado al trabajo en cadena, al hierro y a las máquinas? ¡Prostitutas! ¿Qué sabréis vosotros de la magia de las mujeres si estáis convirtiéndolas en hombrecillos agobiados?», y miraba con pena a la imparable Rachel, que además de cuidar de ella no dejaba de atender al teléfono y correr de un lado para otro con su carpeta de piel de potro para ayudar a Alexandru en sus negocios y afanes. «Las mujeres de hoy en día tienen doble trabajo y además sus hombres no les dejan divertirse», pensaba la linajuda vampira escandalizada.

Acostumbrada a la vitalidad y al delicioso ambiente de Buda e incluso al encanto del castillo de Alba Iulia bajo el príncipe Rákoczi, no encontraba en Baltimore a criaturas afines, salvo su familiar Alenxandru, a quien apenas veía. Además, este era solo un dhampiro al que la vida burguesa y el materialismo habían convertido en un ser ambicioso y sin chispa ni resplandor.

A veces salía en busca de sangre fresca o a contemplar las luces de la ciudad reflejadas en las aguas del puerto. Cuando estaba sola, se acicalaba en el sótano con los hermosos trajes guardados en el doble fondo mágico del féretro. Como no se reflejaba en los espejos y no podía admirar su recobrado aspecto de gran dama, se pavoneaba ante la alucinada Rachel o salía algunas noches a exhibirse bajo la luz de gas de las calles más concurridas. Los humanos con los que se cruzaba la miraban sonriendo, pensando que se dirigía a un baile de disfraces. Alguien de un grupo de amigos le dijo en broma, al pasar por su lado:

—Princesa de la noche, ¿a dónde vas tan deprisa? ¿Te vienes a tomar una copa con nosotros?

No respondió, pero le gustó el requiebro.

Un clérigo se santiguó murmurando:

—¡*Mater Tenebrarum…*!

—¡Soplagaitas! —respondió ella en voz alta y clara con su gracioso acento, que hizo volver la cabeza a algunos transeúntes, y reír a las mujeres.

Otras veces, cuando se sentía cansada o melancólica, se quedaba a leer en casa. Rachel había instalado el antiguo escritorio con su cómodo sillón, un diván y una pequeña biblioteca en una de las habitaciones de la planta baja, comunicada con el sótano por una escalerita de caracol. Era un retiro delicioso y tranquilo. A madame Piroska le gustaba mucho leer, era como chupar tinta en lugar de sangre, pero tenía dificultades con los libros que pertenecían al futuro, es decir, los escritos después de que ella muriera. Encontró en las estanterías una vieja edición de las obras completas de Edgar Allan Poe y acudía a ellas a menudo con fruición, porque lo entendía casi todo, aunque había descripciones y digresiones que se saltaba porque le aburrían.

Rachel le prestó algo de la literatura contemporánea, como *El gran Gatsby*, de F. Scott Fitzgerald, novela recién salida de la imprenta y muy cercana al sentir moderno. A Piroska le vino bien porque halló en ella muchas de las cosas concernientes al Nuevo Mundo que desconocía. Esto a veces le costaba un tremendo esfuerzo de comprensión y tenía que recurrir con frecuencia a la ayuda de la familiar. Echaba de menos sus clásicos favoritos: *Carmilla*, de Joseph Sheridan Le Fanu; *Manon Lescaut*, del libertino Abate Prévost, y *La philosophie dans le boudoir*, del Marqués de Sade.

Leía a ratos por la noche en el diván junto a la chimenea, cuando no salía a alimentarse por las callejuelas del puerto. En ellas encontraba en abundancia a la clase de víctimas que necesitaba, vigorosas y rubicundas, aunque a veces su sangre alcoholizada la ponía un poco piripi o sencillamente le sentaba mal. Gran parte del tiempo que pasaba en casa le hacía compañía Rachel, que adoraba sus historias de condesa sangrienta y sus anécdotas cortesanas. Le hacían recordar cuentos de su infancia y le resultaban tan fantásticos como leer a los escritores decadentes de finales del siglo anterior. Piroska tenía una forma peculiar de expresarse y de narrar, entrelazando recuerdos lejanos y, sobre todo, de crear, al hablar con su gracioso acento, un peculiar ambiente sonoro. En ocasiones salían de su boca colmilluda metáforas o frases que parecían destilar embriagadores jugos poéticos de épocas lejanas.

A Piroska le gustaba Rachel, aunque no aprobara todo lo que hacía o decía, pero también necesitaba estar sola con sus sueños y sus pensamientos enigmáticos, propios de los no muertos y que nadie conoce. Entonces se tumbaba en el féretro, aunque fuera de noche, o se instalaba en el escritorio que con tan buen criterio habían dejado en la casa. El mero hecho de estar sentada en su silloncito le provocaba ensoñaciones de una melancolía insondable, y la visión de unos ojos de azabache que la miraban con la simpatía con que se mira a un felino. Una noche en que leía con deleite el poema *Annabel*, sintió en sus piernas un roce leve. Era un gran gato atigrado que se estaba frotando contra sus medias de seda, compradas por Rachel en Hutzler's. Emitió un maullido de amistad cuando ella reparó en su presencia.

—¡Vaya! —exclamó Piroska—. ¿Quién eres tú, fierecilla? ¿Eres de la casa?

La gata le dijo que sí y que le alegraba que estuviera leyendo a su amo.

—¿Cómo te llamas? —preguntó la condesa, acariciando la adorable cabeza del animal, que había trepado de un salto imperceptible al escritorio con las patitas delanteras sobre el libro.

—No me acuerdo —dijo el animal con la tristeza de los amnésicos.

—Te llamaré Catterina. Tienes el aspecto de llamarte así.

¿De dónde sales, criatura de la noche? –pues la gata estaba muerta y la vampira lo percibía.

–De allá –respondió el animal sin moverse–. He atrapado a un pajarito en la zona y eso me ha permitido visitarte.

La «zona» era la sutil tierra de nadie que separaba los mundos. No todos los no muertos procedían de ella ni todos los muertos podían cruzarla, solo los espectros y las genuinas criaturas de las tinieblas como la propia condesa Éniku Piroska o la gata Catterina.

Tras despedirse con un expresivo maullido, el animal saltó del escritorio y se perdió en las sombras, pero a partir de entonces visitaba frecuentemente a la condesa y se hicieron buenas amigas. De tanto ir y venir, y gracias también a tener nombre, el bello felino adquirió el poder de la presencia real o *shekina*, como decían los espectros por influencia judaica. Rachel se asustó al principio, pero luego acogió a aquel animal fantasma que había sido traído del mundo de los muertos por la graciosa condesa, la mujer que vivía en la frontera entre la muerte y la vida.

6

Éniku Piroska había tenido muchos amantes de todo género y condición a lo largo de sus tres siglos de vida, tras ser convertida en vampira por la princesa Imperatrice Dragul, pero ninguno como el primero del que se encargó ella misma, el joven general valaco Traian Adriel Cuza, temible guerrero que no dudaba en revolverse contra el sultán turco o contra los voivodas transilvanos. Piroska estaba habituada a la guerra, a la destrucción y al fuego, a la muerte de sus amigos y amantes, y a maneras de amar y ser amada que no tenían nada en común con las del Baltimore de los años veinte.

En sus correrías por los muelles como el Inner Harbor, que empezaba a convertirse en un lugar de placer, y por el barrio antiguo, solo veía presas más o menos apetitosas para su alimento. Pero una noche, en la presentación de una revista de joyería en el pintoresco museíto y taller del azabachero Leslie Brown, conoció a un joven pálido y oscuro, llamado Billy Baker, de grandes ojeras y ojos azules, que le llamó la atención. Trabaron amistad. Billy se emborrachaba con absenta, fumaba opio y se consideraba a sí mismo «decadente» como los europeos de fin de siglo anterior y autor maldito como Rimbaud. Pertenecía al grupo de escritores de *The Dial*, y ejercía de periodista en *The Sun* para sobrevivir. Piroska se enamoró de él inmediatamente cuando se lo presentaron. Él de ella, no digamos: enloqueció por esa belleza exótica y hechicera que parecía de otra época o salida de un cuadro de Franz von Stuck. Se amaron con pasión en el desván donde vivía el joven. Billy Brown era para Piroska la otra cara de la moneda del titánico primo Alexandru y del guerrero de larga melena Traian Adriel Cuza, su esposo vampírico, que había muerto a manos del primero hacía siglos. Desde que se hallaba en el Nuevo Mundo se acordaba mucho de él, seguía vivo en su oscuro corazón muerto.

Aunque poco habituada a apreciar la escasa virilidad de los hombres que veía en Baltimore, Piroska deseó, besuqueó y lamió a Billy Braun, el poeta macilento, tanto que al final no pudo contener sus impulsos ancestrales y lo desangró en un beso que duró dos días. A lo largo de muchas horas con intervalos de goce embriagador, le succionó cuatro litros de sangre enamorada que la dejaron llena, ebria y medio enferma. Era tal su empacho que no pudo levantar el vuelo como murciélago, así que tapó la única ventana del cuarto con una manta para que no entrara la luz del día y se tumbó a reponerse sobre el lívido cuerpo del amado, gratamente frío. Allí no limpiaba nadie, de modo que ninguna sirvienta descubrió el macabro cuadro como suele suceder en estos casos.

Por un momento, en la larga meditación de aquellos días junto al cadáver del joven poeta, delicado como una muchacha, la vampira pensó que quizá debiera convertirlo en un individuo de su especie, al menos para tener compañía. Estaba a tiempo: vio su cuerpo espectral en pie mirándola fijamente tan amorosa y apasionadamente que daba pena abandonarlo a la muerte humana, dejando que cruzara la zona y se perdiera para siempre en la oscuridad de la que no se vuelve ni en pintura. Pero fue una quimera que ella misma ahuyentó. Por mucho cariño que le hubiera tomado, no estaba tan ciega como para no ver que aquel hombrecillo era una piltrafa al lado de los que ella había amado realmente con toda su alma y toda la pasión de que era capaz su cuerpo de amazona. El recuerdo de Traian Cuza, héroe de mil batallas desde que tenía doce años, virtuoso y honesto, devastador de pueblos y aldeas y empalador sin piedad ni odio de enemigos e invasores, frenó su lánguido capricho.

7

Rachel se preocupó mucho al ver que su pupila no volvía a casa ni de día ni de noche, y no daba señales de vida ni de muerte. Su ataúd estaba ominosamente vacío. No queriendo molestar a su jefe con milongas que quizá no tuvieran importancia, esperó y siguió con su trabajo, pero pronto se obsesionó con la ausencia de Piroska, echándose la culpa a sí misma por no haberla acompañado adonde quiera que hubiese ido, como era su obligación de familiar. Con su pretendidamente infalible inteligencia y olfato de perra cazadora, hizo averiguaciones y rastreos por los lugares que solía frecuentar su pupila, sin ningún fruto. Vivió unos días de verdadera angustia, sobre todo cuando en la prensa comenzaron a aparecer noticias inquietantes de gente hallada muerta en diversos lugares de la ciudad con heridas de animal salvaje. ¿Le habría ocurrido algo a la condesa? Mejor dicho, ¿estaría la condesa haciendo que ocurrieran aquellas calamidades? Todos sus intentos de que Alexandru se interesara por aquello fueron vanos.

La carrera por la alcaldía tenía a Héderváry absorto en sus problemas políticos. No quería saber nada de la condesa ni de sus historias estrafalarias. Ante una discreta alusión a su desaparición, llegó a recordar a Rachel que su trabajo como familiar consistía precisamente en ser la sombra de la vampira y librarlo de ser su niñera. También le dijo que no se preocupara por las muertes que aparecían en los periódicos de sucesos. Tenían todo el aire de ser obra de las manadas de perros cimarrones que vivían ocultos en los deteriorados barrios del suroeste, entre casas y almacenes abandonados. No sería la primera vez que atacaban e incluso devoraban a indigentes o a niños de la calle.

Sin duda, pensaba Alexandru, Piroska se había escapado de la casita de Maryland Street en busca de un poco de libertad; pero no temía por ella porque había sido una cazadora de renombre en su época y tenía muchos recursos que Rachel desconocía. Sabría cuidar de sí misma. Desde luego, no iba a dejarse atacar por animales rabiosos. Sin abandonar sus búsquedas, Rachel optó por poner avisos en los periódicos y esperar pacientemente. Por otra parte, los perros, lobos o lo que fuera que estaban atacando a gente débil, a borrachos o mujerzuelas de los suburbios dejaron de actuar, o al menos durante un tiempo no se encontró a ninguna víctima más. Y Piroska no tardó en regresar sin hacer ruido ni dar explicaciones.

Rachel la halló una mañana tumbada en su ataúd forrado de pieles suntuosas. Estaba desnuda, con el cabello rojo despeinado y húmedo, pero descansaba feliz como una niña agotada por el juego. El único signo de que algo terrible había ocurrido era la mancha de sangre seca que se extendía por su boca, su nariz y sus mejillas como un morro que hubiera hurgado dentro de carne viva en busca de entrañas apetitosas. El caso es que estaba allí, reposando en su semimimuerte. Su cuidadora experimentó un gran alivio y cerró la tapa del féretro. En su entusiasmo, estuvo tentada de comunicar su vuelta al tutor, pero se contuvo.

Aquel día Alexandru Hédervary tenía un mitin con la

población más refractaria a su candidatura, la de los habitantes del barrio antiguo, que llevaban años pidiendo ayuda para la conservación de los edificios monumentales del casco viejo, entre ellos la primera catedral católica del Nuevo Mundo. Esta obra del padre de la arquitectura norteamericana Benjamin Latrobe se hallaba descuidada, como tantas otras joyas artísticas, por unos políticos engullidos por el ciclón del poder y del dinero para comprar más poder. Hédervāry llevaba muchos días preparando su discurso y comentándolo con sus consejeros, y especialmente con Rachel. Durante las últimas semanas de la campaña, no la había preguntado ni una sola vez por Piroska.

Por más que hiciera, la condesa no se aclimataba a aquel mundo prosaico y frívolo, en el que ni su espíritu virulento ni su cuerpo salvaje encontraban satisfacción. Tratando de adaptarse, había sacrificado finalmente su cabellera –lucía un gracioso peinado de melena corta y sombreritos *cloche*–. Sus vestidos eran cada vez más acordes con la moda. Se convirtió en una bella mujer enigmática y solitaria que rehuía la vida social, paseaba por los jardines nocturnos, trepaba a los árboles sin que la vieran, cazaba niños o gente débil cuando sentía la necesidad perentoria de alimentarse, y se relacionaba con artistas de vanguardia.

La primera vez que fue al cine con unos amigos, al ver el *Nosferatu* de Murnau creyó morir de angustia. No conocía el cinematógrafo. Ella, que no se reflejaba en los espejos, que carecía de imagen, al creer verse en la pantalla atacada por uno de los suyos de aspecto horrible y monstruoso como el conde Orlok, sufrió un colapso y tuvo que ser atendida en el despacho del gerente. No fue nada grave y se repuso enseguida, pero se juró no asistir a aquel espectáculo fantasmagórico e inmoral de pintura viviente nunca jamás. Por el contrario, en una noche en el Teatro de la Ópera, la visión de *La Flauta mágica* le devolvió su alegría y su amor por el arte. Desde entonces se aficionó tanto a aquel lugar señorial que se hizo con un abono y acudía frecuentemente.

En el mes de octubre participó con amigos en uno de los primeros desfiles de Halloween, disfrazada de sí misma, con uno de sus vestidos cortesanos de seda negra y joyas rojas. Aquella cabalgata acabó en una fiesta privada basada en las mágicas Grandes Ilusiones, que degeneró en una orgía de horrores. Todos los participantes estaban tan borrachos que nadie reparó en lo que bebía Piroska. Tampoco se supo luego la causa de la muerte de una bella muchacha disfrazada de ninfa, que había sido hallada exangüe sin que se viera sangre por ninguna parte. Todas las sospechas recayeron al principio en el mago Aaron Lynch y su número de cortar a la muchacha por la mitad, pero el cuerpo de la víctima estaba intacto y no se halló una sola prueba contra Lynch, artista eminente muy respetado en su profesión.

Rachel pasaba con la dama menos tiempo, ya que debía ayudar al aspirante a la alcaldía. «Mejor», pensaba la condesa. Aquella mujer perfecta y moderna le resultaba cada vez más insoportable. Había llegado a querer controlarla como una madre devoradora. Mantenía asquerosamente limpio el sótano del ataúd, sin permitir ni siquiera que las arañas tejieran sus delicadas redes; cepillaba las pieles de zorro de la tapicería interior del féretro con un líquido que apestaba a química y a flores artificiales; ponía trampas para ratones e insecticida contra las cucarachas… Rachel, desbancada de su papel de imprescindible pilar del futuro alcalde por una pandilla de asesores y oportunistas, se estaba convirtiendo en una especie de doncella o ama de casa compulsiva; a las quejas de su encomendada respondía que se hallaba allí para cuidarla y para evitar que la casa se convirtiera en la madriguera de una bestia o en una covacha de pordioseros.

Bañarla y arreglarle el cabello era cosa a la que Rachel ya había renunciado, así como a acostumbrarla poco a poco a ingerir comida humana. Piroska se había quejado a su tutor, que era el único que podía comprenderla, y este intervino a regañadientes. Nada de comida, nada de baños, nada de champús, nada de manicura y moderar la limpieza general, decretó el dhampiro. La familiar Rachel Solomon, herida en su orgullo de mujer siempre eficiente, obedeció de mala gana, jurándose a sí misma que, si no podía soportar su creciente merma de autoridad sobre la condesa, presentaría a su jefe su renuncia al cargo de familiar y le pediría el de jefa de su campaña electoral.

8

Un día, la imprescindible familiar desapareció. Aquello fue un duro golpe para Héderváry, rodeado en los últimos y más difíciles momentos de las elecciones por una caterva de necios cada vez más desnortados ante las presiones que venían del verdadero poder. Rachel Salomon sabía cómo manejar las situaciones, dónde poner el oro y dónde la plata, cómo aflojar tensiones o apretar a su vez. La necesitaba con urgencia, más que nunca. La hizo buscar en la casa de la calle Maryland, en su antiguo apartamento y en casa de sus padres en el barrio de la gran sinagoga, sin resultado. No recibió un solo telegrama, ni una llamada telefónica. Parecía habérsela tragado la tierra.

Contra todo pronóstico, Alexandru Héderváry terminó haciéndose con la alcaldía de Baltimore, desplegando para ello una energía titánica no del todo humana. En las fotografías aparecía siempre ligeramente borroso, pero solo él mismo se dio cuenta, como se la habría dado la perspicaz Rachel, que continuaba desaparecida. Una lluviosa y oscura tarde de otoño el nuevo alcalde cogió su coche particular y se dirigió en solitario a Amity Street. Entró en el sótano y encontró el ataúd vacío. Luego fue encendiendo las luces hasta llegar al cuarto de Rachel. Allí estaba, tendida en la cama con las ropas en desorden y la cabeza hundida en la almohada de plumas manchada de sangre, rígida y pálida. Se acercó llamándola suavemente por su nombre, pero ella no se movió. Estaba muerta. Lo primero que pensó fue que tenía que poner aquello en manos de sus hombres de confianza para que se deshicieran del cadáver. No parecía muy conveniente que saliera a relucir aquella historia increíble ni su condición de miembro de una familia europea vampírica. El cuerpo de Rachel Solomon fue sacado de escena con facilidad por los sicarios que en ocasiones ayudaban a Héderváry en los trabajos sucios. En la prensa solo aparecieron algunas notas sobre su desaparición, pero ni palabra de su paradero.

Un par de días después de la retirada del cadáver de Rachel y de su inmersión en una zona abandonada del puerto con un ancla sujeta a su cintura por medio de una gruesa cadena, Alexandru volvió a la casa de tejado rojo de Amity Street. Eran las seis de la mañana. A aquella hora temprana y en las soledades y descampados del antiguo barrio griego no era de esperar que nadie reconociera al alcalde, que aun así había modificado su aspecto en lo posible. Llevaba un gran maletín. Entró en la casa y comprobó que el ataúd estaba vacío.

No tuvo que esperar mucho rato. Sabía que la salida del sol haría volver al sótano y a las delicias del sueño de la muerte a su pupila Éniku Piroska, y así fue. La condesa traía consigo una aureola de energías muy oscuras de agotamiento y depresión. Se sentó sobre la tapa del sarcófago y se echó a llorar con la cara ensangrentada entre las palmas de las manos. La voz de Alexandru resonó firme.

—¿Qué has hecho con Rachel? Me he librado de su cuerpo y ahora ya no está, pero la he visto con la tremenda e inconfundible herida de tu boca. ¿Cuántas veces tuviste que volver a ella como un lobo hasta vaciarla? Y hoy, ¿de quién te has alimentado? ¿De algún pobre borracho? Por tu pinta se diría...

No acabó la frase. Piroska levantó la mirada hacia él con los ojos opacos de los muertos. Al reconocerle, su labio superior se contrajo mostrando los poderosos caninos de depredadora, mientras emitía un sonido que comenzó siendo un bufido de gato irritado y fue creciendo hasta parecer el rugido de un gran felino. El anillo de rubí quedó incrustado en unos dedos que se estaban volviendo zarpas. Parecía que iba a convertirse en una bestia loca y maravillosa como los monstruos que embellecían, en jaulas doradas, los jardines del palacio de Budapest.

—Ahórrame el espectáculo, pequeña. No me obligues…

También comenzó en él una transformación. La herencia ancestral de los vampiros a quienes él mismo había dado muerte cuando fue preciso bullía en su interior, arrastrándolo hacia una bestialidad implacable. Al fin y al cabo, él era un dhampiro. Tenía la misión de acabar con los no muertos.

Piroska temía que iba a morir a manos del que mataba a los vampiros, y Alexandru sabía lo que iba a hacer y cómo hacerlo. La bella bestia se rindió ante el poder superior. De rodillas en el suelo por el que corrían centenares de cucarachas rojizas, agachó la cabeza y ofreció la nuca a su primo. Si iba a morir debía hacerlo dignamente, no como un animal perseguido por su depredador. El matador levantó el hacha y la decapitó de un tajo como hicieron sus antepasados durante siglos. Luego tomó la cabeza chorreante entre sus piernas, le abrió la boca hasta desencajarla y, a la manera romaní, la llenó de clavos de hierro, y la colocó sobre los muslos del cadáver. Nadie sabe lo que puede dar de sí un alcalde de Baltimore.

Cuando la noticia llegó a Londres a través de espíritus soplones, el príncipe Dragoromir Nadásdy no palideció, porque su extrema palidez natural era insuperable, como la de los marfiles japoneses, ni enrojeció porque andaba escaso de sangre. Se puso azul de vergüenza. Le parecía mentira haber cometido el error de enviar a la linda Éniku Piroska al Nuevo Mundo y, sobre todo, de haberla encomendado al Hombre Nuevo.

SEXTA PARTE

LOS DESASTRES DE LA PAZ

13. LA MUJER BASURA

En memoria de Ana Mendieta

1

Vi en pantalla por primera vez a Kini Guinot en un programa basura de televisión. Era un concurso cuyos participantes debían escoger una entre dos opciones escritas en sendas tarjetillas que les hacían llegar disimuladas dentro de algún objeto vistoso.

Kini salió de entre los paneles del fondo del plató, pintados en tonos pastel para que su figura resaltara. ¡Y qué figura! Era una chica alta y delgada, con el cuerpo untado con una pasta del color y la textura del chocolate. Un tanga plateado, que brillaba adherido a su pubis como un implante de metal, constituía su única vestimenta y le daba cierto aire de cíborg *demodé* de los años noventa. El público del estudio emitió un sonido confuso, entre suspiro, rugido y relincho de sorpresa. «¡Un aplauso para nuestra gentil porteadora!», gritó el presentador señalando a la recién llegada, que transportaba con mucho donaire una gran tarta tan marrón como su propio cuerpo.

La depositó sobre la mesa junto a la que estaban los concursantes, un matrimonio joven con gafas y de aspecto alelado, ambos vestidos con chándal dominguero, que inmediatamente se pusieron a rebuscar entre el chocolate y el bizcocho las fichas que debían conducirlos a la siguiente prueba, no sin antes besar a la chica como si la conocieran de toda la vida. Ella, cumplida su misión, se retiró de puntillas con el paso ágil de una adolescente masái, haciendo tintinear sus tobilleras de metal.

¿Qué era aquello? ¿La epifanía del chocolate de Madagascar? ¿Un bombón metafórico que todo el mundo paladeó en una comunión caníbal, incluso yo misma? Pero yo no quería comer esa clase de bombones, lo había hecho a la fuerza como espectadora y experimenté un disgusto difícil de explicar. Por entonces, era muy joven todavía y mi feminismo pecaba de simplón. No era consciente de que la pantalla no nos ofrecía en realidad el insulso concurso cuyo premio consistía en un viaje a la Luna, sino un tósigo sexual que teníamos que engullir quisiéramos o no: la «mujer golosina».

Tiempo después me doctoré en Estudios de Género, y por otro lado el partido político al que pertenecía creyó conveniente postularme como miembro del Consejo de Administración del ente Radio Televisión Pública. No era un puesto de trabajo, sino una excelente plataforma de observación, y también un lugar de aprendizaje en el que ampliar mis conocimientos académicos y unirlos con la política real que afectaba a las mujeres.

Un día, mientras tomaba unas cañas con algunos compañeros en el bar de las instalaciones del Ente, vi al otro extremo de la barra a una joven que me llamó vivamente la atención, en primer lugar, por su estatura. Estaba con otras personas y les sacaba la cabeza. Era, además, esbelta y armoniosa, con un cuello que hubiera soportado bien los aros de latón de una mujer jirafa tailandesa. Me sonaba haberla visto antes. Era una presencia, o más bien una imagen, inolvidable.

A pesar del tiempo transcurrido, caí en la cuenta de que se trataba de la chica bombón a quien había visto deslizarse por un plató con el cuerpo embadurnado y la gracia del genuino animal televisivo. El color de su piel no era ahora marrón sino descolorido, como si hubiera caído desde mi recuerdo a una caldera con lejía. Bebía agua mineral y tamborileaba sobre el mostrador de railite con unas uñas manicuradas con esmalte oscuro, como las de Morticia Adams o las de la madrastra de Blancanieves. Iba peinada de cualquier manera o, mejor dicho, sabiamente despeinada en cortos mechones tiesos y en punta con fijador por nuestra jefa de peluquería, Suzie Q. Las ojeras moradas y los párpados hinchados añadían un encanto especial a su estilo de belleza, entre desdichada y agresiva, como recién salida de la cama tras un descanso insuficiente después de una juerga.

—¿Quién es esa? —pregunté a la telefonista Marilosé, que bebía encaramada en su alto taburete a mi lado.

Marilosé llevaba varios años trabajando allí, por supuesto muchos más que yo, y conocía a todo el mundo. Era una fuente inagotable de conocimientos, que unas veces compartía y otras no. Eso le hacía sentirse importante.

—Pues, la verdad, apenas la conozco —respondió con su habitual ambigüedad—. No puede decirse que sea de la casa.

La requieren de vez en cuando para cualquier cosa, porque siempre está libre. La he visto por aquí algunas veces haciendo de azafata, de recepcionista e incluso repartiendo bocadillos y camisetas entre el público. Creo que es «sobrina» —recalcó la palaba irónicamente— de alguien de arriba, pero no sabría decirte ni siquiera cuál es su nombre. Las recepcionistas y los ordenanzas la llaman la Centella.

—¿La qué?

—La Centella, porque siempre va tan deprisa de acá para allá que es un milagro verla quieta como en este momento. Ni siquiera yo la había tenido nunca tan cerca durante tanto rato. Te apuesto lo que quieras a que no tarda en sonar su móvil y echa a correr.

Así fue. Había algo muy turbio en los ojos de la muchacha bombón cuando consultó su teléfono. Algo triste, airado, que me recordó su cuerpo comestible cuando lo de la tarta, y me hizo mostrarme más crítica de lo habitual con los publicistas. Ellos tenían gran parte de la culpa del tipo de mujer objeto que estábamos creando, y quizá no se trataba únicamente de una imagen, sino de todo el género femenino.

En esa época empezaba a sentir cierta amargura crítica que no sabía cómo gestionar. Cualquier anuncio, por insignificante que fuera, me recordaba a la triste chica bombón y me sacaba de quicio. Decidí no comentarlo con mis compañeras, que en una ocasión, las muy pavas, me llamaron exagerada y academicista a causa de una cuestión de publicidad y género en la que me vi envuelta en el Consejo. Como todo ejemplo de su punto de vista en la controversia, dijeron que una bella modelo en un *spot* de perfume francés no tenía nada que ver con una abuela feliz en su cocina especiando un guisote o con una joven madre animando a sus hijos a comer verdura. Se empeñaban en ver solo el lustroso caparazón del animal amoroso que criábamos con esmero desde hacía siglos, pero mi punto de vista estaba ampliándose. Cada vez veía más clara la utilización de la imagen de la mujer –o de la mujer misma– por la publicidad, y eso levantaba ampollas en una institución de mayoría masculina y conservadora como el Consejo.

En una ocasión estaban reunidos en la sala de juntas los publicistas, visionando anuncios para la campaña de Navidad de las productoras externas, cuando asomé la cabeza. No había sido convocada, lo que me mosqueó bastante. Mis compañeras de coalición me pidieron que me quedara y diera mi opinión sobre uno de los *spots,* que estaba suscitando reticencias. No era una sesión formal. No estaba el Director. El Presidente del Consejo miraba, escuchaba y parecía considerar discretamente las posturas de unos y otros grupos, como si se tratara de un tanteo de opiniones. Era maestro en esta estrategia, aunque lo suyo fuera hacer finalmente lo que le venía en gana.

Me miró volviendo la cabeza al notar mi presencia. Yo lo miré a mi vez, y recabé su permiso para quedarme. Sonrió asintiendo con la babosería propia de su cargo –el jefe supremo siempre es bueno– y me senté en un extremo de la mesa de reuniones, frente a la cual se alargaba una enorme pantalla oscura, el no va más de la tecnología.

El Consejo se sentía muy orgulloso de ella porque, aunque

presentaba algún problemilla que nuestro técnico allí presente siempre solucionaba de inmediato, ningún departamento tenía otra igual. Habíamos conseguido rebañarla del presupuesto a petición del director con los votos de los progresistas, pues a los conservadores se la traían floja tales «gastazos», como ellos decían. Sus trajines con las cuentas y comisiones con los proveedores pertenecían más a la política que al derroche bobalicón y fetichista en aparatos que, a la postre, no contribuían a mejorar lo esencial.

¿Y qué era lo esencial? ¡Ah…! Seguramente la filosofía de la programación, el control de las audiencias, las comisiones… ¡no se sabe! Lo cierto es que, por poner un ejemplo, los representantes del partido en el poder, y sobre todo los altos cargos como el presidente, eran duchos en inventar viajes de cinco estrellas a las Ferias del Audiovisual europeo, absolutamente inútiles pero que devoraban los fondos de las tarjetas *black* como pirañas.

Cuando me hube sentado, el ayudante de explotación rebobinó para que pudiera ver entero el *spot* que estaban visionando. Era de cava, la gran bebida para alegrar las Navidades y el Año Nuevo. Comenzaba mostrando a una pareja bronceada y hermosa, él y ella, tendidos en sendas hamacas columpio con un fondo de paisaje marino tropical muy poco navideño. La mujer se levantaba, caminaba por una pasarela de bambú mientras se iba quitando la ropa y finalmente se lanzaba desnuda a una piscina, al fondo, mientras el hombre, en plano medio cercano, descorchaba con sonrisa y mímica casi imperceptible lascivas una botella de cava. De su embocadura surgía un borbotón de espuma acompañado por un sonido compuesto en estudio, un efecto entre explosión y beso. ¡*Flop*! Feliz Navidad.

No estaba mal realizado, pero me hizo morderme las mejillas con un incómodo sentimiento de *dejà vu*. Aunque la cara de la chica apenas era visible, su esbelto cuerpo me recordó a la mujer untada de chocolate. Pregunté a mi compañera por la fecha del anuncio y, tras consultar su portátil, siempre pegado a su mano como una prótesis, me respondió que estaba en nuestro poder al menos desde hacía una semana. Aquel edificio era el palacio de los pliegues espacio-temporales. Una vez traspasados los umbrales de sus enormes puertas de cristal, nunca sabías dónde estabas, si en pantalla o en la realidad; ni en qué momento, si ahora o antes de ayer.

Torcí el gesto y, por si la mímica no era suficiente, exclamé en voz bien audible, alta y clara, mirando a la autoridad, que se entretenía hojeando un diario deportivo subrepticiamente:

—¡Esto no es de recibo, Presidente! ¡Seguimos vendiendo productos con el cuerpo de la mujer como reclamo!

—Las molleras de los productores son duras, hija mía —replicó él con sereno regocijo—, no hay quien les meta en la cabeza las teorías de las feministas.

—Pues habrá que darles un cursillo —protesté muy irritada, rechazando la broma de aquel patán—. No puedo creer que usemos a las mismas chicas guapas para devorarlas o beberlas una y otra vez, y menos siendo esta una televisión pública.

—¿Y qué pasa —susurro uno de los consejeros del P.P.P.

(Partido de Previsión Popular) a su compañero, de modo que todos pudiéramos oírlo–, que en las televisiones públicas solo pueden salir mujeres feas?

Yo comenté, también en falso murmullo:

–En las televisiones públicas el consejo debería componerse de personas feas o bonitas, sin presencia de simios –pero era inútil, a aquellos se las sudaba todo y estaban en mayoría, así que ya podíamos los demás protestar tanto como quisiéramos. Y eso hacíamos, allí o en la prensa, que babeaba de gusto siempre que había mal rollo en el Consejo.

Por otra parte, el jefe de compras Donís Maroto, ya había aceptado todos los anuncios por su cuenta y riesgo –aunque formalmente se necesitaba el visto bueno del Consejo–, y se había comprometido con los anunciantes. Me miró como si quisiera fulminarme, pero se limitó a echar balones fuera, arte en el que sobresalía.

–¿Con lo de «chicas guapas» te refieres a Kini Guinot, consejera? –me peguntó venenoso, tratando de desviar una posible bronca sobre la aceptación de aquel anuncio en concreto.

–No nos referimos a Kini Guinot ni a nadie en particular, Donís –replicó mi compañera de grupo, que, persona muy discreta y poco amiga de follones, era muy maja y solía solidarizarse conmigo en las cuestiones de género–. Nos referimos a todas las metonimias con cuerpo de mujer que nos hacen tragar los medios, sobre todo el nuestro, y especialmente en estas fechas. Lo hemos dicho mil veces, pero vosotros, como quien oye llover… ¡No sé si no lo entendéis o simplemente pasáis del tema! Y no es difícil ni de entender ni de poner en práctica. ¡Ni que estuviéramos pidiendo todo el poder para los soviets!

Hubo algunas risas, pero ni una sola que denotara inteligencia.

—Pues económicamente este anuncio sale muy a cuenta —replicó Donís Maroto mirando al Presidente—. Lo ha hecho una productora local por el mínimo, pero nosotros podemos facturar lo de siempre, redondeando con otros *spots*. Ya lo he comentado con Ximo y está de acuerdo.

Ximo Bonafé era el Director del Ente, es decir, el que verdaderamente mandaba en aquel corral, bajo la mirada benévola del Presidente, compañero suyo de partido, que pasaba de todo inmerso en sus negocios de exportación de calzado. Bonafé siempre estaba de acuerdo con cualquier tipo de componendas, siempre dentro de la legalidad, que para eso teníamos un departamento jurídico. No le hacía ascos al mangoneo aunque se tratara de asuntos que consideraba tan nimios como aquel. Yo creo que era vicio, como la manía de ahorrar de mi abuela para un buen ataúd...

—¿Y dónde coño está Ximo Bonafé? —preguntó el siempre malhumorado líder representante socialdemócrata de la coalición JPNR (Juntos pero no Revueltos)—. ¿Ya ni siquiera tiene tiempo para acercarse a los plenos? —Risas y comentarios.

—¡No olviden que esto no es un pleno, señoras y señores! —intervino cesarista el Presidente con el buen talante que era su arma más temible—. Estamos dando una ojeada a los anuncios de Navidad. ¡Por Dios bendito, no empecemos a ponernos desagradables! Coman un poco de turrón...

—sobre la mesa había unas cuantas cestitas de dulces junto a las botellas de agua mineral.

Como no cesábamos en nuestra cháchara unos u otros, nos hizo callar, ordenó al auxiliar de explotación que pusiera todos los vídeos seguidos desde el principio y luego empezó a dar la palabra por orden a los consejeros, con lo cual se restableció el orden; pero también el aburrimiento que solía reinar en aquellas interminables sesiones de control, plagadas de cifras vacías, anagramas de colores y enigmas digitales. Esa vez hubo una novedad: levanté la mano y pedí al Presidente, en nombre de mi grupo, y para que constara en acta, que retirara el obsceno anuncio del cava. Lo sometió a votación ¡y la gané por mayoría! Porque tontos no eran y a todos les interesaba presumir de feminismo con la prensa, y dárselas de «progres», tanto si eran de derechas como de izquierdas. La única que discrepó fue la representante del grupo Nueva Democracia que, en cuanto empezaban las risas y los juegos de palabras del resto de los consejeros, dejaba de enterarse de qué iba aquello y para mí que se dedicaba a rezar el rosario, porque movía los labios como murmurando oraciones. Por lo demás, se oponía a toda propuesta progresista.

A la salida se nos unió, o más bien se hizo el encontradizo por el pasillo, el ayudante de Ximo Bonafé, conocido con el abyecto apodo de Panderola. Era un joven bajito que parecía —no sé por qué— de color gris. Iba siempre trajeado, repeinado a la moda con mechoncillos tiesos de gomina que no pegaban con la indumentaria y estrangulado por una corbata de color pistacho o fucsia, que hacía juego con una rayita de ese color en la montura de sus gafas. Su contraste con el aparente desaliño y la modernidad un poco *fanée* de su jefe Ximo, tipo «meteco» de Moustaki, era una auténtica obra de arte. En pleno pasillo de los camerinos, Panderola expuso su disconformidad conmigo con voz de vendedor y con una escasez de argumentos realmente penosa. Según dijo, consideraba que exhibir la belleza de una mujer constituía un homenaje hacia ella, ¡lo que en definitiva era bueno para todas! Y preguntó, con irritante cinismo, cómo es que me disgustaba que se mostrara la desnudez, a mí que tanto criticaba la censura. ¡Toma ya, roja de mierda!

Sin dirigirle la palabra, me desvié hacia los lavabos. Estaba excitada por la estupidez masculina que me rodeaba, y en parte también por la femenina. El dispensador de jabón, molesto quizá por mi nerviosismo, hizo «¡plof!» y puso perdido de gel que parecía semen mi coqueto suéter negro y malva de Desigual, que usaba para salir. Acudió en mi auxilio una joven risueña. Era Yolanda, la sindicalista, una muchacha de pelo corto y ojos brillantes con la que mantenía buenas relaciones, porque era inteligente y educada. A ella debía de pasarle lo mismo conmigo. Su mirada chispeaba cuando nos mirábamos.

—No sé por qué no habéis querido dar el nombre de la modelo —dijo sin más preámbulos, refiriéndose sin duda a la nadadora desnuda del *spot* de cava—. Aunque hayáis decidido no emitir el anuncio, es bueno para el currículo de Kini Guinot haber trabajado en él. La chica casi forma parte del personal de esta casa, aunque no sea de plantilla, y hay que apoyarla. Bastante tiene con lo suyo, la pobre. Si alguna vez puedes hacer algo por ella, no lo dudes, no te arrepentirás. Lo necesita. No puede decirse que sea una triunfadora. Está pasándolas canutas.

—¿Es yonqui? –pregunté medio en broma. Allí abundaban más los alcohólicos, siempre con el vaso de *gin tonic* en la mano, pero a veces se veían polvillos blancos en los orificios nasales de los directivos, los presentadores y las presentadoras.

—¡Por Dios, yonqui! ¿Pero qué dices? ¡Ya no hay yonquis! Resulta demasiado caro; la gente se empastilla con metanfetas o cristalitos y, eso sí, Kini es una empastillada total, pero no me refiero a eso…

La entrada en el lavabo de una de las chicas de Buenos Ciudadanos, que se autodenominaban nada menos que «feministas liberales», hizo que cambiáramos de conversación, porque además de carca, la tipa era una lianta de cuidado. Vampiros psíquicos los llaman, y con razón.

2

A principios de enero, con la urgencia y precipitación a las que todos estábamos acostumbrados, se convocó un *casting* para el programa de variedades que iba a llenar en directo cuatro noches estivales, una por cada provincia. Nos instalamos en un plató casi vacío, por el que fueron pasando jóvenes de ambos sexos para someterse a una prueba que duraba diez eternos minutos.

Tenían que bailar un poco, moverse, hacer algunas acrobacias y demostrar, en definitiva, que se hallaban en forma, además de tener —eso era imprescindible— buen cuerpo y un rostro fotogénico. A veces una bonita cara no era del gusto de la cámara, y entonces: «Fuera y que pase el siguiente». Al cabo de muchas horas de observar por los monitores el desfile y las habilidades de decenas de chicos y chicas en aquel espacio inhóspito del «hangar de los suplicios», como lo llamaban los técnicos, me sentí agotada; aunque no perdí el interés. Todo podía arreglarse con un café.

Era muy aleccionador asistir a los esfuerzos de los aspirantes por hacer atractivas sus cabriolas. Los había bastante duchos, que se presentaban a lo que fuera con tal de sacarse unos eurillos o darse a conocer en aquel inframundo; pero por lo general no tenían mucha idea. Algunos temblaban o abandonaban el plató llorando, y había no pocas caídas, algunos esguinces y, en aquella temporada, ya en situación laboral, un tobillo roto. Eso estaba bien, porque llevaba consigo varios meses de baja percibiendo las prestaciones económicas correspondientes.

De pronto, una presencia se hizo sentir con fuerza en el «hangar de los suplicios». Era una chica alta, que entró con todo el cuerpo, sin asomar la cabeza primero ni pedir permiso como hacían los demás. «Aquí tenemos a Kini Guinot, la masái blanca», me dije, «la chica bombón». Llevaba el pelo decolorado, tirante y húmedo, peinado hacia atrás, un *body* de color plátano y pantalones de yoga negros. Era una mujer con estilo, no cabía duda. Quiero decir con esa prestancia que solo tienen los ricos o las criadas jóvenes que aprovechan la ropa de sus señoras y la mejoran con la esbeltez de su cuerpo.

Cuando empezó a dar elegantes pasos por la pista con sus gruesos calcetines con agarre de silicona, un primer plano casual de una cámara hizo que me fijara en sus labios. Había algo oscuro en el superior, unos trazos finos y negros como las patas de una araña, que me hicieron cerrar los ojos. ¿Estaría viendo uno de esos pliegues del propio ojo que a veces parecen ponerse ante nuestra vista? Parpadeé repetidamente. No, no era una telaraña mía, era algo real, que estaba en su rostro. No lo veía bien desde donde me hallaba, al otro lado del dispositivo. La prueba de baile resultó más bien floja, aunque no mala del todo. Por mi parte, le puse una nota que le permitía pasar a la siguiente, que consistía en exponer ante la comisión el currículo. Cuando salió del plató, uno de los técnicos que nos auxiliaban, el de mayor desparpajo, susurró a su compañero:

—¡Vaya con la Guinot, esta vez la han arreado en serio!

El otro y los auxiliares de explotación que pululaban por allí recogiendo cables sonrieron más o menos discretamente. Todos sabían lo que había querido decir el primero, menos yo.

—Tiene algo en los labios, ¿no? —pregunté haciéndome la tonta—. Como un hilo…

—Hilo, efectivamente, de sutura. Le han partido la boca. La hostia ha debido de ser de campeonato.

Y ante mi asombro, uno de ellos, un gordo sudoroso con camiseta negra de Batman y coleta como rabillo de cerdo, dijo dirigiéndose a mí:

—A esta tenéis que aprobarla, porque si no consigue trabajo, se va a ganar algo peor que tres puntos en un labio. Un día nos la vamos a encontrar fiambre en cualquier rincón. De todos modos, aunque no lo ha hecho de maravilla, no ha estado mal. ¿No os parece?

Aquel tipo era un representante sindical, como mi amiga Yolanda. Su propuesta pareció bien a todos menos al coreógrafo, que se había acercado por allí a ver qué se cocía. El gordo insistió, desentendiéndose de su presencia:

—Está en buena forma. Esa pequeña flaccidez de los muslos se le arregla en una semana, y solo le falta práctica para la sincronización de los movimientos con la música.

EL coreógrafo lanzó una carcajada falsa y dijo:

—Ja. Ja. Ja. Sí, eso, sincronización... ¡Qué sabréis vosotros! Para no haber bailado en su vida, bastante hace la pobre con mantenerse en pie, no digo que no. ¡Pero estoy hasta los putos huevos de que mi departamento sea una casa de caridad!

El ambiente se estaba poniendo tirante y hubiera estallado de no ser porque Ximo, el director, apareció como por encanto y empezó a repartir palmaditas y a decir: «¡Buen trabajo!» a todo dios.

Aunque me hubiera gustado saber algo más de Kini, interrogando hábilmente a los técnicos, estaba demasiado cansada. Lo único que deseaba era llegar a casa, coger un canuto ya liado de mi cajita de ébano de Tanzania, que parecía que le daba más saborcillo, y entregarme a la meditación Hatha Yoga, a ver si despertaba al loto de los mil pétalos o al menos conseguía relajarme. A fin de cuentas, el programa que se preparaba era un bodrio, y las coristas que estábamos escogiendo no eran precisamente Cyd Charisse, como hubiera querido el coreógrafo, que a su vez se creía Bob Fosse sin que su praxis lo avalase.

Durante la prueba del currículo, que tuvo lugar unos días después, pude contemplar a mis anchas la boca y todo lo demás de Kini Guinot, a quien tuve casi al alcance de mi mano durante siete minutos. Mientras ella recitaba sin mucha convicción y con voz neutra un poco temblorosa sus presuntos méritos profesionales, estuve curioseando, como el resto del tribunal, en la carpeta con su expediente.

A juzgar por su fecha de nacimiento, no era una chica sino una mujer hecha y derecha, bastante mayor de lo que parecía a primera vista. En la casilla correspondiente al estado civil había escrito «casada», pero luego lo había tachado y señalado con una flecha una anotación al margen que me resultó ilegible. Cuando me llegó el turno de preguntas, indagué si había trabajado en alguna producción de cine o vídeo en la que hubiera bailado. Se mordió los labios heridos. Le habían quitado los puntos de sutura que tanto me habían intrigado en la prueba anterior e iba muy maquillada, pero se notaba que algo débil y tierno latía aún en esa zona. Una gota de sangre resbaló de la comisura. No se dio cuenta. Aquel detalle minúsculo me pareció la mayor tragedia que había presenciado en mi vida. La despedimos sin atormentarla más y la incluimos en el elenco provisional del programa, a expensas de que el director diera un repaso a todos los seleccionados, decidiera con quiénes nos quedábamos definitivamente y comenzaran los ensayos. Como de costumbre, íbamos retrasados.

—No he entendido por la documentación si está casada o

separada —comenté luego al gordo Batman, del que me interesaba hacerme amiga cuanto antes, porque era una fuente de información con muchos años de rodaje en la RTV—. A mí no es que me importe un pijo, comprenderás que es pura curiosidad.

—Ha estado casada con el hijo de un productor que ha trabajado para nosotros, pero hace poco se separó y ahora la veo de vez en cuando salir de aquí con un motero que viene a buscarla. Un tipo muy, pero que muy guapo, rollo bombero de calendario. Kini tiene mala suerte. Sale de Guatemala y cae en Guatepeor.

—¿Y eso? —pregunté fingiendo desinterés.

—Pues que se ve que guapo, motero y cachas no son sinónimos de buen tío, sino solo de tío bueno.

Procuré no reír esa gracia, tan de aquel centro de trabajo, donde se hablaba continuamente de bellezones, culos y tetas.

—¿La maltrata?

—Eso dicen. Todo el mundo maltrata a una muñeca de ese tamaño físico y mental.

—¿Los puntos que llevaba en los labios…?

No me dejó terminar. Cortó con un seco «Yo qué sé, hija. Yo soy de mi sindicato, no de Feminismo sin fronteras. Bastante hemos hecho enchufándola».

La vi un par de veces por televisión en mi casa, en el programa veraniego, que llevaba el original título de *Noches de calor*. Al cabo de unos días desapareció de la pantalla. Preocupada por lo que había dicho el representante sindical, telefoneé a Yolanda preguntando por ella, antes de meterme en averiguaciones más formales. Me dijo que se había lesionado.

En una pirueta, se le había enganchado el tacón de un zapato en una juntura del parqué del decorado y se había caído en muy mala postura. Tuvieron que sustituirla a toda prisa. «A esta chica la persigue la adversidad», concluyó mi informadora.

A la vuelta del verano, me crucé con Kini por los pasillos de los vestuarios. La saludé con algo parecido al entusiasmo y la complicidad, pero no me reconoció o fingió no reconocerme y pasó de largo. Esta vez tenía tumefacta la mejilla y el cuello lleno de cardenales. No había perdido ni un gramo de su encanto de presunta chica Benetton.

Luego todo se precipitó. Me hallaba en mi despacho, repasando un dosier de prensa que acaba de entregarme un becario, cuando sonó el teléfono interior. La voz de Yolanda me sobresaltó. No era raro que me llamara, pero sí que pareciera tan agitada. Dijo que no podía hablar por teléfono pero que tenía que decirme algo muy importante y me pidió que me reuniera con ella en la terraza.

La azotea central de la torre de comunicaciones, en forma de anillo, era el único lugar donde se podía hablar sin testigos ni indiscreciones. Todos la usábamos cuando el bar o los lavabos no brindaban la suficiente privacidad. En aquella atalaya, separada del vacío por una barandilla, que tenía algo de decorado de ciencia ficción, Yolanda me dijo que Kini Guinot iba a aparecer en un programa de la subdirectora Mercedes Escribano, dedicado a las mujeres maltratadas y la violencia de género. Pensaban consultarme, pero no inmediatamente sino cuando lo tuvieran atado y bien atado, porque dijeron que soy una rompehuevos.

No es que yo fuera una pesada, simplemente me limitaba a hacer bien mi trabajo. Y de sobra sabían todos y todas que éste consistía en poner coto a la basura, en la medida de lo posible, en el sensible tema del género. Que eso me convirtiera en rompehuevos, tocapelotas o metomentodo me traía al pairo.

—Necesita dinero, ¿comprendes? Y se lo han ofrecido, porque como es tan atractiva y ahora está tan molida… La vi ayer. Tiene la cara desfigurada. La estaban maquillando para una prueba, ¡acentuando los cardenales! Ya estás avisada. A ver si tú puedes hacer algo, porque yo… Yo no soy más que una simple secretaria, y si mi jefe llegara a enterarse de que estoy aquí contigo… Ya sabes la manía que nos tienen a los sindicalistas y a vosotros, los del Consejo. Siempre se están quejando de que somos unos entrometidos malasombras y que no les dejamos hacer una televisión de calidad como piden el parlamento y la opinión pública.

Pues sí, aquel tipo —me refiero al director de TV–, además de sectario, era un paranoico, siempre temeroso de que lo espiáramos y le fuéramos con cuentos al presidente, otro que tal, como si el presidente pintara algo en aquel putiferio. Traté de tranquilizar a. Yolanda No sabía qué podría hacer, pero lo intentaría. Era repugnante que usaran a la Guinot tan pronto como una golosina visual como una víctima de malos tratos.

En tal estado de ánimo fui al despacho de la reina de la televisión oportunista y populista, la subdirectora, productora y presentadora Mercedes Escribano, segunda de a bordo del presidente, siempre ataviada con vistosas rebajas de *boutique* y resplandeciente de bisutería con estrellitas y bolas como un árbol de Navidad. Hay que reconocer que era fotogénica y en pantalla parecía menos hortera y marimandona, pero en el mundo real se desmadraba hasta extremos virulentos que, a mí al menos, me provocaban sarpullido.

Tomamos café americano con sabor a regaliz de una jarra de plástico esférica, charlamos de las cosas de la televisión y la radio, de modas, de los guionistas y de las tertulias, y estuvimos aparentemente de acuerdo en que los programas basura calcados de los extranjeros se estaban apoderando de todo. Cuando mencioné a Kini Guinot, Mercedes sonrió como un tiburón, enseñando dos o tres filas de dientes.

—Esa chica es una joya —dijo mirándome fijamente a los ojos como un búho. Siempre lo hacía, como si quisiera hipnotizar a su interlocutor. Lo habría aprendido en algún seminario de *marketing*—. Su belleza —añadió— parece un poco desvalida, pero engaña. Es fuerte, sabe salir de todo.

—¿Es verdad que vas a utilizarla en un *reality* sobre malos tratos? —pegunté a bocajarro.

—¿Quién te ha dicho eso? —fulguraron los ojos de madrastra de Blancanieves bajo las cejas delineadas con arte por Suzi Q.

—Deberías de habérmelo dicho tú, hermosa, pero ya que estamos, ¿es verdad o no? Si lo es, no me parece de recibo, tratándose de una modelo publicitaria que tan pronto es la imagen de un vino espumoso como una azafata de concurso cutre, que encima se ha lisiado por un mal paso en esa mierda de parqué …

—Sin duda te lo han contado mal, o como siempre maliciosamente —replicó la arpía—. Voy a tenerla en mi nuevo programa, pero no como simple víctima de violencia de género, sino como contertulia continua y privilegiada.

—¿Contertulia continua y privilegiada? ¿Y eso qué es? —pregunté procurando hacerlo *modus iocandi*, sin acritud.

—Que permanecerá siempre en la mesa de los expertos, no como invitada ocasional, y que no voy a presentarla como víctima sino como ejemplo de fortaleza y superación, capaz de meter entre rejas a su maltratador.

—¿Y cómo se titula el repajolero programa?

—Mujer, todavía no tiene nombre, pero los guionistas están pensando en algo sencillo y comprensible...

—Bien, sí... Para una audiencia de marujas —la interrumpí— en la parrilla de sobremesa, después del friegue de los cacharros... Ya te lo digo yo, se titulará: «¿Qué hacemos para merecer esto?»

—Ahora todo el mundo tiene lavavajillas, hija. ¿Ves como no colaboras?

—Yo no estoy aquí para colaborar —reí—. ¿A quién has pensado para que le escriba los parlamentos? Porque esa chica no parece Simone de Beauvoir, sino más bien una poligonera fina, que las hay.

—Bueno, mira, Kini Guinot no es periodista ni sabe hablar, efectivamente. No contará gran cosa, pero cuando sonríe, y sobre todo cuando le pasa por el rostro una nube de tristeza o de ira, es magnífica. La cámara se excita. Los primeros planos de su rostro un poco magullado son hipnóticos. Y se le va a pagar lo que valen. Es una manera de ayudarla, de reforzar su posición frente a las bestias de su exmarido maltratador y de su chulazo motero.

—Pero ¿cuál es, según eso, su problema? —pregunté—. ¿Tiene un novio guaperas, su marido la maltrata, se ha roto un tobillo en una coreografía, la vida es dura con ella, y va a contarlo todo en un *magazine* de la televisión donde trabaja? ¡Vamos, Mercedes, no me jodas!

—La historia de Kini no tiene desperdicio, pero naturalmente solo contaremos lo que ella nos permita o lo que quiera contar —dijo la productora, en cuyo rostro leía yo un gran deseo de espachurrarme como a un bicho—. El suyo —continuó— es un caso típico, de libro. Capítulo I. El exmarido la maltrataba porque es un celoso compulsivo. Ella buscó refugio en las drogas, pero fue peor. El tipo estuvo a punto de matarla, lo que le valió varios años de cárcel, del que cumplió un par de ellos. Se divorciaron, pero no han servido de nada los años de trullo que ha tenido que cumplir el tipo por el intento de homicidio. Capítulo II: ya está en la calle, volviendo a las andadas, obsesionado, persiguiéndola sin guardar la distancia prescrita por el juez. Capítulo III: al novio actual, del que está enamorada hasta las trancas, se le han hinchado las pelotas, ha vapuleado con ayuda de unos colegas al exmarido y, por si fuera poco, y esto parece increíble pero así es, le ha dado una buena tunda a ella, por provocadora. Y encima la piba se rompe una pierna en el plató.

—Un tobillo —apunté.

—Moraleja —prosiguió Mercedes, ya muy subida—: es interesante, sobre todo lo que afecta no solo a la vida y la libertad de las mujeres, sino también a sus preferencias amorosas, a sus recaídas. Quiero que Kini cuente todo eso con mi ayuda y la de las otras mujeres de la mesa, algunas expertas, porque ahí está todo: el amor, los celos, la pasión, el castigo. Le hará bien desahogarse.

—Pero ¿cómo le va a hacer bien sacar a relucir toda esa mierda? —protesté—. Tu planteamiento está muy equivocado, además de ser viejo y casposo. Quiero un informe de todo esto para el próximo pleno del Consejo de pasado mañana, aunque ya haya dado el visto bueno el presidente, el director y hasta la madre que los parió. Me van a oír. Yo represento al pueblo porque estoy nombrada por las Cortes, mientras que por aquí solo se ve gente analfabeta puesta a dedo, que hace lo que le da la gana con absoluta impunidad.

—¿Empezando por mí, no? —dijo entre dientes mascando las palabras, con el rostro encendido. Esta vez yo había pinchado en hueso.

—Tómatelo como quieras, Mercedes; yo de ti, personalmente, paso. A mí me pagan por hacer mi trabajo.

—Pues yo te digo: la política es la política y tiene poco que ver con la filosofía y la cultura que tú tienes tan mamadas. Si la tele no te gusta, ¿qué demonios haces en un Consejo de Administración con mayoría conservadora? Dedícate a leer a los filósofos posmodernos o a ver películas escandinavas. No vas a impedir que el mundo siga. Hay que dar a la audiencia lo que quiere, no lo que quieres tú, porque ella no se equivoca y tú sí.

Me miró con algo que al final quiso ser complicidad y que yo tomé por lo que era: desvergüenza. Según ella y muchos más, en aquel castillo de los sueños la labor consistía en eso, en sacar a relucir la mayor cantidad de bazofia posible y ofrecérsela en bandeja envuelta en tecnología y colorín a una audiencia que, por otra parte, no se enteraba ni de la película.

Me despidió en la puerta del despacho con un par de besos o mordiscos que me dejaron en las mejillas sendas marcas de *rouge*, recomendándome que no le complicara la vida ni me la complicara a mí misma, y que le dejara hacer su trabajo.

Cuando salí, se me llevaban los demonios. Siempre la misma falacia, los mismos tópicos, la audiencia, la audiencia…. Yo sabía que allí lo que contaba era la Diosa Audiencia, es decir, el reciclaje de la mierda en números y segmentos de cara a las elecciones siguientes. Sin contar que además era un estupendo nicho de empleo para centenares de zánganos sin atisbo de cultura o sensibilidad social como la propia Mercedes, capaces de poner en la picota a criaturas celestiales como Kini Guinot para entretener a la chusma entre los deportes y el tiempo. Pero las cosas no eran tan simples.

3

Con mi gata en el regazo, asistí desde mi sofá al siguiente acto de la tragedia. Entre el público de aquel programa infame emitido en directo, que resultó titularse «Amores que matan», vi claramente a unos jóvenes cachorros fascistas de camisa azul, en los que reconocí a los que había visto a veces vendiendo propaganda neonazi a la puerta de Correos.

Mercedes, que presumía de trabajar sin cortes, no les quitó la voz cuando uno de ellos gritó que también había hombres maltratados por mujeres y nadie se ocupaba de ellos. Las mujeres tenían la culpa de ser maltratadas porque renegaban de su papel de esposas y madres, dijo luego con pasión fanática y acaparando cámara una pija de unos dieciocho años, de carita lavada y cabello rubio como una Barbie, a la que acercaron un micrófono. A continuación, una cámara pinchó un primer plano de Kini Guinot oyendo aquellas sandeces corrosivas. Las magulladuras de su rostro, hábilmente exageradas por nuestras maquilladoras, acentuaban su belleza adormilada y un tanto marchita. Me clavé las uñas en las palmas de las manos.

Se hubiera dicho que se hallaba bajo los efectos de una droga, pero no era así. Sus ojos miraban siempre a través de unos párpados entrecerrados que incitaban al beso o al golpe. Tenía que haberlos abierto de par en par, tenía que haber clavado la mirada en el objetivo y haber dicho: «Hasta aquí hemos llegado, cabrones». Pero era fácil pensar eso en el sofá. Lo difícil era explicar que si te bañaban en chocolate no podías salir indemne, sino preparada ya para la siguiente manipulación. En respuesta a una pregunta de la presentadora, la mujer maltratada dijo: «No conozco a ningún hombre que haya sufrido lo que he sufrido yo. Solo sé que no han servido de mucho los castigos ni las sanciones». Por el escaso énfasis que puso en sus palabras, lo mismo hubiera podido decir: «Acabo de salir del cine y no me ha gustado nada la película».

Aquellas frases, recitadas con voz neutra, desencadenaron

algo o profundizaron el mal rollo que reinaba en el estudio. Hubo un revuelo entre el público, que las cámaras captaron alternándolo con la reacción de la mesa de los invitados. Saliendo de no se supo dónde, una figura grande y oscura, envuelta en una especie de amplio abrigo y con la cabeza cubierta con un sombrero, se abalanzó sobre Kini Guinot, sentada en el estrado del plató. Lo último que pudo verse antes de pasar bruscamente a publicidad fue a Mercedes Escribano muy alterada, haciendo gestos confusos hacia el control. ¡Era verdad que estaban en directo, al menos en aquel momento!

Cuando el programa se reanudó al cabo de nueve minutos de anuncios, los más largos que tenían a disposición en el departamento de continuidad, Kini no estaba en su sitio ni en ningún otro. Nadie de la mesa, ni la presentadora ni los invitados, tiesos y un poco molestos, comentó lo sucedido. La Escribano se limitó a decir con aplomo casi insolente: «Se habrán dado ustedes cuenta de que ha habido interferencias poco antes de la publicidad, pero ya está todo solucionado». El medidor de audiencias había subido durante esos minutos como un termómetro puesto a un niño con escarlatina.

No volvió a hablarse de Kini Guinot y aquel programa desapareció de la parrilla sin mayor explicación. El presidente del Consejo se hizo el loco ante las preguntas de los consejeros. Supe por Yolanda que la policía recogió su cuerpo en plena calle, arrojado desde un coche que emprendió una veloz huida. La agredida recibió los primeros auxilios en el hospital, le hicieron unas pruebas y quedó ingresada unos días, en los cuales recibió la visita de la policía.

Pronto la mandaron a su casa a reponerse de las heridas, especialmente las de la cabeza, pues casi se arranca una oreja y parte del cuero cabelludo al raspar contra el suelo en la caída el vehículo.

Meses más tarde me crucé con ella y su cortejo de asistentes y maquilladoras. Bajo una bata, llevaba una indumentaria raída como de víctima de guerra, y el maquillaje de su cara era tan horrible que me costó trabajo reconocerla. ¿Qué la estarían haciendo publicitar esta vez? ¿O la habían metido en una película policíaca, para que representara un cadáver hallado en el bosque entre la hojarasca? ¿O en una *horror movie* como zombi? No me constaba nada de eso, pero era posible, porque yo continuaba al frente de mi sección de publicidad y género en el Consejo, donde el rodillo de la mayoría continuaba esforzándose para que no me enterara de nada.

4

Aquel invierno fue muy crudo. Aparecieron en la prensa algunas noticias espeluznantes sobre vagabundos y sin techo que, durmiendo en contenedores de basura, eran engullidos entre ella por las grúas dentadas de los nuevos —y temibles— camiones municipales y acababan en los vertederos. Su presencia solo se detectaba cuando los cuerpos semitriturados pasaban por las cintas transportadoras que separaban los desechos para el reciclaje. En un programa radiofónico nocturno de sucesos destinados a poner los pelos de punta al personal, creí oír algo que me recordó a Kini Guinot; pero no supe, ni lo sé ahora, de qué se trataba en realidad, porque me estaba durmiendo. El locutor se limitaba a decir que había pasado por la máquina recicladora fragmentos de una mujer de huesos muy largos, algunos de los cuales presentaban viejas roturas. Se esperaban noticias de su autopsia, que se realizaba en el Hospital Clínico.

No había cambiado nunca una palabra con Kini Guinot, pero me había inspirado tanta simpatía desde el momento en que salió en pantalla untada de chocolate, o en el anuncio lascivo de Navidad, o incluso al oír su historia en clave de chisme, que pasé una noche muy agitada por visiones pavorosas. Sobre mi pecho se había instalado una bestezuela de orejas puntiagudas y ojos amarillos que me ordenaba silencio con el índice de la mano derecha mientras con la izquierda señalaba hacia delante, a un oscuro patio de butacas imaginario.

Me desperté bañada en sudor, presa de una apnea que casi me ahoga. La gata, que dormía a mis pies como siempre que me nota abatida, saltó a mi regazo y se puso a lamerme, pues los gatos se alimentan de las energías negativas que emitimos los humanos.

14. METEORITOS POR SAN VALENTÍN

1

Tomando unas cervezas en el bar de la Facultad de Ciencias Astronómicas y Geofísicas con dos amigas, la estudiantona de último curso Felicia Mur se quejaba de que su novio no le regalaba nunca nada por San Valentín.

—¿Y qué ha de regalarte, desdichada? —preguntó Zsa Zsa la Roja con displicencia—. ¿Acaso somos bárbaros?

Las alumnas de astrofísica Felicia, Zsa Zsa y Queti eran más laicas que Voltaire, además de algo bordes. Llamaban bárbaros a los creyentes que cursaban su misma carrera y, en general, a cuantos poblaban la tierra bajo el signo de la cruz o cualquier otro símbolo religioso. Habían llegado a una concepción del universo que ellas mismas llamaban posmoderna, a su manera, incluyendo en ello desde la revolución copernicana al Big Bang y a la quinta dimensión de Kaluza-Klein, y en ocasiones al metauniverso o el pluriuniverso, del que no tenían ni idea, pero que molaba cuando socializaban con bárbaros creacionistas.

—Yo no soy bárbara sino posmoderna, pero él sí, de familia papista, aunque no sea practicante —afirmó la bondadosa e inocente Felicia. Sea como sea, si me quiere tanto como dice, debería regalarme algo o llevarme a merendar ese día a la confitería vienesa Dulceamor, de la plaza de Zocodover, como se ha hecho toda la vida.

—De «toda la vida», nada, querida —replicó Zsa Zsa—. Es una fiesta sacada de la manga por los grandes almacenes en los años cincuenta, para vender aire envuelto en celofán y fomentar el consumo en los países que empezaban a salir de la pobreza de posguerra.

—Bueno, lo que tú digas. A mí me gusta que en San Valentín la gente enamorada haga regalitos y se ponga hasta las trancas de pasteles en forma de corazón, chorreando almíbar. Yo creo que todo este rollo es simbólico, pero, je, je, es que a mí hay símbolos que me encantan.

—Los dulces símbolos del capitalismo… —gruñó Zsa Zsa.

—Lo tuyo es perversión hortera, Felicia, no posmodernismo —comentó Queti lamiéndose la espuma de cerveza del labio superior.

—En lo de los pasteles he salido a mi madre. Ayer pasé por mi casa y me preguntó, con retintín, dónde íbamos a merendar Sergio y servidora para celebrar la fiesta de los enamorados —prosiguió Felicia impávida—, y eso que en su época no había tal costumbre, ni mi padre entendía de aquellas cosas, que calificaba, con su recio estilo proletario, de «mariconadas» y «sacacuartos».

—Razón no le faltaba al hombre, reconozcámoslo —dijo Zsa Zsa sonriendo—. Ellos, aunque vivieran modestamente, tenían su manera de gozar y no necesitaban embelecos. La época de nuestros padres fue de escasez y austeridad, pero no de ascetismo. Sus madres, nuestras abuelas eran sibaritas a su modo, hacían un chocolate casero de muerte con cualquier pretexto, con o sin acontecimiento o celebración que lo propiciara. Y unas torrijas que se te deshacían en la boca con su fino encaje de huevo y su canela…Yo llegué a probarlas antes de su extinción a manos de las modernas franquicias de pan industrial, que te venden en su lugar suelas de zapato fritas. No ha habido ni habrá nada mejor ni más gustoso que las torrijas de nuestras madres por lo que se refiere a manjares de pobre. Pero no nos pongamos populistas, que en los viejos tiempos tengo entendido que también se comía mucho garbanzo viudo y mucha berza.

—Lo de las torrijas era en Semana Santa —intervino Queti, la pija, que tenía una Harley de segunda mano y una tía jefa de gabinete de la concejala de Bienestar Social—. Si no sabéis nada de la cultura de los bárbaros más vale que dejemos de cotorrear y pongamos al día los apuntes de Ferreras, que el examen se aproxima. Y tú, Felicia, si echas de menos un regalo de tu chico, hazle saber frente al escaparate de Piedra de Luna que te mueres por un colgante de Pomelato. ¡Aggh, una merendola de pastelería industrial, menuda chorrada, y con lo que engorda eso! Las cosas se hacen bien o no se hacen.

—No, si no me quejo de que Sergio sea agarrado —dijo Felicia—, al contrario, es muy desprendido, sino de que se le olviden las fechas, sobre todo los cumpleaños y aniversarios, porque siempre está en su galaxia y no pone pie en tierra ni de coña. Como decían antes las mujeres, no es «detallista». A mí San Valentín me hace ilusión, una ilusión de idiota, qué queréis que os diga, pero soy libre de permitirme idioteces. ¿O no? Es el día de los Enamorados, una fiesta de amor que me recuerda a Eros.

—¡Eros, dice la bárbara! No, hija. Eros es el dios de los homosexuales, mejorando lo presente. La fiesta de San Valentín es una fiesta muerta, inventada por el capitalismo para obligarnos a consumir, como la Navidad. Por cierto, ¿habéis reparado en que estas celebraciones tienen dentro, como la fruta el hueso, un muerto por delito de odio que se va pudriendo, mientras la gente gasta y gasta en atiborrarse en cosas inútiles envueltas en derivados del petróleo? —dijo la radical Zsa Zsa, que además de atea y comunista, era un tanto neogótica, además de lesbiana.

Ante tales palabras de su intelectual amiga, que no habían entendido cabalmente, las otras guardaron un silencio enfurruñado —¿a qué muertos se refería?—. Queti fue al mostrador y volvió con recambio de la jarra de cerveza muy fría. Esto las animó.

—Hace un par de años —dijo Felicia con sonrisa celestial—, fue tal mi insistencia y obstinación que Sergio llegó a regalarme este corazoncito de oro con la TA (te amo)—. Se lo sacó por el cuello y lo hizo ver a sus amigas—. A ti, Queti, añadió, te parecerá hortera, pero, hija, ya sabes que para gustos, colores. Pomelato no está al alcance de las clases trabajadoras, como dice Zsa Zsa.

—No —dijo Queti, no queriendo pasar por lo que era: fanática de las marcas—, si esto es monísimo. Por cierto, Zsa Zsa, ¿qué muerto se pudre en no sé qué entrañas? Antes has dicho algo que me ha sonado muy lúgubre. Iba del capitalismo como de costumbre, pero no lo he pillado, porque cuando lo has dicho como quien no quiere la cosa, es como si nos hubiera pasado por delante un cortejo fúnebre.

—¿Sabéis quién es el santo honrado en esta fiesta? —preguntó Zsa Zsa, aficionada a poner en evidencia a amigos y conocidos con su fantástica erudición de exniña prodigio y frecuentadora de Google.

—Pues no, la verdad, nunca me lo había preguntado —dijo Felicia y añadió de inmediato—: San Valentín, naturalmente. Lo que no sé es el porqué.

—¡Yo tampoco, ni puñetera idea! —rio Queti Lamar, soplándose el rubio flequillo que le entraba en los ojos y estirando por debajo de la mesa las largas piernas enfundada en vaqueros elásticos—. No sé ni jota de santos.

—El muerto conmemorado es el bárbaro Valentín —informó Zsa Zsa tras beber un trago de la nueva cerveza, que todavía no se había calentado—. Fue decapitado por el emperador romano Claudio II en un momento en que los cristianos insumisos se le estaban subiendo a las barbas. Había emitido un edicto prohibiendo los matrimonios entre soldados de la guardia pretoriana y muchachas cristianas.

»Valentín, que todavía no era santo sino solo médico y casamentero, unía a las parejas en lugares ocultos como cárceles, catacumbas o cementerios, a cambio de un estipendio para la incipiente iglesia. Esa práctica limosnera os sonará, seguro. Los bárbaros siempre han recurrido a ella desde el principio de los tiempos. El caso es que se corrió la voz y Valentín fue llamado ante el monarca. ¿Continúo o pasáis?

—¡¡¡Sí, sí, continúa, continúa!!! —exclamaron a la vez Felicia y Queti, siempre interesadas por las decapitaciones por influencia de la propia Zsa Zsa, que era entusiasta de la frase «¡Que le corten la cabeza!» y de las anécdotas más macabras de los tiempos de madame Guillotine.

—Vale —dijo Zsa Zsa—. «¿Eres tú quien —preguntó con voz grave imitando al emperador entre las risitas de sus compañeras— une en matrimonio a mis soldados con tus perras cristianas?»

Y explicó la chica después de un traguito:

—Había ironía en la voz del emperador, que en el fondo era un cachondo mental, amigas, como el propio Nerón. Aquellos sí que eran emperadores, no como Donald Trump, que es un pato de goma gigante. No pensaba hacerle ningún daño, un médico siempre es útil; solo pretendía que pagara una multa y dejara de poner en entredicho sus edictos.

»—El Amor flota por encima de nosotros como una neblina que no vemos —respondió Valentín al emperador por boca de Zsa Zsa—. Yo lo único que hago es succionarlo con una respiración profunda y exhalarlo sobre las cabezas de marido y mujer, cubiertas ambas por un solo velo de lino, para que la gracia divina les sea favorable y tengan muchos hijos. A esto lo llamamos sacramento los discípulos de Cristo. Se parece bastante a lo vuestro, pero con menos pompa y gasto.

»—Pues ya estás tardando en abandonar tan bárbara costumbre —replicó el emperador—. Y puesto que eres aficionado a emparejar, ayudarás de ahora en adelante a la monta de mis sementales hispanos con las yeguas de la guardia germana. Da gracias a tu oficio de médico, por el que yo siento el mayor respeto.

»—A tus yeguas que las emparejen tus veterinarios, tirano decadente y necio, que te crees el amo del mundo, cuando tienes a los bárbaros empujando en las fronteras a punto de rebelarse y abrir las puertas a una nueva era —exclamó Valentín sin perder la compostura.

»Airado ante la insolencia de aquellas verídicas palabras, que venían ya en todos los diarios y noticieros, porque Valentín había concedido varias entrevistas, Claudio emitió un edicto de pena de muerte contra él. Pero como en el fondo lo admiraba por su valor, no hizo que lo crucificaran como al otro muerto al que me referí, sino que lo decapitaran decentemente en el foro como ciudadano que era.

»Por el camino al martirio, Valentín hizo algunos milagros para demostrar al emperador que era un hombre santo, entre ellos curar a una cieguecita sobrina suya. Claudio no quedó nada impresionado. Lo decapitaron, pues, y un centurión a cuyo hijo había casado Valentín con una cristiana que resultó una cotilla y una arpía, echó el cadáver a los perros de presa, que dieron cuenta de él como yo de una torrija de mi abuela. ¿Qué os parece? ¿Merece esto tanto corazoncito, tanto regalo con lazos y tanto dulce, veneno para niños y diabéticos?

Las amigas reían a todo reír, como si estuvieran fumando un porro.

—No sé, Zsa Zsa, de dónde sacas esas historias tan entretenidas —dijo Queti—. Me encantan, son como las que nos contaban las monjas de los colegios concertados cuando teníamos siete años, pero con su guarnición de sangre, que tanto se agradece. ¿Y el otro cadáver? —preguntó.

—El otro cadáver —dijo Zsa Zsa susurrando y poniendo su mejor gesto de malignidad y transgresión— es el Cristo muerto en la cruz. ¡Menudo símbolo de divinidad, un despojo humano pendiente de un instrumento de tortura! Es lo más abyecto, lo más siniestro y lo más horrible que puede colgar de una pared. Los papistas suelen representarlo en las iglesias de forma muy real, de gran tamaño y hasta con pelo humano. Los hay moribundos, que se arquean y miran hacia arriba como pidiendo ayuda. Son los peores.

—¿Pelo humano? —preguntó Felicia escandalizada.

—¡Sí, y barba y bigote! Y, por si fuera poco, el llamado Cristo resucita como un zombi, ¡qué barbaridad! ¡Y luego desaparece dejando a los suyos el marrón! —rio Queti, que se sabía la historia.

En esto se acercó a la mesa donde estaban las jóvenes ingenieras un chicarrón más bello que un sol, que besó en la cabeza a Felicia y, sentándose despatarrado en una silla sobrante, dijo:

—Mañana es San Valentín, chavalotas, por si no lo sabíais, 14 de febrero, patrono de los enamorados. Pero supongo que a vosotras os trae al pairo. Las feministas sois un poco duras de corazón, aunque no de mollera como antaño.

—¡Anda —exclamó la novia—, esta sí que es buena! Precisamente ahora estábamos diciendo que tú, Sergio, eres poco amigo de regalos conmemorativos y fiestas sentimentales como esta, y eso que llevamos dos años follando.

—Esta vez será diferente, corazón —replicó el novio—. No solo he recordado la fecha, sino que nadie tendrá un regalo de enamorados como el tuyo, pues nosotros estamos ya, acuérdate bien, en nuestro tercer San Valentín, que es fecha cósmica y hay que celebrarlo. ¿Verdad, chicas?

—Cósmica, puede que hasta lo sea esa fecha —comentó la volteriana Zsa Zsa–, pero muy católica ya no lo es desde el Concilio Vaticano Segundo, cuando fue sacada del calendario litúrgico por falta de pruebas. O sea, que San Valentín es santo marchito y acabado, que si no fuera por lo que ya dije del capitalismo materialista y derrochador, estaría en el asilo de menesterosos del santoral, haciendo compañía a santa Cucufata.

No se volvió a hablar del regalo aquel, que debía ser una sorpresa. Abrieron los portátiles por los apuntes de matemáticas del profesor Ferreras, alias el Mago de Oz, y trataron de hincarles el diente hasta que se hizo tarde y los camareros empezaron a recoger las mesas. Chicos y chicas montaron en sus respectivas motos, y Zsa Zsa en su super bicicleta eléctrica de segunda mano, que no contaminaba, no hacía ruido y le había costado cien pavos, pero con la que estuvo a punto de arrollar a una anciana el día que la estrenó.

2

Las amigas habían quedado por la tarde al día siguiente en un bar del centro para mostrarse los regalos, si los había, y echarse unas risas. La pija Queti recibía caprichos todo el año menos aquel día. Zsa Zsa llevaba prendida en la chupa de cuero una rosa negra alucinante, pero no la había recibido de ningún novio, sino que la había comprado para su esposa, es decir, para sí misma, en Delicias de Halfeti. Era clienta habitual y amada en silencio por el rubio Hamido, a quien cualquier ignorante de la particular belleza de los hombres turcos hubiera tomado por un vikingo.

Felicia estaba radiante. Al fin Sergio se había acordado, y probado con hechos, que la fiesta de los enamorados les atañía a ambos. Ya que la celebraban no solo los bárbaros, sino toda civilización capitalista del orden mundial, ¿por qué no ellos?

—¿Qué es, qué es? —preguntaron las amigas cuando Felicia sacó la cajita de un bolsillo de su chaqueta.

—¡Un anillo de pedida! —aventuró Queti, que estaba programada para pensar siempre en joyas.

—¿Algún fetiche ultrabárbaro? —conjeturó Zsa Zsa.

Los novios se miraron sonriendo. «¡Tatachán!», exclamó Felicia mostrándolo. Era oscuro, cristalino, hermoso. Un orfebre le había puesto una anillita para colgarlo de una cadena de oro bañado en negro rutenio, que hacía juego con el color de la piedra. Parecía un péndulo, pero era un colgante muy guapo.

—¡Ahí va! ¡Cómo mola! ¿Qué es? —preguntó Queti sopesando aquella gema helada y brillante con forma de punta de flecha paleolítica.

—¡Que lo explique Sergio, que nunca dice ni «mu», y al fin y al cabo es el regalador valentino! —indicó Zsa Zsa.

Sergio, que estaba realizando su tesis doctoral sobre corpúsculos ígneos celestes, explicó:

—Es un fragmento o condrita del meteorito llamado por los astrónomos Cabeza de San Valentín, de ahí que lo haya elegido para Felicia en esta ocasión… —El meteoroide del que procede cayó en el desierto de Atacama el 14 de febrero de 1960 —continuó el joven sosteniendo en la bella mano de científico la piedra y haciéndola centellear con la luz del farolillo italiano que iluminaba la mesa, en la que todavía quedaban restos de pizza y helado.

—Cuenta, cuenta —animó Queti, encaprichada de lo que ella consideraba una gema sin talla ni pulimento, pero de grandes posibilidades estéticas para lucirla con el *look* adecuado.

—Lo encontró un niño de diez años del pueblo de los Urkanuyu, recolectores de meteoritos. Este pedazo es legal y certificado, pero existe un activo comercio clandestino de lo que llaman, no sin razón, piedras de la Luna o piedras de Marte, sobre todo en Marruecos. Proceden de metales y cuarzos solidificados que han atravesado la atmósfera, se han reblandecido y han vuelto a endurecerse. Hay quien dice que traen mala suerte, que lo que brilla en ellos es tóxico y que hace peligrar las cabezas.

—¿Las cabezas? ¿Qué cabezas? —preguntó Zsa Zsa.

—No sé. Eso dicen. Todo lo concerniente a meteoritos está siempre relacionado con ellas —dijo Sergio con sonrisa irónica. Era guapo el muchacho—. Será porque si te alcanza uno en la cabeza en caída libre desde Marte, o más lejos aún, fijo que te la abre —añadió bromeando, con tal de no meterse en el jardín de explicar un montón de cosas abstrusas concernientes a las condritas.

—¡Pues vaya regalo de San Valentín! —comentó la chica, displicente, rozando los pétalos de su rosa de Halfeti con la punta de los dedos. Ella sí había recibido un buen regalo, porque, como solía decir: «Nena, nadie te lo hará como tú misma».

—¿Dónde has encontrado semejante cosita? —preguntó Queti con la envidia reflejada en los ojos. Estaba pálida—. ¡Porque no lo habrás traído de Atacama tú solo…, vamos, digo yo!

—No. Se lo he cambiado a un coleccionista por otro muy raro procedente del asteroide Vesta, y ambos son auténticos.

—¿Dónde se compran los meteoritos? —exclamó Queti.

—¡En una tienda de meteoritos! —dijo Zsa Zsa burlona. Pero no bromeaba. Conocía una tienda de fósiles, minerales raros y productos esotéricos, llamada Mystic Topaz, en la que por un puñado de euros te llevabas algo muy parecido al regalo del novio de Felicia. Y si no, siempre estaban Amazon y eBay para proporcionarte alguna condrita chula, más o menos sideral, para salir del paso.

—¡O también seguramente en los bazares de los chinos! —exclamó Queti—. Ahí hay de todo, aunque defectuoso y chungo, según dice la gente. Una vez compré yo un paraguas en un chino, pero no sé cuánto me hubiera durado, porque lo perdí ese mismo día —a veces a Queti se le cruzaban levemente los cables. Todos estaban acostumbrados y ni reparaban en ello. Sus amantes lo encontraban sexy.

—Este ejemplar tiene, como pocos, cuatro millones de años, amor. Espero que lo nuestro dure por lo menos lo mismo —dijo Cayetano abrazando a Felicia y besando su boca, que sabía aún al pastel de fresa en forma de corazón que había coronado el pequeño festín.

3

En febrero del año siguiente, por San Valentín, una lluvia de meteoritos como granizo negro sorprendió a todos los científicos del mundo salvo a los de la Universidad Carlos III y a los del observatorio ruso de Púlkovo, que la habían pronosticado, aunque no en las dimensiones que llegó a adquirir. Al principio cayeron unos pocos, comenzando el fenómeno en el desierto de Almería, que era lo previsto, pero luego empezó el diluvio universal de piedras negras, que al principio encantó a la prensa mundial y dio a la oposición nuevos argumentos contra los gobiernos, y finalmente llegó la catástrofe. Pero esta es otra historia.

4

El caso es que, mucho antes —en lo que luego se llamó el primer año de la Era de Alecto—, cuando las condritas comenzaron a caer como mero e inofensivo granizo negro, el guapo Sergio, recién doctorado *cum laude* en lo que él llamaba «pedrería cósmica», olvidó de nuevo regalar alguna chuchería a Felicia por el día de San Valentín. Otro meteorito, aunque el primero fue un éxito, no era una opción en semejantes circunstancias, pues abundaban por doquier y solo había que agacharse a recogerlos, pero no se le ocurría nada más, como suele sucederles a los varones cuando se trata de dar una sorpresa a sus mujeres. ¡Con lo fácil que era, incluso sin salir del universo lítico donde él habitaba, entrar en una joyería y pedir consejo a un vendedor sobre amor y piedras!

Para compensarlo, la llevó al cine a ver el filme ganador de varios óscares titulado *Metatrón*, del género de ciencia ficción que tanto les gustaba —a ella, a decir verdad, menos—. En él, un pliegue oscuro del espacio tiempo de otra dimensión cae sobre nuestro universo como un tsunami, lo engulle y lo excreta a la manera caprina antes de seguir su misteriosa trayectoria. Hay una escena en la que la Tierra vaga perdida como una cabeza cortada. A su alrededor no gira ya la entrañable luna lunera, sino el contrahecho satélite oscuro de Marte, Fobos, el Miedo. Al final, los únicos supervivientes de la astronave Metatrón, el informático bielorruso Svtushenko y la comandante pakistaní Teby Nasreen, se besan en primer plano mientras se dirigen a lo desconocido a los sones del melancólico Nocturno de la Gota de lluvia de Chopin, Op. 28, n.15, adaptado, mal que bien, a la estética del film.

—¡Por Dios, qué película tan triste! —dijo Felicia al salir, acariciando el meteorito de Atacama, que pendía de su cuello desde el año anterior. No se lo había quitado ni un solo instante.

—Sí —asintió Sergio—. Un poco lenta. ¿Has traído el paraguas grande? Creo que llueven piedrecillas de nuevo. Vamos a Dulceamor a tomarnos un corazón de fresa con un capuchino. La peli no ha sido propiamente una celebración de San Valentín, y regalarte otro meteorito no habría estado bien en estas circunstancias —rio.

—¡Claro, ya tengo este, que parece cada día más brillante

y hermoso! —exclamó la dulce Felicia, sin captar la ironía de su novio astrofísico.

—Y más que tendremos, cariño —dijo Sergio mientras uno del tamaño de un huevo de pato impactaba sobre la bisagra del gran paraguas negro recién abierto, que acusó el golpe destrozándose como el velamen de un buque fantasma y cerrándose sobre la cabeza del joven como el abrazo de un murciélago.

—¿Te ha hecho daño?

—No, cariño, no ha sido nada. Y tú, ¿estás bien?

—Sí. Mejor será que tomemos un taxi y vayamos a casa antes de que nos caiga un pedrusco como el que le cayó ayer a Zsa Zsa mientras iba en la bicicleta. Tengo pan de molde. Podemos intentar hacer unas torrijas —suspiró Felicia.

—Y ver una vez más en el plasma *Cantado bajo la lluvia de meteoritos*, que siempre es un buen antidepresivo, exclamó Sergio alegremente.

15. POBRES ZOMBIS

Para Bel

1

Cuando se desató la pandemia y se declaró el estado de alarma, lo primero que pensó Allivy fue lo rara que estaría la ciudad sin gente ni coches. Era inimaginable, una de esas cosas que solo suceden una vez en la vida y que no hay que perderse. No pudo resistir la tentación de verlo con sus propios ojos. Se puso las gafas de sol y la mascarilla quirúrgica que les regalaron el día anterior en la farmacia, cogió una bolsa de la compra para tener una excusa con que romper el confinamiento si la paraba la policía, y salió.

En efecto, la ciudad soleada, primaveral y vacía de aquel domingo cinco de junio, Día Mundial del Medio Ambiente, era insólita. La noche anterior hubo tormenta y todo parecía húmedo y limpio, como recién nacido. Las callejuelas del barrio antiguo, sin un alma salvo algún anciano furtivo que sacaba a su perrillo, resultaban extrañas, pero de ningún modo inquietantes. Por el contrario, reinaba una paz que multiplicaba los ruidos cotidianos —una persiana, pájaros, los chorros de la fuente de Les Xiquetes Pixaneres, normalmente inaudibles—. Una gaviota que nadaba en el éter pasó rozando su cabeza. Le recordó al águila que le había robado su bocadillo, sin hacerle el menor daño, al ir a llevárselo a la boca en un viaje a Tanzania con la compañía Abercrombie.

La entrada por la calle de Templaris a la plaza de la Mare de Deu fue una especie de epifanía. Su desparramada mezcla de arquitecturas, desde el gótico al barroco, su lamentable fuente mitológica realista años setenta, su suelo resbaladizo de salón, todo le pareció un decorado de cartón piedra para la representación de una tragicomedia. Perdida en su éxtasis y sus reflexiones patrimoniales, no vio el coche de la policía local, estratégicamente aparcado en una esquina, hasta que el codo moreno y la cabeza de uno de los agentes salieron por la ventanilla, interrumpiendo su ensimismamiento.

—Buenos días. Documentación. ¿A dónde va usted, señora?

—Hola. Voy a la farmacia allí enfrente —respondió tendiéndole el DNI y recordando que, según el Decreto de Confinamiento, se podía salir a comprar medicinas y a pasear al perro. Sus propias palabras la tranquilizaron y dirigió una sonrisa traviesa al joven y agraciado guardia, cuyo torso llenaba la camisa admirablemente, sugiriendo un ambiente de gimnasio. El helicóptero de la policía, que hacía una ronda, pasó ruidoso sobre sus cabezas. Ambos lo miraron un momento. Luego dijo Allivy señalando con el dedo el otro lado de la plaza:

—Mírela. Se ve desde aquí.

El policía replicó benévolo:

—Hoy es domingo. No estará abierta –dijo, y tras consultar el ordenador del vehículo, remachó–: En efecto, no está de guardia. La de guardia más cercana la tiene usted en la Gran Vía, pero le aconsejo que vuelva a casa y no ande paseándose por ahí, a menos que necesite algún medicamento urgentemente con receta, en cuyo caso nosotros mismos podemos acercárselo.

—Muchas gracias, pero perdone usted, agente, y con el debido respeto, esta farmacia que digo siempre está abierta, no cierra ni domingos ni festivos.

Era verdad; como un bazar chino o una frutería pakistaní, estaba siempre abierta, para felicidad de los vecinos del casco antiguo. Además de medicamentos tenía un surtido fantástico de prótesis, cosméticos y gafas de sol de marca. Allí había comprado Allivy las de cristales lila de estilo John Lennon, que llevaba puestas en ese momento y que le gustaban tanto que se diría que solo se las quitaba para dormir.

—¿Puedo acercarme un momento?

—Vaya usted, pero vuelva enseguida a casa. O me veré obligado a multarla. No se puede estar en la calle salvo paseando a un perro.

¡Joder con el perro! Y eso que todavía no se habían desarrollado las estrategias de la picaresca del confinamiento. No tardarían en surgir mafias que alquilarían chuchos a tanto la hora, y cada día más caros, a paseantes compulsivos que necesitaban saltarse las reglas como Allivy. Solo «sus» mascotas, decía el Decreto bien claro. Un hombre, un perro. Días después salió un señor a pasear a su cabra como hacía habitualmente con gran regocijo de la chiquillería, pero no coló como mascota y lo multaron. No sabemos qué habría ocurrido si a George Clooney le hubiera dado por pasear a su cerdo vietnamita, que Dios tenga en su gloria. Para no sentirse miserable mintiendo a la autoridad, pues Allivy era la viva estampa de la anarquista obediente, se dirigió a la farmacia del otro lado de la plaza a paso vivo, seguida por la mirada del guardia a través de sus gafas de sol Aviator de Ray-Ban un poco bajadas sobre el caballete de la nariz.

El establecimiento se hallaba con la persiana metálica bajada, cerrado a cal y canto, salvo una ventanita protegida por una placa de metacrilato con aberturas estratégicas para pagar con tarjeta y recoger los productos. «¡Qué listos, la hostia!», pensó Allivy. No necesitaba nada, pero compró un frasco de hidrogel desinfectante. Desde que estalló la pandemia, el alcohol de romero había sido sustituido por aquella gelatina que dejaba las manos pringosas y costaba seis veces más. La farmacéutica que la atendió desde unas sombras de confesionario aprovechó la ocasión para recomendarle un complejo rico en vitamina D, «muy bueno para el confinamiento, ahora que vamos a tomar poco el sol». «Dios mío, ni que nos hubiera caído cadena perpetua en una prisión de alta seguridad», pensó la joven. Era caro, pero Allivy se lo llevó. La verdad es que le encantaban los medicamentos y los suplementos dietéticos, ya fueran vitaminas, enzimas, probióticos, aminoácidos u otros. Nunca decía que no a un aminoácido de confianza.

A su regreso con la bolsa de plástico blanco exhibiendo la cruz verde bien visible, el coche de la policía permanecía en el mismo sitio. Allivy comenzó a mariposear, según su costumbre –«Mariposa de las tumbas», la llamaba un amigo–. Les mostró sonriendo la bolsa de la farmacia y el apuesto guardia local no pudo por menos que hacer un signo afirmativo con la cabeza y a su vez correspondió con una media sonrisa. Debía ser nuevo en el cuerpo, pues normalmente se esforzaban por permanecer serios, aunque amables, no como los de la Policía Nacional, cuyas posturas y gestos rayaban en lo chulesco, o los adustos y un tanto rústicos guardiaciviles, que parecían hechos de otra pasta.

Ahora que tenía el salvoconducto de compra en farmacia como decía el Decreto, dio un rodeo para contemplar una vez más la plaza vacía desde otro ángulo. Así, vista a pocos pasos del coche de la policía, parecía el plató de un musical, sobre todo por el extenso y pulido suelo, que parecía un «mosaico de lonchas de jamón de York», en el que se entreveía alguna componenda municipal con una empresa que trabajaba habitualmente con camposantos, como evidenciaban los sorprendentes maceteros de mármol negro pulido. A su vez, recibió una andanada de críticas de diversas personas y colectivos biempensantes.

El artículo se titulaba: «Novedades en la plaza de la Mare de Deu dels Penjats, Folls i Nàufrags», que es como realmente se llamaba, quisiéranlo o no los vecinos y el callejero, que la conocían desde tiempo inmemorial con el nombre más dulce e inofensivo de Plaza de la Virgen María. A la derecha estética y religiosa no le gustó nada ni el titular de Allivy –que en definitiva era completamente correcto– ni el contenido. Con el transcurso del tiempo, aquella superficie había pasado de rosado jamón cocido a pura cecina amarronada, percudida y levantada en varios sitios por la incuria de las sucesivas alcaldías, pero la soledad sonora de la mañana de epidemia y desolación resaltaba el conjunto hasta conferirle cierta dignidad surrealista en la que toda transgresión era bien recibida.

Lo mismo ocurría con la grotesca fuente de las Musas, aunque fuera imposible ver a su Apolo central con buenos ojos. Aquella estatua era cabezona y fea sin remedio. Nada, ni siquiera la pandemia, ni las mágicas lentes de color lila, ni el júbilo ante la insólita soledad, podía remediarlo. Las tres musas Clío, Talía y Urania, que formaban cogidas de las manos el corro que lo acompañaba, seguían resultando pasables, aunque también más toscas de lo que requería su estatus olímpico. En su artículo Allivy recomendaba irónicamente que se completara el conjunto con las seis diosas que faltaban, para de este modo darle mayor prestancia al conjunto y menor visibilidad a la estatua principal.

La logia renacentista Dels Canonges, pecado arquitectónico de insólita belleza, como una excrecencia cancerosa de la pared gótica de la catedral, le recordó las pinturas metafísicas de Giorgio de Chirico. No cabía duda, la falta de gente favorecía la belleza. Estuvo a punto de pisar una paloma muerta; otras revoloteaban como pidiendo que niños y ancianos les echaran algo de comer, pero no había nadie. «Que se joroben —pensó—, pájaros piojosos y cagones». En Roma los gatos las cazaban al vuelo con saltos de dos metros, pero es que los gatos romanos eran una policía de las ruinas contra las ratas, mientras que aquellas no pasaban de mendigas viles y rastreras, con su plumaje sucio, siempre limosneando a los viejos solitarios y los críos, que corrían gritando y riendo tras ellas como un ritual sin objeto.

Tras dar un rodeo, que prolongó todo lo que pudo, hasta avistar otro coche policial y sortearlo —pues le dio pereza montar de nuevo el numerito de las farmacias—, llegó a su casa feliz. Ahora podía decirse que había visto una ciudad vacía. Era imposible, impensable; el vaciamiento de aquella ciudad grande y destartalada, populosa y turística, antigua y nueva. Parecía fruto de un sueño o del poder de algún mago de las grandes ilusiones, como David Copperfield. Ahora la habitaban únicamente pájaros y algún perrito mil leches de jubilado, con su correspondiente amo al extremo de la correa.

Era pronto para que aparecieran las parejas de pijos con sus bellos animales de raza, acicalados como si acabaran de sacarlos de la peluquería canina, que tanto frecuentaban el barrio gótico para presumir. Aquellos animales tenían «*pelegrí*», como decía la mercera de su calle refiriéndose al *pedigree* de los bellos animales. Seguramente los cayetanos y sus mascotazas saldrían después del *brunch* o al atardecer, o a la hora que les diera la gana, saltándose las franjas oficiales de la cuarentena, como había hecho ella misma, que no era pija ni perrera, sino solo una chica curiosa. También los trabajadores como ella tenían derecho a disfrutar de los acontecimientos mundiales, como encerrar a todos los habitantes de una ciudad durante al menos quince días prorrogables por decreto.

Al día siguiente, segundo del primer confinamiento, Allivy se dirigió al Mercat Central a la hora que le correspondía legalmente para comprar alimentos, con su bolsa de la compra y su mascarilla, adminículo por cierto nada confortable, cuyo vapor le empañaba los cristales de las gafas. Para Allivy, atea, laicista e impía pero no insensible a lo místico, el Mercat era una catedral profana, en la que percibía lo sagrado bajo la forma de los olores y la belleza de los puestos, sabiamente arreglados como bodegones barrocos. El ambiente no olía a especias y curry como en los mercados orientales, sino sobre todo a carne cruda, a encurtidos, a pescado fresco y a frutas de estación.

Pero, ¡ay!, con las cautelas del estado de alarma casi todo aquello se perdía, en especial los aromas, a causa de las mascarillas y del agresivo olor a lejía y a desinfectante que reinaba por doquier. El amoroso rumor que habitualmente calmaba el espíritu de quien entraba bajo aquella cúpula de hierro y cristal con el alma limpia, había desaparecido por la disminución de los compradores, que habitualmente pegaban la hebra a la menor ocasión con los tenderos y sobre todo las tenderas de los puestos. Estas, siempre simpáticas y dicharacheras, te recibían con un «guapa» y te despedían con un «corazón», pero ese día todos estaban melancólicos e irritados. Contrariamente al barrio gótico, que había ganado encanto con la soledad, el Mercat parecía haber perdido parte de su alma, dejando solo su cáscara modernista, monumento nacional.

Contagiada por la tristeza del ambiente, Allivy compró deprisa, y sin recrearse en el placer de escoger productos que no necesitaba ni sabía cómo usar. Vio huevos negros de oca noruega y pasó de largo, cuando normalmente se hubiera detenido a conversar sobre ellos y habría comprado algunos.

La Corrales llevaba una pantalla protectora de plástico desde la frente hasta la barbilla, anudada en la nuca como una diadema. Tenía los brazos cruzados y la cara enfurruñada porque no vendía ni un huevo, pero sobre todo porque nadie se detenía a charlar con ella. Se saludaron vagamente, meneando la cabeza y alzando los hombros en señal de conformismo.

A la salida los cristales de sus gafas se empañaron de nuevo a causa del vaho generado por la mascarilla. A punto estuvo de perder pie y caerse por las escaleras, pringosas por los desinfectantes. Tropezó en la acera con un hombre andrajoso, barbudo y tocado con un sombrero antiguo de ala ancha. Su rostro estaba lleno de pústulas y bultos pálidos o purpúreos como en los retratos frutales de Arcimboldo. Olía a vinacho y a orines. Iba sin mascarilla ni perro, cojeando, arrastrando un carrito lleno de carne muerta y frutos podridos. Sus pantalones eran de una indescriptible suciedad, y en su camisa había manchas oscuras como de sangre seca.

Llevaba al brazo una cesta que contenía grandes huevos rotos de los que pugnaban por salir pollos raquíticos e implumes. De vez en cuando se detenía y gritaba: «¡Viva el rey!» o «¡Fuera el Virus de la Corona!» Esto ocurrió en los días en que un banco suizo destapó un escándalo mayúsculo del monarca que hizo tambalearse a la realeza, coincidiendo con la pandemia del coronavirus, de modo que se podían hacer muchos chistes fáciles o perder la razón por las bromas de Dios, pues es sabido que Dios existe y cuenta chistes. Pero aquel sujeto no bromeaba. Su letanía tenía el carácter terrorífico de un conjuro de brujos dementes.

Parecía salido de un cuadro o de un mundo barroco siniestro y virulento, o quizá del reverso del museo de los bodegones vivos y pimpantes del interior del Mercat. Se plantó ante Allivy y le ofreció un tomate rosa enorme y podrido con una sonrisa idiota de dientes cariados. Ella aceleró el paso, jadeando bajo la mascarilla, para alejarse de aquel sujeto grotesco, que tenía el aire de ser una aparición del doble infernal del espíritu tutelar del mercado o incluso algo peor.

Bajó las escaleras y se internó en la acogedora soledad de las calles de la ciudad desierta y sin apenas tráfico. Por primera vez en su vida percibía un aire limpio y de rara frescura, que ensanchaba los pulmones y producía un bienestar desconocido. Ni siquiera en el campo había disfrutado aquella urbanita empedernida de una atmósfera tan pura y embriagadora.

2

No solo ella percibía tales cambios. Al correr de los días, la población de palomas creció, tomó la plaza de la Mare de Déu y se volvió caníbal. Como los servicios de limpieza no daban abasto, aquella carnicería se pudrió al sol, apestando a los edificios cercanos, de cuyas casas la gente no solo no podía salir, salvo a comprar alimentos y medicinas, ni tampoco abrir las ventanas para que se fuera aquella peste, que entraba en las casas y se colaba hasta por las rendijas.

También afectó la pandemia a los gatos callejeros, que al principio fueron felices con los cambios, como Allivy, porque no tenían que temer que un coche los aplastara; pero luego padecieron hambre y sed, al desaparecer sus piadosos amigos —«bis, bis, bis»—. Se vieron privados de esa mano que en todas las calles, esquinas o rincones les ponía un cacharro con agua y un periódico doblado con croquetitas de pienso.

Los gatazos que habían colonizado la frondosa zona verde del antiguo cauce del río crecían en semilibertad, gordos, felices y controlados, porque mucha gente les echaba de comer para que mantuvieran aquellos lugares de recreo limpios de ratas y bichos. Normalmente las colonias estaban reguladas y esterilizadas por el ayuntamiento, que velaba por ellos con ayuda de chicas y chicos voluntarios. Con la pandemia se acentuó este cuidado y los animales fueron esterilizados, pero muchos cachorros y enfermos murieron en aquel boscaje donde habían vivido felices y fueron pasto de ratas y hormigas, que en esa zona eran enormes, hambrientas y sedientas, y las llamaban «faraonas».

Al problema de los gatos se añadió el de los perros callejeros y sin dueño o abandonados por ancianos infectados que habían sido ingresados en hospitales, sin tiempo de poner a buen recaudo a sus mascotas. No provocaban en la gente la inevitable ternura y simpatía espontánea hacia la belleza, propia de los gatos. Vagabundeaban piojosos, hambrientos, tuertos y cojos. Daban lástima y algo parecido al asco, pero más doloroso. Es de suponer que muchos acababan en la perrera y el crematorio, porque en su caso, al parecer, no tenían sentido los gastos en esterilizaciones masivas. Katy, amiga de Allivy, ferviente animalista que tenía carnet de cuidadora voluntaria de animales urbanos, estaba desolada. Se había roto el frágil equilibrio que había reinado entre las especies desde la recuperación de la democracia tras la muerte del dictador.

Esto en cuanto a las mascotas y animales domésticos. Allivy y Katy se reunían furtivamente para contemplar juntas en Youtube el desmadre de los silvestres. Las cabras salvajes bajaron de los impracticables riscos de su hábitat y campaban a sus anchas por las poblaciones de montaña, comiéndose los brotes verdes y el césped de los jardines y trotando con el extraño ruido de sus pezuñas diabólicas al golpear en el pavimento urbano. Los jabalíes cruzaban las carreteras, se asustaban con el ruido de los vehículos y algunos, pasmados en medio de la calzada, provocaban accidentes a cual más grotesco. En las aguas de Venecia jugaban pequeños delfines, cosa muy cierta que se veía perfectamente en los documentales, y en Tailandia centenares de macacos constituyeron pronto una plaga que devoraba cuanto tenía a su alcance.

Allivy paseaba durante la franja horaria de los atardeceres, pero cuando llegaba el toque de queda nocturno se perdía en el laberinto del barrio gótico como en un mundo mágico. La soledad le producía una gran sensación de libertad, se le metía dentro como un filtro de quietud, una suerte de amor pánico sin objeto. No es que de noche no hubiera controles policiales, pero eran más escasos que de día o quizá más fáciles de sortear. Un paseante solitario, sobrio y con buena pinta no era problema. La Policía Local, Nacional y la Guardia Civil velaban por los ciudadanos impidiendo que se juntaran en grupos de más de diez personas, que hicieran fiestas en bajos, garajes, jardines o pisos, y todo lo que pudiera arruinar el ímprobo trabajo de las autoridades sanitarias contra el contagio, cada vez más descontrolado a pesar del estado de alarma.

Iba, pues, la joven una noche clara, bajo el cielo anaranjado por la luz de las farolas *led*, por la calle de la Tapinería, que en su final hace la curva vitruviana como defensa contra los vientos, cuando vio pasar a cuatro patas una sombra gigantesca que no era un gato capón distorsionada por la iluminación del lejano farol, ni un orangután de Borneo ni un gorila de Uganda de los que había visto aquella tarde en Youtube con Katy.

La visión la dejó quieta, aterrada y al mismo tiempo alborozada. ¿De dónde salía aquello? Por la mañana había visto parado en la pileta de san Telmo un pavo real que le mostró muy ufano su cola resplandeciente, en la que no faltaba ni uno solo de los ojos de Argo. Fue una amable epifanía urbana, quizá escapada del zoo. Pero esto… Esto… ¡Dios!, era el reverso de la delicadeza del pájaro de las plumas de cristal. La palabra «*Ursus*» le vino a las mientes, y mientras dudaba si avivar el paso por las callejuelas de los Pelaires o acercarse a la bestia despacito para verla mejor, el oso, al advertir su presencia, se puso de pie gruñendo. Sus trescientos kilos y una altura de más de dos metros lo hacían parecer, en la calleja mal iluminada, un animal mitológico o la sombra de un Titán. La joven se metió en un zaguán palaciego y llamó al número de Katy por el móvil, procurando moverse lo menos posible y no hacer ruido.

—Dime, querida —contestó con fastidio la imagen graciosamente felina de su amiga, que tenía la cabeza enjabonada y se cubría con un albornoz.

—¡Estoy delante de un oso pardo en la calle de la Tapinería! No parece peligroso, pero es enorme y gruñón...

—¡Pero qué haces a estas horas por la calle, tía! ¿Un oso? ¿Estás segura? No le mires a los ojos y escapa por los callejones o escóndete, desgraciada. Te va a devorar. ¿No te acuerdas de la peli de Herzog, *Grizzly Man*?

—No te preocupes, estoy resguardada. Lo veo fatal porque esta calle es muy oscura y a él lo ilumina una farola que parpadea. Espera un momento... ¡No te lo vas a creer: se va! Se ha puesto de nuevo a cuatro patas y camina indiferente sacudiéndose el pelaje como si se hubiera mojado. Debe de ser su manera de despedirse. Me parece que se dirige hacia la plaza de las Acacias.

—¿Qué plaza es esa?

—¡Coño, Katy, la de la Hemeroteca Municipal!

—¡Bueno, tú llama a la policía, rápido! Di que lo has visto desde una ventana. ¡No digas que estás en la calle!

—¡Enseguida! Espero que no le hagan nada, es un ejemplar impresionante. Y ahora que lo dices, creo que en la plaza hay un retén junto a la Hemeroteca. ¡Oh! Estoy oyendo exclamaciones, órdenes y ruidos alarmantes. Creo que la policía ya interviene. No me atrevo a acercarme. Me voy a casa rapidito. Cambio y corto.

—Sí, por Dios, corre. Llámame cuando llegues y haz el favor de no exponerte así. ¡Si no lo hacen los osos, te va a atrapar la policía y no sé qué será peor, porque de una buena multa no te vas a librar ni de coña!

A la mañana siguiente dijo la radio, en el primer informativo, que el oso fue atrapado con ayuda de un empleado del zoo que jamás se había visto en otra semejante, porque era el que cortaba las entradas, pero sabía del tema por ser asiduo y «fan» de la serie televisiva *Mountain Men*. Había sido el primero en llegar cuando llamó al Parque la policía. No tardaron en sumarse a él, algo despeinados, el director y los veterinarios, que se hicieron cargo del asunto. El animal estaba hambriento y no le hizo ascos al barreño de salmonetes y pedazos de atún que le trajeron a todo correr de las Pescaderías del Mercat Central, que hubo que obligar a abrir poco menos que a punta de metralleta porque creían que era una broma.

Visto lo visto, el animal se dejó atrapar con un lazo, lo metieron en una furgoneta y lo depositaron en el zoo, donde comenzó el correspondiente papeleo, después de dejarlo cómodamente instalado en un cobijo vacante, con un pradito y un árbol a su disposición. Lo firmó todo el alcalde, que al parecer se personó en ropa deportiva y algo nervioso en el coche oficial, con el concejal de Parques y Jardines, todos con sus mascarillas y guardando las distancias de seguridad. La prensa no tardó en llegar y, entre unas cosas y otras, la mencionada distancia se fue al carajo y hubo un par de contagios.

Los días pasaban y el estado de alarma se prorrogó en el Parlamento porque el peligro de contraer la enfermedad persistía y la curva de muertos en los hospitales y las residencias de ancianos no bajaba. Empezaban a escasear respiradores y material sanitario de primera necesidad. Continuaba el confinamiento de los ciudadanos y también la proliferación urbana de las criaturas abandonadas o silvestres protegidas por Rea y Gea. Ambas deidades se desperezaban con deleite en sus lechos del Olimpo y se asomaban a las barandas a respirar a pleno pulmón el aire limpio que se desprendía de la tierra, libre de gran parte de la contaminación atmosférica y acústica.

Las bestias sueltas se mostraban cada vez más ariscas, porque tenían hambre y porque su instinto les decía que pasaba algo y que aquella extraña libertad no era tan buena como pareció al principio. Sin embargo, estaban mejor controladas que el virus de la pandemia. Los servicios hospitalarios de cuidados intensivos amenazaban con colapsarse. Los pacientes se recuperaban o fallecían según unos porcentajes escalofriantes por su persistencia en no disminuir. Varios médicos y sanitarios de diversa condición, desde virólogos hasta personal de limpieza, habían perecido en el intento de mantener a raya la epidemia con los escasos medios de que disponían. Algunos de aquellos luchadores de primera fila eran increpados por sus vecinos, que veían en su vuelta cotidiana a casa desde las trincheras un peligro de contagio, al haber estado en contacto con la enfermedad. A veces encontraban en sus puertas o en sus vehículos cartellillos con frases como: «Búscate otro piso, rata infisiosa», o cosas por el estilo, con mejor o peor ortografía, pero todas rezumantes de virulencia moral.

Se adquirían toneladas de material sanitario, que en ocasiones resultaban inservibles por falta de tiempo para su inspección y devolución al punto de origen, que solía ser el gigante asiático. El capitalismo mostraba en estos lances sus máscaras más abyectas. Sin embargo, la escasez de respiradores en las UCIS hizo que algunas empresas automovilísticas pusieran a sus ingenieros y técnicos a fabricarlas, lo que fue muy de agradecer por parte de los héroes y heroínas que se dejaban la piel en los hospitales, y por la población en general, tan dada al melodrama baboso como a la crueldad y el espanto. Algunas fábricas de juguetes imitaron esta iniciativa, produciendo respiradores para niños y tiernos preadolescentes.

Las superpotencias rivalizaban entre sí por la creación de una vacuna y de remedios paliativos eficaces, tras los malos resultados de la aspirina y las sulfamidas. El presidente de los Estados Unidos recomendó como preventivo beber chupitos de lejía, y el de Rusia prescindir de las mascarillas, plantar cara al virus a pecho descubierto y crear la llamada «inmunidad de rebaño», delicia de informadores, que fue inmediatamente viralizada por los medios, y resultó mentirosa y nefasta. Los bulos, como los virus, crecían vertiginosamente.

Mientras tanto, Allivy y Katy vivían con curiosidad el encierro, divirtiéndose como niñas. Ninguno de sus familiares o personas cercanas se había contagiado y por ese lado estaban tranquilas. Ya no se ponían el termómetro cada cuarto de hora como hacía todo el mundo, ellas incluidas, en el pánico de los primeros días, y tampoco caían en la melancolía, el hastío y la bulimia como la mayoría de la población. En esta los deseos eran cambiantes. Mientras el virus seguía propagándose, poco a poco la gente no contagiada comenzaba a desarrollar un ansia patológica y contagiosa de recuperar la libertad y sentarse a beber cañas en las terrazas al solecito del incipiente verano. Esto de las terrazas y las cervezas, exacerbado por los espejismos del deseo, llegó a ser exagerado y neurótico.

Las autoridades rechazaron con firmeza la ayuda de las sociedades cinegéticas para librarse de la fauna silvestre o cimarrona que invadía las ciudades. Lo que en principio había sido un regalo de Cibeles se estaba convirtiendo en un motivo más de preocupación. El Ayuntamiento aumentó en lo posible la contratación de personal de los zoológicos y parques para que se hiciera cargo de la gestión de los animales capturados, desde el oso pardo al pájaro de las plumas de cristal. Pero pocos reparaban en lo que estaba sucediendo en las alturas de la ciudad, por esa incapacidad tan humana para mirar hacia arriba.

3

Pues a la chita callando, también el número de gulís aumentaba paulatina pero inexorablemente. La naturaleza volátil y semitransparente de esta especie de murciélagos sacrosantos de origen imaginario hacía casi imperceptible el fenómeno, como había sucedido en otras ocasiones. Allivy, buena conocedora de la fauna mitológica, estudiaba con los prismáticos a las que tenía más cerca, revoloteando en la Torre Alta de la catedral, que se ponían frenéticas cuando sonaba la campana María la Gorda. La joven estaba familiarizada con ellas, porque tenía enfrente de la ventana de su desván uno de sus nidos medievales excavado en la piedra arenisca roja, pero notó una diferencia muy llamativa. Sus elegantes cabezas, acabadas en morrillos puntiagudos como los de los murciélagos llamados zorros voladores, eran ahora redondas y completamente humanas, como en las representaciones de sus hermanas, las arpías o las keres en la cerámica griega.

—Pero, Katy, ¿será posible que solo las vea yo? —preguntaba Allivy una y otra vez a su amiga, que se esforzaba en ver algo a través de tomas que le enviaba Allivy por Internet, que al parecer le llegaban vacías, y de sus descripciones apasionadas cuando estaban juntas.

—Pues, hija, yo no las veo ni de coña —respondía la interpelada, que no lograba distinguir absolutamente nada ni siquiera plantándose presencialmente en la plaza de la Seo en franja horaria permitida con un catalejo de su hermano.

Una de las noches de libertad que se adjudicaba por su cuenta y riesgo, Allivy se acercó a la parte de la torre en la que mejor veía a las gulís, esquivando en lo posible al dispositivo policial de la plaza, donde días antes se había montado una juerguecita de niñatos y negacionistas con alcohol y metanfetas, que acabó con varias detenciones, multas y malos rollos.

Una de las criaturas se dejó caer volando en el hombro de la espía urbana y se agarró a su camiseta de Frida Kahlo.

—¿Qué hostias es esto? —exclamó sorprendida Allivy.

Una risilla respondió a su pregunta.

Al volver la cabeza vio junto a su cabeza la cara de la gulí, sus ojos redondos de mirada loca como la de los lémures, su fino hocico y su dentadura vampírica. Aquel delicioso monstruo le estaba sonriendo mientras se aferraba al fino tejido de algodón negro con unas garritas parecidas a las de las aves, pero más gordezuelas, como dedos de niño.

–Chica, ¿qué quieres de nosotras, que no dejas de espiarnos ni de día ni de noche? –preguntó en un susurro la gulí acercando peligrosamente las colmilludas fauces a la garganta de Allivy.

–Estáis creciendo mucho –respondió la joven– y cualquier día os van a meter un paquete. ¿No visteis cómo acabaron las palomas de la plaza? ¿Y lo que está pasando con los monos de Borneo?

–Los monos se acobardan enseguida y vuelven a sus templos y a su selva con el rabo entre las piernas en cuanto huelen el peligro. Las palomas se devoran entre sí, las muy marranas. Son de lo peor. Nosotras nunca haríamos eso.

–¿Os comeríais a la gente, pero nada de canibalismo?

–Nosotras no comemos carne, solo chupamos. Los durmientes nos confunden con mosquitos porque no pueden ver nada más que las picaduras, que se les irritan un poco, más que nada por su manía de rascarse. Pero tú tienes un don que te permite ver muchas cosas invisibles y hasta inexistentes, así que no digas sandeces.

–¿Y qué quieres de mí? –pregunto Allivy, encantada de que aquella criatura semimitológica estuviera conversando con ella como con una conocida de toda la vida. ¡Cuando se lo contara a su amiga se iba a morir de envidia! Primero lo del oso y luego aquello…

–Hace días que te veo espiarnos sin malas intenciones y he venido a ver si eres tan generosa que me dejas darte un mordisquito goloso. Nada letal; nosotras, pobrecillas –mintió

[328]

la alimaña vampiril–, solo estamos para llevar almitas a los infiernos.

Allivy recordó una pintura romana de una de aquellas criaturas llevando amorosamente una forma vendada que parecía un niño envuelto en su mortaja. Todo alrededor estaba lleno de cadáveres como un campo de batalla. Debajo se leía a duras penas: AJILEVS INVULNERABILIS, SED NON INMORTALIS FVIT: «Aquiles fue invulnerable, pero no inmortal». Allivy sabía que las portadoras de las almas de los muertos en batalla eran las *keres*, las arpías y las gulís, pero al final estas se fueron alejando de aquel rollo tan violento y se establecieron como vampirillas semimateriales y casi invisibles en lo alto de templos, catedrales, pagodas y estupas.

–Bueno, muérdeme si quieres, para mi será un honor siempre que no te pases.

La gulí mordió discretamente y sin dolor a Allivy en la garganta. De pronto la joven entró en pánico.

–¿No tendréis nada que ver vosotras con la epidemia? Hay quien todavía relaciona al virus con los murciélagos de un mercado de animales salvajes de China.

–No te creas todo lo que lees u oyes, chica. Los científicos no cesan de llevar unos líquidos de unos cálices y tubitos a otros con mil precauciones junto a ordenadores, que escrutan con aplicación, pero no tienen ni idea. Creen estar en un mundo y están en el pliegue de otro. En todo caso, no temas que mis colmillos, que son como limpias agujas de marfil, te hayan infectado de algo que no sea alguna migaja de maravilla.

Luego echó a volar con sus alas que a contraluz parecían de caucho translúcido.

4

Al cabo de tres quincenas de confinamiento oyendo y viendo todos los días noticias a cual más alarmante sobre los estragos del virus, la población había pasado de anhelar la salida a tomar cañas en las terrazas de los bares a estar histérica por el deseo de ver en persona a sus abuelas y abrazar a sus familiares.

Las víctimas más sensibles y abundantes de la epidemia fueron los ancianos de las residencias para personas mayores, en los que la epidemia se cebó con saña. Muchos de los enfermos no fueron trasladados a tiempo a los hospitales y murieron sin que se hiciera nada por ellos ni pudieran despedirse de los suyos. La gestión de la crisis sanitaria fue, para los usuarios de la mayoría de las residencias, tan deplorable como lo había sido el trato que habían recibido siempre, pese a las reclamaciones y quejas de sus familiares. Mala comida, poca higiene hasta el límite de la inmundicia, abuso de tranquilizantes, sensación de abandono… Todo se juntaba para hacer de la vida menguante de aquellos seres un insidioso infierno: «Quien entre aquí, pierda toda esperanza».

Cuando el estado de alarma permitió que efectivos de la Unidad Militar de Emergencias del Ejército entraran en las residencias para ayudar a los traslados de los enfermos a los hospitales y a la desinfección general, encontraron algunos ancianos muertos en sus camas. La prensa dio un bocinazo, pero inmediatamente se acojonó. Por algún regate político sazonado convenientemente y una suerte de pacto de silencio, pasó de puntillas por este espinoso asunto, sin proporcionar más información. Lo que sí se vio por televisión en los noticiarios fue un masivo aparcamiento provisional de féretros en un local del Ayuntamiento, la pista de patinaje sobre hielo llamada el Palacio de Cristal, a la espera de los correspondientes funerales.

Allivy llevó bastante bien la picadura consentida de la gulí. Era una doble marquita de colmillos en el interior de su muñeca. Solo le molestaba cuando la correa del reloj entraba en contacto con ella. Se puso el reloj en la otra muñeca, pero no estando habituada a ver la hora en un lugar contrario al habitual, se lo quitó y recurrió a un lindo relojito colgante masón de cuerda que había comprado por Internet a un taller artesano de Neuchâtel hacía años, hasta que la heridilla cicatrizara. Mientras tanto, la saliva inoculada por el animal para volver la sangre más fluida y potable, hizo su efecto, que consistió mayormente en aumentar la lucidez de la víctima e irritar su imaginario.

Un día, cuando la cuarentena se relajaba, estando en la cola de la panadería a la distancia normativa de la persona que la precedía, vio venir desde la esquina de enfrente hacia la acera donde se hallaba a un viejo sin mascarilla ni perro ni siquiera un mal garrote en el que apoyarse. Caminaba tambaleándose como si fuera a caerse y había en sus andares un leve resabio de trote caballar. Antes de llegar a ella estornudó ruidosamente y se le salieron unos mocos verdes y asquerosos, que limpió con la manga de su chaqueta. Entonces dijo un «disculpen, señoras», acompañado por gargajeos y sibilancias, y se fue para otro lado como impulsado por un motorcito. Allivy miró a la persona que tenía delante, pero esta no se inmutó, como si no hubiera visto nada.

Ya había tenido varios abyectos encuentros de este tipo, que le producían una profunda angustia impropia de su carácter, cuando los medios de comunicación comenzaron a hablar de algo parecido a lo que ella percibía. Eran sobre todo ancianos y ancianas, en todo semejantes a los demás de su edad salvo en que parecían acatarrados y perdidos. Yendo en taxi a un recado, el coche estuvo a punto de atropellar a uno de ellos, que cruzaba con el semáforo en rojo por una avenida que permitía una conducción rápida. Al frenar el taxista bruscamente lanzando una contundente blasfemia, el anciano quedó sobre el morro del vehículo con los brazos y las piernas en el aire como si nadara, pero cuando el asustado conductor salió a comprobar su estado, se incorporó rápidamente y se alejó a paso ligero, bamboleándose como un muñeco de muelles.

En otra ocasión, al salir de su casa halló en la acera a una anciana que al parecer acababa de caerse y se estaba levantando. Algo en ella la aterró, pero se sobrepuso a su primer impulso de volver a su portal y se acercó a auxiliarla. Cuando trató de tomarla por un brazo, la vieja se desprendió de un tirón.

–Deje, deje, puedo yo sola –y luego preguntó con la voz de trueno que a veces tienen las ancianas–: ¿Cuándo diantres vais a venir a verme?

—¿Se encuentra usted bien? —preguntó Allivy soltando su brazo, que estaba frío y rígido como un hueso, del que colgaba la piel fláccida.

—¿Cómo quieres que me encuentre? ¡Quiero mear, enfermera!

—Si se ha mareado o algo, ahí enfrente tenemos una farmacia… La acompaño.

—Que no, que no, carajo, que me tenéis frita a pastillas. Vaya cenita la de anoche. Sopa de agua y fletán hervido lleno de espinas, y esos malditos flanes que saben a mierda…

Un coche de la policía se detuvo junto a ellas y se llevó a la anciana sin mayores explicaciones, con gran pasmo de Allivy.

Las noticias decían que se estaban encontrando personas mayores vagando por las ciudades, desconcertadas y con síntomas graves de la epidemia. Allivy y Katy lo comentaban por videoconferencia.

—Yo he visto a varios, tía, y no he pasado más pánico en mi puta vida.

—Yo no he visto nada —era normal en Katy no ver nada si no era a través de una pantalla—, pero lo están diciendo en todos los telediarios.

Al día siguiente, al salir de casa y desembocar en la plaza de la Mare de Déu, el susto fue mayúsculo. Decenas de ellos deambulaban tambaleándose y emitiendo un sonido que le era familiar gracias al cine. Uno arrojó al suelo una paloma tras haberse comido su pechuga de un bocado. Algunos se echaron sobre los restos y se los disputaron. Un par de furgonetas de la policía nacional se colocaron a ambos lados de la plaza y comenzaron a subir a ellas a los enfermos. Muy pocos se resistían, más bien parecía que daban facilidades para el traslado. Uno de ellos, menos viejo que el resto, esgrimía un respirador gritando:

—¡Se equivocan, yo estoy bien!

—Oiga, señor, perdone, ¿a dónde los llevan? —preguntó Allivy a un agente—. ¿Por qué no hay ambulancias?

—¡Quítese de en medio, señora, que estamos trabajando!

Allivy miró a la torre de la catedral y oyó resonar en su cabeza las risas y las bromas de las gulís, que se zambullían en el aire y descendían hasta rozar la plaza como si quisieran participar en el espectáculo. La joven vio a alguna convertir a uno de los zombis en un muñequillo fajado con un sudario y emprender el vuelo con él hasta perderse en los abismos del cielo azul.

En el siguiente Consejo de Ministros se aprobó por decreto la incineración obligatoria e inmediata de todos los fallecidos por el virus y el cierre *sine die* de las residencias de ancianos con vistas a su renovación profunda y a su rescate tras el fracaso de su privatización. Bastante se tenía con bregar con el virus como para encargarse además de una plaga de zombis infectocontagiosos —esto último no se dijo en ningún momento, salvo en un programa de Radio el Sótano, emisora clandestina que solo podía captarse de madrugada—. El Parlamento aprobó lo primero, las cremaciones masivas; pero puso innumerables pegas a lo segundo. Nada de anular las privatizaciones, dijo el partido popular católico. Afortunadamente el gobierno socialdemócrata estaba en mayoría y aplicó el rodillo democrático al amparo del último estado de alarma, y lo mismo hicieron los demás Estados Unidos de Europa, salvo el Principado de Transilvania, donde se contó con la cooperación de las gulís para retirar eficazmente a los peligrosos no muertos. Pero en todas partes hubo lo que suele haber: incompetencia y falta de presupuesto.

☽

Esta edición de
Nocturnas
Historias vampíricas
de Pilar Pedraza
se acabó de imprimir
en el mes de abril
del año 2021